Philippe Lauga

Les enquêtes de Sanlucar

Nuit tragique à la feria

W0338256

cairn

Philippe Lauga

Les enquêtes de Sanlucar

Nuit tragique à la feria

Du Noir au Sud
est une collection des Éditions Cairn
dirigée par G.D. Noguès

Du Noir au Sud est une collection de polars qui nous transporte dans le Sud, ses villes, ses villages, à la découverte des habitants, de leurs traditions, leurs secrets.
Son ambition : dessiner, au fil des ouvrages, un portrait d'ensemble de la région, noirci à coups de plumes tantôt historiques, ou humanistes, parfois teintées d'humour, mais où crimes et intrigues ont toujours le rôle principal.

Illustration de la couverture : © Djebel
Photos : © 123RF, DelCréations, Dmitriy Cherevko.

Les éditions Cairn bénéficient du soutien de la DRAC
et de la Région Nouvelle-Aquitaine
ISBN : 978-2-35068-686-8/ISSN : 2275-2331

« Souvent la satisfaction d'être habile masque aux gens la bassesse de certaines actions qu'ils commettent. L'habileté a bon dos »

Jean Dutourd, *Le fond et la forme*, 1965.

Première partie

Oleg Korzhev

I

Jeudi 24 juillet, une heure vingt-quatre, quai Saint-Bernard.

Il faisait nuit noire. Le quai Saint-Bernard était désert. Les lampadaires diffusaient une lumière blafarde sur la masse d'un vieux cargo polyvalent, arrivé à l'aube de Bata, en Guinée équatoriale. Tout au long d'une journée lourde et sans vent, les dockers s'étaient affairés sans relâche au déchargement des grumes d'okoumé arrimées dans les cales. Dans moins de deux jours, le navire appareillerait et terminerait sa distribution de bois tropicaux dans le port de Nantes. Il rejoindrait alors Turku, en Finlande, pour y charger des blocs de granit à livrer à Bejaia, en Algérie. Avec un peu de chance, il rechargerait sur place des phosphates, ou reprendrait la mer sur ballast, en attente d'une nouvelle destination. Tel était le destin du *Nikolay Zankov*, cargo de trente-cinq ans battant pavillon géorgien, armé au tramping international. Son équipage était composé de dix-huit marins de nationalités russe, ukrainienne et bulgare.

L'homme de quart, appuyé contre la main courante près de l'échelle de coupée, fumait nerveusement une cigarette. Il consulta sa montre. C'était l'heure. D'une pichenette, il projeta son mégot sur le terre-plein, quelques mètres plus bas, essayant de percer l'obscurité des quais déserts. Il gagna sa cabine, située au pont inférieur où il s'empara de deux gros sacs de voyage, dissimulés dans sa penderie. Remonté à l'extérieur, il jeta un coup d'œil dans le carré de l'équipage. Personne. Tout le monde était couché. Il s'engagea prudemment sur la coupée. Il en avait pour une demi-heure, une heure tout au plus. Juste le temps de faire l'échange qui lui permettrait de concrétiser son rêve, loin de l'océan qu'il n'avait jamais vraiment aimé, loin des odeurs de graisse et de métal qui lui donnaient la nausée, loin du grincement des poulies et des mâts de charge, loin des insoutenables vibrations de la machine. Il n'aurait jamais l'âme d'un marin. Il ne supportait plus de vivre éloigné de son village natal situé au bord du lac Onega, en Carélie. Combien d'années encore lui aurait-il fallu supporter son job à bord de ce vieux rafiot à moitié bouffé par la rouille, qui aurait dû être ferraillé depuis belle lurette ? Dans une demi-heure, tout serait terminé. Il serait riche. Très riche même. Il pourrait acheter la jolie maison de bois promise à Lyudmila, fonder avec elle une famille et vivre heureux à ses côtés, le restant de ses jours. Lyudmila était guide à Kiji, l'une des nombreuses îles du lac Onega. L'été, elle conduisait les touristes venus de Saint-Pétersbourg, de Moscou et d'Helsinki dans le célèbre Pogost, l'enclos paroissial du dix-huitième siècle, avec ses extraordinaires églises en bois, assemblées sans clou ni vis et coiffées de coupoles luisant au soleil comme autant de bourgeons prêts à éclore. Lyudmila ne gagnait pas beaucoup d'argent. Pas assez en tout cas pour leur permettre de s'installer. Elle vivait encore chez ses parents et se rendait régulièrement à l'université de Petrozavodsk pour tenter de décrocher son diplôme de droit, qui lui permettrait peut-être de devenir juriste. En attendant, Oleg Korzhev avait dû partir pour Saint-Pétersbourg trouver du boulot. Il en était à son deuxième embarquement à bord du *Nikolay Zankov*. Dans une demi-heure, le cauchemar serait terminé. Il lui suffirait d'attendre l'escale de Turku pour quitter le navire sans préavis et retrouver Lyudmila à Kiji.

Oleg Korzhev savait exactement ce qu'il devait faire. Au bout du quai, il y aurait un passage à travers le grillage qui clôturait la zone portuaire. Ensuite, il trouverait un chemin de terre. Une centaine de mètres plus loin, une Mercedes noire l'attendrait. C'est là que se déroulerait l'échange. Le conducteur serait seul. Il n'y aurait rien à craindre.

L'homme de Carélie s'arrêta un instant pour souffler, posa ses sacs qui pesaient le poids d'un âne mort et se retourna. La silhouette protectrice du *Nikolay Zankov* lui sembla très loin tout à coup. Un frisson parcourut son échine. Et si les choses tournaient mal ? Qu'adviendrait-il de lui, de son rêve ? Le marin haussa les épaules, repoussa ces pensées négatives. Il ramassa les sacs en grimaçant et poursuivit sa lente marche dans l'obscurité qui se faisait de plus en plus dense au fur et à mesure qu'il s'éloignait du cargo. Il s'arrêta devant un solide grillage surmonté d'un bavolet. Il posa de nouveau ses bagages, les muscles de ses bras tétanisés par l'effort, tâta le maillage à la recherche d'un passage. Il n'y voyait pas grand-chose. Pas une étoile ne perforait l'épaisse masse orageuse qui comprimait la ville sous sa chape de plomb. À une dizaine de mètres du quai, il repéra le trou, ou plutôt la découpe pratiquée dans le grillage. Décidément, ces types étaient bien organisés. Tout se déroulait comme on le lui avait expliqué. Oleg Korzhev se sentait un peu plus rassuré. Il passa les deux sacs dans le sas artificiel avant de s'y engager lui-même, puis avança le long d'un étroit sentier qui serpentait au milieu de buissons et d'épineux sauvages. Soudain, il la repéra. La voiture était là. Comme prévu. Une Mercedes sombre, sans doute noire. Une berline *Classe C*. Oleg Korzhev s'arrêta. Le conducteur ouvrit la portière et descendit. La lumière du plafonnier lui permit de distinguer celui avec qui il devait faire affaire. Un type guère plus âgé que lui. Les cheveux gominés plaqués en arrière, la gueule carrée avec de petits yeux et une sorte de demi-sourire. Il portait une veste claire. Grise peut-être. Oleg Korzhev remarqua l'anneau qui brillait à son oreille gauche. L'homme lui fit penser à Mickey Rourke. Il se souvint un instant d'une scène du film *L'année du Dragon* qu'il avait regardé à la télévision avec Lyudmila, quelques semaines avant son dernier départ.

« *You have it*? demanda l'homme.

— *Yes*. Répondit timidement Oleg Korzhev.

— *Show me! Open the bags.* »

Le trafiquant était-il seul? Quelqu'un pouvait-il être dissimulé sous un siège de la voiture? Aucune certitude. Mais les dés étaient jetés, la partie engagée. Impossible de renoncer. Le marin déposa les sacs de voyage par terre, fit jouer une fermeture à glissière.

« *I want to see the money* », exigea-t-il à son tour.

L'autre sortit un sac de sport noir de l'habitacle de la Mercedes. Il le posa sur le capot moteur, l'ouvrit, laissant entrevoir les liasses de billets de banque qui s'y entassaient.

« *Hundred thousand euros. The deal is OK man*! Pas d'embrouille tu vois! », rajouta-t-il en français. *Come on now! Give me the bags*! File-moi les sacs! »

Oleg Korzhev hésita.

« Allez! ordonna l'autre en agitant la main. Dépêche-toi, on va pas y passer la nuit!

— *What do you say*?

— *Come on! Don't be afraid*! »

Le marin ramassa les sacs et avança prudemment jusqu'à la voiture.

« Pose! Je veux juste vérifier!

— *What? Don't talk French*! »

D'une main, l'homme à la Mercedes s'empara d'un sachet puis fit jaillir la lame d'un couteau à cran d'arrêt de l'autre.

Le marin esquissa un mouvement de recul.

« Eh, t'inquiète pas mec! C'est le paquet que je veux percer, pas ta carcasse!

— *What do you say*? » répéta Korzhev franchement pas rassuré et qui n'entravait pas un mot de français.

Mickey Rourke soupesa le sachet avec satisfaction avant d'y planter la lame et d'en retirer quelques grammes de poudre blanche qu'il porta à ses lèvres. Contre toute attente, son visage exprima une grimace de dégoût. Il cracha.

« Qu'est-ce que c'est que cette merde? »

Oleg Korzhev resta interdit. Que se passait-il ? Il ne comprenait pas. À Barranquilla, on lui avait dit qu'il devait simplement convoyer deux gros sacs de voyage bourrés de cocaïne pure, et qu'en échange, il recevrait cent mille euros. Les sacs étaient restés bouclés dans la penderie de sa cabine, personne n'y avait touché, il en était certain. Il avait juste ouvert l'un d'entre eux une nuit, il voulait voir à quoi ressemblaient ces fameux paquets de coke. Il avait alors éprouvé la curieuse sensation de devenir le protagoniste d'un film d'action. Al Pacino dans *Scarface* !

L'homme à la veste grise cracha à nouveau, posa sachet et couteau sur le capot de la voiture et dégaina un Sig-Sauer équipé d'un silencieux.

« *What's the matter*, demanda Oleg Korzhev affolé.

— C'est quoi cette merde ? » répéta Mickey Rourke, furieux. Où est la came ?

— *What* ?

— *Where is the coke ? What have you done with it ?*

— *But, but...* bredouilla le carélien, *I don't understand...*

— Tu t'es foutu de ma gueule connard. T'as fourgué la dope ailleurs et tu veux me vendre cette merde à la place. *It is not the right dope* ! »

Oleg Korzhev recula, le regard fixé sur le canon pointé vers son estomac.

« *No* ! bredouilla-t-il, tentant de reprendre ses esprits, *I didn't touch it !* »

— Dégage fils de pute ! » éructa le trafiquant en pointant son arme.

C'est curieux la vitesse à laquelle le cerveau est capable de raisonner dans une situation comme celle-là. Oleg

Korzhev fixa le silencieux. On ne monte pas un tel système sur le canon d'un pistolet semi-automatique par hasard. Ça signifie qu'on a la ferme intention de s'en servir et qu'on ne veut surtout pas attirer l'attention du voisinage. Ne pas paniquer. Sauver sa peau. S'il se retournait pour s'enfuir, il deviendrait aussi facile à descendre qu'un éléphant dans une coursive du *Nikolay Zankov*. Il devait gagner du temps. Et pour cela, il fallait neutraliser l'agresseur. Essayer tout au moins. À l'époque où il était cadet à l'académie navale de Saint-Pétersbourg, il avait appris à se défendre contre les brutes locales imbibées de vodka, qui cherchaient la bagarre dès le premier regard de travers. Là, c'était une autre histoire. Mickey Rourke tenait un flingue ! Oleg Korzhev avait peur mais la colère était la plus forte. Il se précipita sur l'homme armé. Celui-ci, surpris, n'eut pas le temps de réagir et reçut une savate slave juste en dessous de la ceinture. Pas très réglo comme coup. Le trafiquant accusa le coup, se plia en deux et laissa tomber son Sig-Sauer.

« Espèce de salaud ! gémit-il, un genou en terre, essayant de récupérer son arme dans l'obscurité. Je vais te buter enfoiré ! »

Oleg Korzhev n'avait pas frappé assez fort. Mickey Rourke ne serait pas hors de combat bien longtemps. Il pouvait néanmoins profiter de la situation pour prendre le large. Il jeta un œil sur le capot de la Mercedes. L'argent était là, tout proche. Il n'avait pas pris tous ces risques pour repartir sans le magot. Il fallait profiter de cet instant de répit pour s'emparer du sac qui contenait les billets, puis ficher le camp. Ce que le marin ignorait, c'est que son adversaire avait pratiqué le rugby quelques années plus tôt et qu'il était alors réputé pour ses plaquages dévastateurs. Le clone de Mickey Rourke se détendit et plongea dans les jambes du russe qui s'écroula. Sa figure heurta l'aile gauche de la Mercedes, lui faisant voir trente-six chandelles. Oleg Korzhev secoua la tête, tentant de reprendre ses esprits. L'autre, à quatre pattes, le souffle court, tâtait nerveusement le terrain. Il ne tarderait pas à retrouver son flingue. Le carélien entreprit de se relever, prenant appui sur la voiture. C'est à ce moment-là qu'il sentit sous sa main droite quelque chose de dur. Il identifia rapidement l'objet. Le couteau à cran d'arrêt. La lame avait glissé du capot moteur lorsque sa tête avait frappé la carrosserie de la voiture. Instinctivement, il referma ses doigts autour du manche en corne. Au même instant, Mickey Rourke avait retrouvé son arme, coincée sous le pneu arrière de sa berline. Il s'en saisit par l'extrémité du silencieux. Korzhev avala sa salive. Agir. Vite. Ou bien mourir dans les secondes qui suivraient. Il bondit en avant comme un tigre sur sa proie et frappa. Une fois. Peut-être deux. Le trafiquant tomba sur ses fesses en râlant mais ne laissa pas tomber son pistolet pour autant. Le marin se releva le premier. Il n'avait plus le temps de faire le tour de la voiture et de s'emparer de l'argent. Il fallait déguerpir et se mettre à couvert. Il tourna les talons et prit ses jambes à son cou. La première balle siffla non loin de son oreille droite. Il évita la seconde en plongeant dans un fourré de ronces sauvages. Faisant fi des griffures, il se dégagea des épines et rampa le plus vite qu'il put. Il était désormais hors de vue, hors de portée, il le savait. Il se mit à courir en direction du *Nikolay Zankov*.

2

Mickey rageait. Grimaçant de douleur, il récupéra les deux sacs de voyage et les chargea dans le coffre de sa voiture. Il posa celui contenant l'argent, sur le siège passager, s'installa derrière son volant et démarra. Oleg Korzhev s'arrêta immédiatement et s'aplatit sur la terre chaude. Mickey allait-il tenter de le rattraper ? Il releva prudemment la tête au-dessus des herbes sauvages. La voiture n'avançait pas. Au contraire, elle reculait et s'éloignait en direction de la route. Le russe attendit encore quelques instants avant de se remettre sur ses jambes. De multiples pensées martelaient son esprit bouillonnant. Comment avait-il pu se laisser berner aussi facilement ? Comment une situation aussi prometteuse avait-elle pu se transformer en un tel fiasco ? Il essayait désespérément de comprendre. S'était-il vraiment fait fourguer de la fausse came en Colombie ? Mickey Rourke avait-il essayé de le doubler en récupérant la drogue sans lâcher le pognon ? Qu'il avait été naïf. Naïf au point de croire qu'il empocherait cent milles euros comme ça, en claquant des doigts. Naïf au point de ne même pas obtenir une avance sur la somme promise, lorsqu'il avait accepté de convoyer ces deux maudits sacs de poudre. Une seule chose était claire dans cette ténébreuse atmosphère, ses rêves s'étaient envolés. Il ne pourrait pas acheter la maison en bois au bord du lac Onega de sitôt. Il devrait attendre encore avant d'épouser Lyudmila, avec le risque qu'elle rencontre un type mieux que lui à l'université de Petrozavodsk. Un gars plus intelligent, plus cultivé et surtout plus riche. Il se retourna vers le halo lumineux dégagé par le *Nikolay Zankov*. Combien d'années devrait-il encore supporter ce vieux navire ou bien un autre avant de réunir l'argent nécessaire à l'accomplissement de ses projets ? Pourrait-il même rester à bord sans risquer sa peau ?

Franck Marchado avait rejoint la route du centre-ville. Lui aussi cherchait à comprendre pourquoi les affaires avaient mal tourné. Ça ne devait pas se passer comme ça, puisqu'il avait tout combiné dans sa tête. Il avait prévu de récupérer la marchandise sans refiler le blé à ce crétin du pays des soviets. Le flingue devait être suffisamment persuasif. Au pire, il tirerait une balle ou deux au coin de ses oreilles et avec le silencieux, aucun risque d'attirer l'attention d'un promeneur insomniaque. Popov aurait tellement la frousse qu'il détalerait sans demander son reste, la queue basse, pour se planquer au fond de la cale de son cargo. À qui irait-il se plaindre cet imbécile ? C'était du tout cuit. Ce n'était pas la première fois qu'il participait à un échange, mais d'habitude, ça se déroulait, disons, normalement. Le passeur récupérait l'argent promis une fois la marchandise remise et vérifiée. Il valait mieux éviter les vagues. Oui mais voilà, Franck Marchado avait besoin d'argent. Il s'était fichu dans la mouise jusqu'au cou ces derniers temps. Pour sauver sa tête, il devait rembourser rapidement ses dettes, puis disparaître de la circulation un bon bout de temps. Alors, il avait flairé la bonne occase. Ces cinquante kilos de coke auraient dû transiter par la voie habituelle, mais il y avait eu des fuites à Barranquilla. Les Stups locaux étaient sur les talons des frères Estrada, leurs fournisseurs habituels en Colombie. Miguel et José Estrada avaient dû trouver dare-dare de nouveaux itinéraires pour acheminer la marchandise jusqu'en Europe, par petites quantités. La présence du *Nikolay Zankov* dans le port de Barranquilla et surtout sa future escale à Bayonne, leur avait fourni une excellente opportunité. José Estrada avait envoyé son cousin Estéban Rincón en repérage à bord du cargo. Rincón était docker sur le port. Ça tombait bien. Oleg Korzhev lui était apparu comme le pigeon parfait, un type qui avait besoin d'argent et qui ne posait pas trop de questions. La came, d'une qualité et d'une pureté exceptionnelles était promise à un grossiste espagnol. Il serait facile de lui faire traverser les Pyrénées depuis Bayonne. Gordy, le chef du réseau dans la région, avait chargé Marchado et son acolyte Bernard Palay, alias *Pâquerette*, un sobriquet ridicule qu'il portait depuis l'enfance, de récupérer les cinquante kilos de coke et de refiler cent mille euros au marin russe. Hors de question de chercher la moindre embrouille. Les deux compères étaient prévenus et toucheraient pour ça une petite commission. Le problème était que cette commission serait très insuffisante pour rembourser la dette de Marchado et surtout lui donner l'occasion de se refaire la cerise aux antipodes. Les cent mille euros, par contre, remplissaient tous les objectifs fixés. Il lui suffirait de faire croire à ce stupide marin que la came était naze, et que dans ces conditions, il était hors de question qu'il touche l'oseille promise. Gordy ne saurait jamais rien de sa combine. Le boss aurait sa came et lui refilerait même son bonus. Tout devait bien se passer. Pâquerette n'ignorait rien des soucis d'argent de son acolyte et de son projet de fuite à l'anglaise. Il avait accepté le *deal* qui consistait à laisser son pote Francky se rendre seul au point de rendez-vous.

Pourtant, une douleur bougrement vive transperçait l'abdomen de Franck Marchado, lui rappelant que ses plans avaient foiré. Il porta sa main droite à son buste. Il pissait le sang. Cet empaffé de russe l'avait eu. Une égratignure sans doute. Pas de quoi s'affoler. Pourtant, sa vue devenait de plus en plus trouble. Son cœur battait de plus en plus vite. Sa bouche était sèche et il avait soif. Pourquoi avait-il peur tout à coup ? Peur de quoi d'ailleurs ? De mourir ? Non, ce serait trop con. Il avait cependant besoin d'aide et de soins de toute urgence. Il ne pouvait pas se rendre à l'hôpital avec ses embarrassants bagages. Il devait d'abord planquer la marchandise et l'oseille. Le mieux et le plus rapide était de se rendre chez *Pâquerette*. Il passa devant les anciens entrepôts désaffectés près de la gare de triage. Sa tête s'affaissa sur le volant, le faisant dévier de sa trajectoire. Le coup de klaxon et les appels de phares d'une voiture arrivant en sens inverse le firent réagir. Il donna un coup de volant sur la droite pour éviter la collision. Il lui fallait de l'aide de toute urgence. Il n'y arriverait pas seul. Il s'engagea dans un parking à moitié vide à cette heure de la nuit, stoppa contre le trottoir. Les lumières des lampadaires tournoyaient autour de lui mais il avait encore conscience de l'endroit où il se trouvait. De sa main poisseuse de sang, il dégagea son téléphone portable de sa veste et rassembla tous ses esprits pour sélectionner le bon numéro dans son répertoire. Au bout de cinq sonneries, on décrocha enfin.

« Allô !... C'est Fr..., soupira-t-il.

— Francky ? C'est toi ? T'es où ? »

Pas de réponse.

« Francky ! Francky ! T'es où bordel ! Qu'est-ce qui se passe, putain ! »

Franck Marchado ne répondit pas. Il ne répondrait plus jamais à aucune question d'ailleurs. Il s'était effondré sur le siège passager de sa Mercedes, à côté d'un sac ouvert, plein de billets de banque.

3

La sonnerie du téléphone le fit presque sursauter. Il somnolait devant un pitoyable navet à l'intrigue élimée, mille fois remâchée par les réalisateurs de téléfilms d'horreur de série Z. Si la série Z est le parent pauvre de la série B, elle-même sous genre de ce que l'on peut appeler, et encore pas toujours, le Grand cinéma, ce nanar calamiteux au budget frisant l'indigence aurait dû être qualifié de double voire triple Z ! Un chef-d'œuvre en péril qui battait tous les records. Des dialogues écrits par des scénaristes déscolarisés en seconde année de maternelle, des effets spéciaux à mourir de rire, réalisés avec de la pâte à modeler et des voitures miniatures dans un bac à sable et enfin, des acteurs minables jouant minablement des situations minables en sortant des répliques minables devant des zombies… ridicules. Seul le 85 bonnet F ou peut-être G généreusement mis en avant par la fausse blonde qui jouait le rôle d'une infirmière névrosée, lui faisait lever de temps à autre un sourcil distrait.

Il récupéra son téléphone posé sur la table basse de son salon. Pas celui pour lequel il payait un abonnement par prélèvement automatique chez un opérateur tout ce qu'il y a de plus honnête, non, celui doté d'une carte prépayée, acheté en liquide dans un supermarché et qui ne servait que pour le boulot. « F », indiquait son écran. Francky. Il appelait sans doute pour lui dire que sa mission avait été menée à bien, qu'il avait enflé le marin russe, récupéré la coke tout en parvenant à conserver le blé.

« Ouais ? fit-il en décrochant.

— Allô !... C'est Fr...

— Francky ? C'est toi ? T'es où ? » demanda-t-il subitement soucieux.

Pas de réponse. De sa main libre, il attrapa la télécommande de la télévision et appuya sur le bouton qui désactiva immédiatement le son des haut-parleurs.

« Francky ! Francky ! T'es où bordel ! Qu'est-ce qui se passe, putain ! »

Toujours aucune réponse. Quelque chose clochait.

« Francky, réponds ! » insista-t-il.

Rien. Il raccrocha. Peut-être y avait-il eu une coupure de réseau. Il regarda l'écran de son mobile la mine préoccupée, espérant que la sonnerie retentirait de nouveau. Comme rien ne se passait, il décida de composer le numéro de son compère de plus de quinze ans, mais après cinq sonneries, il tomba sur le répondeur. Inutile d'insister. Il reposa son téléphone et se frotta énergiquement le visage avec la paume de la main, comme s'il cherchait à se réveiller d'un mauvais rêve. Francky avait un problème, il le sentait. Et si Francky avait un problème, il aurait lui aussi un problème. Gordy n'allait pas les louper.

Il se leva d'un bond, s'empara des clés de sa BMW et claqua la porte de son appartement, situé dans un quartier populaire du nord de la ville. Tout en démarrant, il essaya de rassembler ses esprits et de réfléchir avec pragmatisme. Il donna un coup de poing sur son volant. Jamais il n'aurait dû accepter de laisser Francky se charger seul de cette transaction. Il aurait dû insister pour l'accompagner. Pour protéger ses arrières comme il l'avait toujours fait. Mais Francky l'avait conjuré de l'y laisser aller seul. Il s'était mis dans la panade et il devait s'en sortir sans son aide. Il avait fréquenté une bande de types véreux à Bilbao, au début de l'hiver dernier. Des mecs pas nets du tout qui l'avaient piégé comme un débutant. Francky avait toujours été un intrépide fonceur, doté d'un indéniable talent pour se mettre dans des galères sans nom. C'était déjà comme ça lorsqu'ils jouaient tous les deux au rugby dans le club de Saint-Vincent-de-Tyrosse, quinze ans plus tôt. Francky, pas très grand mais teigneux, jouait centre. Il était réputé et même craint par ses adversaires. Il ne connaissait que la ligne droite et fonçait quelle que soit la masse de muscle ou de graisse qui se présentait face à lui. Certains le surnommaient « Le sécateur » à cause de ses plaquages dévastateurs, souvent limites. Il ne comptait plus les cartons jaunes, parfois rouges, sans parler des blessures, luxations et autres fractures qui l'immobilisaient parfois de longues semaines et l'obligeaient à ronger son frein sur le banc de touche. Son entraîneur de l'époque était dépité. Francky était pour lui un cas désespéré. « Un potentiel astronomique mais une cervelle de puceron », répétait-il. Le coach de l'UST ne faisait pas la même analyse des capacités de Bernard Palay, alias

Pâquerette. Pourtant, physiquement, Bernard Palay n'avait rien d'une fleur. « Baobab » ou « Séquoia géant » auraient été plus appropriés le concernant. Ce n'était pas de sa faute si sa mère fleuriste ne vendait pas d'arbres géants dans le bourg du village. Tout le monde l'appelait *Pâquerette* depuis l'école primaire. Ce surnom incongru ne l'avait jamais quitté. Dans l'équipe, il tenait le poste de seconde ligne. 1,92 m pour 117 kg. Un beau bébé ! Des épaules de bûcheron canadien et des paluches dans lesquelles le ballon devenait kumquat. Il évoluait sur la pelouse le menton pointant vers l'en-but adverse et fixait ses adversaires avec le regard d'un tueur. Cependant, si mère nature avait pourvu Bernard Palay d'un physique de brute, elle lui avait également donné un cerveau efficient. Contrairement à celui qui était devenu son ami et sur lequel il posait un regard bienveillant et protecteur, il était apte à mesurer les risques que présentaient telle ou telle situation, que ce soit sur le terrain, ou dans la vie en général. Bernard Palay était une sorte d'intellectuel, avide de science et de littérature, cinéphile averti et grand amateur de musique sacrée. Tout le contraire de Franck Marchado. Peut-être leur amitié s'était-elle bâtie au-dessus de l'abîme intellectuel qui les séparait ? Peut-être s'étaient-ils rapprochés justement parce qu'ils étaient la parfaite antithèse l'un de l'autre ? Ils étaient devenus petit à petit inséparables, dans les bons comme dans les mauvais coups. Surtout dans les mauvais coups. *Pâquerette* veillait sur Francky et Francky savait que *Pâquerette* veillait sur lui. Ils n'avaient aucun secret l'un pour l'autre. Le rugby, ça forge les caractères et l'amitié. La prison aussi. Quelques années plus tôt, ils s'étaient fait pincer ensemble au volant d'une Porsche 911 Carrera toute neuve, volée sur le parking du golf du Phare à Biarritz. À cette époque, ils faisaient encore partie de l'équipe de rugby de Tyrosse mais ils avaient aussi intégré une seconde équipe, un gang de voleurs de voitures de luxe qui sévissait sur tout le sud de la France. Ce soir-là, ils s'apprêtaient à prendre l'autoroute mais les policiers, à leurs trousses depuis plusieurs jours suite à la révélation d'un indicateur zélé, les attendaient au péage. Comme d'habitude, Franck Marchado n'avait pas pu se tenir tranquille lorsque les flics les avaient interpellés. Il avait foncé dans le tas, convaincu d'éliminer ses adversaires du jour, même si ces derniers étaient équipés de matraques, voire de pistolets semi-automatiques. Absurde décision. Voyant que son ami commençait à ramasser coups de pied et coups de bâton, *Pâquerette* avait bondi à la rescousse. La réflexion a ses limites, surtout si on en vient à toucher à son poteau Francky. Les deux compères perdirent la partie lorsque le contenu d'un car de CRS débarqua pour porter main-forte à leurs collègues, en grande difficulté. La mésaventure s'était terminée au poste, et quelques semaines plus tard, dans l'une des cellules de la vieille prison de Bayonne. Un événement qui mit un terme à leur carrière de joueurs de rugby, mais pas à celle de fripouilles.

Le point faible de Bernard Palay, si tant est qu'on puisse le qualifier comme tel, était son amour immodéré pour les femmes. Surtout si leur tour de poitrine concurrençait celui de la chanteuse des années quatre-vingt-dix, Samantha Fox. Seules les femmes parvenaient à lui faire perdre le contrôle de ses décisions ou de ses actes. C'était précisément ce qui s'était produit lorsque Francky s'était fait pigeonner. *Pâquerette* avait préféré conter fleurette à sa dulcinée du moment, au lieu de dissuader son camarade Francky de se rendre au tripot clandestin des lascars de Bilbao. En deux temps trois mouvements, Francky s'était fait plumer. Et même pire. Les poches vides, il avait demandé une avance qui n'avait pas fait long feu. Les mecs de Bilbao n'étaient pas des plaisantins. Francky n'avait plus le choix s'il ne voulait pas finir ses jours prématurément, en sautant du haut des falaises de la Galea. Il devait au plus vite leur rembourser les vingt-cinq mille euros empruntés. Une fois ses dettes effacées, il n'aurait plus qu'à se tirer de l'autre côté de la planète, loin de Bilbao et même de Gordy, mis au courant des derniers faits d'armes de l'un de ses hommes de main. Gordy n'appréciait pas du tout ce genre d'exploit, particulièrement dommageable pour son image personnelle et ses affaires. L'occasion s'était présentée avec cette livraison de coke dans le port de Bayonne. Pour une fois, Francky s'était montré persuasif. Il avait bien préparé son coup. C'était du tout cuit. Même Gordy n'en saurait rien. Il récupérerait la marchandise et filerait même une jolie prime à son binôme de choc. *Pâquerette,* conscient que son ami avait de graves ennuis, s'était laissé convaincre. Et maintenant, il s'en mordait les doigts.

Il prit la route du port et s'engagea dans le chemin carrossable du terrain vague situé tout à côté du quai Saint-Bernard. À cinq cents mètres de là, on apercevait le cargo du marin russe chargé de convoyer la poudre. Il s'arrêta là où son compère avait lui-même garé sa Mercedes et descendit de l'habitacle. Rien. Il n'y avait personne. Tout était calme. Pas un souffle d'air. Juste cette chape de plomb qui vous faisait transpirer comme à l'intérieur d'un sauna. Il sortit une lampe de poche de la boîte à gant et s'avança le long du chemin, jusqu'au grillage qu'ils avaient découpé quelques jours plus tôt pour permettre au marin de sortir de la zone portuaire. Là, il hésita sur la marche à suivre. Franchir la barrière et débusquer le marin dans son bateau, ou bien revenir sur ses pas et tenter de retrouver Francky. Il ne mit pas cinq secondes à se décider. La vie de son camarade était prioritaire et il était évident que Francky avait des ennuis. Mais où était-il donc passé ? Il n'était plus sur le terrain vague en tout cas. L'échange s'était apparemment déroulé sans anicroche et il avait quitté les lieux au volant de sa Mercedes. Où était-il allé ensuite ? Le plus logique était de penser qu'il s'en était tenu au plan initial, c'est-à-dire qu'il était rentré chez lui, d'où il était convenu qu'il lui téléphone pour lui dire qu'il avait accompli sa mission. Il remonta dans sa voiture. En sortant du terrain vague, il prit à gauche en direction de la sortie de la ville vers Boucau puis Tarnos. Il choisit le trajet le plus direct jusqu'au domicile de Marchado, où il ne trouva personne. De plus en plus inquiet, il composa de nouveau le numéro de son partenaire, mais obtint la messagerie après quelques sonneries dans le vide. Il jura intérieurement. Comme il sentait sa nervosité grandir petit à petit il ferma les yeux quelques secondes pour réfléchir et se calmer. Il ne devait ni paniquer ni anticiper la réaction de Gordy. Si Francky avait merdé et si lui, *Pâquerette*, l'avait laissé seul se rendre au rendez-vous, il allait entendre parler du pays. Il lui fallait faire preuve de bon sens. Qu'avait pu faire ce satané Francky en quittant le terrain vague. Par où était-il passé ? Il refit le chemin inverse jusqu'au quai Saint-Bernard en prenant un itinéraire différent, sans obtenir un résultat plus rassurant. S'il ne retrouvait pas son partenaire avant l'aube, il serait obligé de prévenir Gordy. Et ça, il aimait autant l'éviter. Il prit la direction du centre-ville, se disant que Francky se sentant aux abois ou en détresse, avait peut-être choisi de venir chercher du secours chez lui. Quel itinéraire avait-il pris depuis le rond-point de la Pièce Noyée au niveau de la gare de triage ? Le centre-ville ou la gare ? Il examina les deux parcours sans rien voir. Il passa pourtant deux fois devant le parking situé près du pont Saint-Esprit, non loin de la gare, où Franck Marchado avait trouvé refuge et avait rendu l'âme. La Mercedes était invisible depuis la rue, cachée par un camping-car garé dans ce même parking. Un peu après quatre heures du matin, à court d'idée, il se résigna à rentrer chez lui. L'inquiétude avait fait place à la colère. Une violente colère contre lui-même, pour sa négligence et son incompétence. Même le deuxième mouvement du concerto pour piccolo en ut majeur RV 443 de Vivaldi, un des airs du Maître vénitien qu'il préférait, n'aurait pas réussi à le calmer. Lorsque le soleil se lèverait, d'ici deux heures, il lui faudrait appeler Gordy. Il devrait également s'attendre à la visite des flics, surtout si Francky avait foiré son coup et s'était fait serrer.

4

Aux premières lueurs de l'aube, un employé de la société des chemins de fer fit une macabre découverte alors qu'il descendait de sa voiture pour prendre son service. L'infortuné cheminot avait remarqué une Mercedes *Classe C* noire, stationnée le long du trottoir, devant la place en épi où il avait garé sa Peugeot. Il ne put retenir un juron à l'adresse de l'abruti qui s'octroyait le droit d'occuper quasiment trois places de parking. Mais lorsqu'il jeta un coup d'œil à l'intérieur de la berline, il aperçut le conducteur inanimé, la tête reposant sur le siège passager. Il tapa à la vitre sans résultat avant d'ouvrir la portière. Il tenta de se convaincre que l'homme étendu en travers de l'habitacle n'était qu'endormi, qu'il cuvait quelques litres de bières, ou bien qu'il était victime d'un malaise. Mais au fond de lui il savait. Les yeux ouverts, le visage livide, figé dans une ultime grimace de douleur, le sang séché sur la chemise et la veste. Cet homme était mort. Et pas de mort naturelle. Le cheminot resta pétrifié, la bouche entrouverte devant cette scène irréelle. Il ne parvenait pas à détacher ses yeux de ceux du mort, le visage déformé par la souffrance. Il mit de longues secondes avant de recouvrer un minimum de ressources qui lui permirent de détaler pour donner l'alerte.

En raison de la nature de la marchandise découverte dans le coffre de la Mercedes par les premiers policiers arrivés sur les lieux, l'enquête fut confiée à la brigade des Stups du commandant Jacques Camiade. Selon le premier rapport signé par Camiade le soir même, la victime, Franck Marchado, trente-cinq ans, truand bien connu des services de police, déjà fiché et écroué à plusieurs reprises dans diverses affaires de trafic de drogue et de voie de fait, avait été frappée deux fois avec une lame effilée au niveau de l'abdomen. Une autopsie serait réalisée mais il semblait évident, d'après les premières constatations du médecin légiste dépêché sur les lieux, qu'un organe vital avait été perforé, entraînant une hémorragie et la mort au bout de quelques minutes. Pour Camiade, il ne faisait aucun doute qu'une livraison de drogue avait mal tourné. Marchado était-il le convoyeur ou l'acheteur ? Rien ne permettait encore de l'affirmer. Il avait reçu deux coups de couteau mais avait réussi à filer. Sentant ses forces l'abandonner, il s'était garé le long de l'Adour, non loin du pont Saint-Esprit, avait tenté de joindre un complice pour recevoir de l'aide. L'analyse du journal des appels passés depuis son téléphone portable, retrouvé sur le plancher de la voiture, avait confirmé cette hypothèse. Il n'avait de toute évidence pas réussi à préciser l'endroit exact où il s'était arrêté. Dans le cas contraire, son ou ses complices auraient au moins récupéré les sacs saisis par la police. Il était probablement mort dès le commencement de la conversation. L'heure du décès pouvait par conséquent être établie avec précision à une heure quarante-sept grâce à l'historique de l'appareil. Il serait sans doute impossible de remonter jusqu'au dernier correspondant de Franck Marchado. Il y avait quelques numéros dans le répertoire du téléphone, mais aucun nom. Juste des initiales, des codes. Marchado prenait soin de vider l'historique de ses appels passés et reçus. Le seul numéro qui y figurait était celui du mystérieux correspondant qu'il avait contacté à une heure quarante-sept. Un appel de trente-sept secondes très précisément. Le numéro composé était probablement celui d'un téléphone GSM à carte rechargeable acheté sous une fausse identité ou bien volé, si ce n'était pas celui d'un téléphone jetable. Une pratique courante chez les trafiquants de tout poil. Des numéros de téléphone, Camiade n'en manquait pas. Le plus difficile était toujours de faire correspondre un nom et un numéro. Ce mystérieux correspondant avait rappelé trois fois dans les deux heures qui avaient suivi. Bien entendu, il n'avait laissé aucun message. Un pistolet semi-automatique équipé d'un silencieux fut retrouvé dans l'habitacle de la Mercedes. Un Sig-Sauer P220 « Classic 22 » équipé d'un silencieux Brügger & Thomet.

Il manquait des balles dans le chargeur. D'après les premières analyses effectuées dans le courant de la journée, l'arme avait été utilisée peu de temps avant le décès. Les balles avaient-elles fait mouche ? Impossible de le dire à ce stade de l'enquête. La voiture fut passée au crible par les agents du SLPT[1] avant d'être enlevée des lieux puis transportée jusqu'au laboratoire d'analyse de la police scientifique de Bordeaux. C'était un modèle récent, immatriculé dans l'Hérault, mais les plaques étaient fausses, évidemment. Si les numéros du moteur et du châssis n'avaient pas été effacés, il serait possible de remonter jusqu'à son propriétaire. Il s'agissait à coup sûr d'un véhicule volé. Plusieurs empreintes de doigts avaient été relevées sur la carrosserie et à l'intérieur de la Mercedes. Mais pouvait-on en attendre un résultat substantiel ? N'importe qui peut plaquer ses mains sur une automobile en stationnement. Le cheminot et même les agents de police arrivés en premier sur les lieux avaient posé leurs pattes sur la voiture en plusieurs endroits et involontairement altéré d'importants indices. D'une manière générale la scène présumée du crime avait été sensiblement polluée et l'enquête n'en serait pas facilitée. Des empreintes sur le capot moteur, les portières, le haut des ailes ou le toit peuvent être déposées par un passant ou un curieux, mais il semble déjà moins banal d'en laisser sur les flancs, à hauteur des passages de roue. C'est pourtant là que les techniciens prélevèrent plusieurs traces de doigts assez nettes. Dans quelles circonstances ces marques avaient-elles été faites ? Elles étaient récentes en tout cas. Quelqu'un s'était-il caché, accroupi derrière la Mercedes, posant sa main nue sur la tôle ? À vérifier. Tous les relevés seraient confrontés au fichier automatisé des empreintes digitales. Camiade était confiant. Ce meurtre permettrait aux Stups de Bayonne et

1 SLPT : Services locaux de police technique. Service local regroupant les agents de police spécialisés dans le prélèvement d'indices, la recherche de traces, la prise de photographies, etc.

d'ailleurs de remonter de nombreuses pistes et de démanteler quelques-uns des multiples réseaux de trafic de drogue qui étendaient leurs mortels tentacules sur tout le sud du pays. L'affaire était pour lui un gros coup. Jamais pareille saisie n'avait été réalisée dans la région. La cocaïne récupérée était de première catégorie. De la colombienne à n'en pas douter. La valeur des quarante-sept kilogrammes de poudre fut estimée à près de deux millions et demi d'euros sur le marché illicite de la revente des stupéfiants. Et encore, si elle était revendue en l'état. Son extraordinaire pureté qui fut quantifiée à 82 % par le labo impliquait obligatoirement que le produit serait coupé avant sa mise sur le marché. En l'état, cette coke présentait un réel danger pour les usagers, pouvant provoquer des risques cardiaques élevés. Pour redescendre son taux à 40 voire 30 %, peut-être moins, les trafiquants et plus particulièrement leurs chimistes, utilisaient souvent des analgésiques comme la Phénacétine, des anesthésiques locaux tels la Xylocaïne ou la Lidocaïne ou tout simplement de la caféine, du paracétamol, du sucre et même du lait en poudre. Cette opération avait surtout comme avantage de multiplier les bénéfices de la pègre. Oui, c'était un gros coup. Par où la drogue avait-elle cheminé ? La mer ? L'air ? La route ? Dès son retour au bureau, Camiade contacterait ses confrères à Bogota. Peut-être seraient-ils en mesure de l'informer sur les nouveaux itinéraires d'acheminement de la came vers l'Europe.

L'émulation entre passeurs et douaniers avait atteint des sommets ces derniers temps. Au commencement, la coke débarquait en Europe dans de classiques valises à double fond qui transitaient via les aéroports ayant des lignes directes avec l'Amérique Latine, comme Francfort, Amsterdam, Paris ou Londres. Mais les douaniers, de plus en plus efficaces, avaient rapidement appris à repérer la moindre valise suspecte. Alors, les techniques utilisées par les passeurs évoluèrent à leur tour. Les trafiquants ne renonçaient jamais et ne manquaient pas d'imagination pour détourner les systèmes de surveillance les plus sophistiqués. Les gabelous découvraient désormais dans les bagages en provenance de Bogota, Medellin, Lima ou La Paz, des vêtements amidonnés à la cocaïne, de fausses savonnettes, des haricots ou des grains de café sculptés dans de la coke plastifiée. Les pièces d'artisanat étaient également parfois réalisées en cocaïne pure. Pour déjouer la truffe des chiens renifleurs, on diluait souvent la marchandise dans du parfum ou des bouteilles d'alcool. Les trafiquants engageaient toujours des mules, ces passeurs désargentés qui ingurgitaient de petites quantités de came enveloppées dans des préservatifs ou des capsules en plastique, au risque de mourir dans d'atroces souffrances si les paquets venaient à céder dans leur intestin. Les quantités les plus importantes voyageaient par bateau, dissimulées plus ou moins discrètement dans des conteneurs à destination des grands ports européens comme Malaga, Barcelone, Marseille, Naples, Anvers, Rotterdam ou Hambourg. D'autres transitaient par l'Afrique, les Açores ou les Canaries. La marchandise était ensuite acheminée à travers toute l'Europe par camion ou véhicule particulier, sans oublier les fameux *go fast*.

5

Le samedi matin, à l'heure où les premiers embouteillages commençaient à se former au niveau du pont Grenet, le *Nikolay Zankov* glissait silencieusement avec le jusant vers l'océan, assisté par le remorqueur du port. Le cargo enfin libéré de la terre ferme, Oleg Korzhev pouvait enfin respirer. À aucun moment pendant les opérations de déchargement, il n'avait quitté le bord. Il avait occupé ses quarts à diverses tâches de maintenance, l'œil toujours aux aguets. Il avait rapidement pris ses repas dans le carré de l'équipage, ne parlant pas ou très peu et était resté enfermé le reste du temps dans sa petite cabine, essayant vainement de trouver le sommeil. Peut-être imaginait-il qu'une fois endormi, le temps passerait plus vite, jusqu'à ce qu'il retrouve la temporaire protection du large. Mais le sommeil ne venait pas. Comment Oleg Korzhev aurait-il pu fermer l'œil après ce qu'il s'était passé ? Lorsqu'il était remonté à bord du cargo le souffle court, il s'était précipité dans sa cabine. Personne à bord ne s'était rendu compte de son escapade nocturne.

Lorsque le jour s'était levé, la vie avait lentement repris à bord du cargo. Vers sept heures du matin les sirènes deux tons des voitures de police avaient commencé à résonner au loin. Elles ne disparurent que tard dans l'après-midi. Les marins du cargo interrogèrent les dockers, mais personne n'était au courant de ce qu'il se passait. Oleg Korzhev, lui, savait. Mickey Rourke n'avait pas dû aller bien loin. Les policiers l'avaient retrouvé. Mort de toute évidence. Cela faisait de lui un meurtrier. Comment vivre avec cette réalité ? Jamais il n'aurait dû accepter de convoyer cette maudite came. Non seulement l'échange avait foiré, mais en plus, il avait tué un homme. Comment Lyudmila pourrait-elle aimer un trafiquant de drogue doublé d'un assassin ? Il s'était fourré dans un sacré pétrin. Il n'avait pas été atteint par les balles tirées par Mickey Rourke, mais il avait laissé tomber le couteau lorsqu'il s'était étalé dans les ronces. La police locale découvrirait-elle la lame dans le terrain vague non loin du poste où le *Nikolay Zankov* était amarré ? Il y avait ses empreintes dessus. Remonterait-on jusqu'à lui ? Il avait beau se répéter qu'il n'était fiché nulle part, il ne parvenait pour autant pas à se rassurer, à évacuer la trouille de son cerveau. Les flics allaient se mettre à sa recherche. La mafia aussi pouvait décider de le retrouver et de lui faire sa fête. Certes, il n'était en possession ni de l'argent, ni de la dope, mais on pouvait quand même envoyer quelqu'un lui donner une bonne leçon, ou pire, liquider un témoin gênant. À plusieurs reprises, il lui avait semblé distinguer une voiture sombre près de la grille d'entrée du terre-plein de stockage. Une grosse BMW peut-être. Personne n'en était descendu. La présence policière avait sans doute imposé la prudence à ses occupants. Essaieraient-ils de monter à bord avant le départ ? Devrait-il se terrer comme un rat au fond d'une cale jusqu'à l'appareillage pour échapper à leurs griffes ? Cette seconde et dernière nuit dans ce port du sud-ouest de la France lui parut interminable. Il resta assis sur sa couchette, à l'affût du moindre bruit, craquement ou grincement du navire tirant sur ses amarres au rythme du ressac. À un moment, il s'était subitement redressé sur sa couchette. Quelqu'un marchait dans la coursive. Des pas irréguliers s'étaient lentement rapprochés de sa cabine. Oleg Korzhev avait senti la sueur couler le long de son échine. Instinctivement, il avait cherché une arme. Quelque chose pour se défendre. Il avait ouvert le tiroir de son petit bureau, l'avait fouillé nerveusement. Il en avait sorti une paire de ciseaux à bouts ronds. Des ciseaux d'écolier. Il n'aurait pas fait de mal à une souris avec ça. Les pas s'étaient arrêtés derrière sa porte. Il avait serré les ciseaux de toutes ses forces, gardant les yeux fixés sur la poignée de la porte, la sueur perlant le long de ses tempes. Pendant quelques secondes qui lui avaient paru durer une éternité, ç'avait été le silence, comme si le marcheur hésitait sur la décision à prendre. Puis, les pas s'étaient éloignés, avec le même caractère erratique et avaient disparu. Oleg Korzhev avait posé les ciseaux sur sa couchette. Son cœur battait à se rompre. Il s'était emparé d'une bouteille d'eau minérale et avait bu longuement directement au goulot. L'eau débordait de sa bouche et coulait le long de son cou. Alors qu'il commençait à recouvrer son calme, l'oreille toujours tendue, il s'était à nouveau raidi. Les pas claudicants revenaient. Il s'était plaqué contre le châssis de la porte, prêt à sauter sur l'intrus si celui-ci s'était avisé à entrer. Mais le boiteux avait fait demi-tour et s'était éloigné en toussant. La toux d'un grand fumeur s'était dit Oleg Korzhev, avant de partir d'un rire convulsif. Il connaissait le mystérieux marcheur. C'était Anatoliy Dasaev, mécanicien à bord. Il arrivait souvent au vieux marin de se lever pendant la nuit et de se promener le long des coursives lorsque sa jambe le faisait souffrir. Une ancienne blessure qui remontait à l'époque où il servait dans les sous-marins de l'armée soviétique. Oleg Korzhev s'était trouvé stupide d'avoir pris son compagnon pour un tueur, monté à bord lui régler son compte. Il s'était allongé, avait fermé les yeux mais n'avait pas dormi.

Qu'est-ce qui lui avait pris ce soir-là dans un troquet enfumé du port de Barranquilla ? Le *Nikolay Zankov* y déchargeait des pompes et du matériel de forage enfermés dans des conteneurs. Les opérations étaient presque terminées. Le cargo devait refermer ses cales le lendemain en fin de matinée et traverser l'atlantique sur ballast, direction l'Afrique occidentale, pour y charger du bois exotique à destination de la France. Oleg Korzhev sirotait tranquillement un verre d'Aguardiente[2] fraîche, grillait une *Marlboro* tout en observant les danseurs et surtout les filles, qui se déhanchaient lascivement au son du Vallenato[3]. Il n'avait pas tout de suite remarqué le type qui s'était assis à sa table.

2 Aguardiente : Liqueur anisée qui se boit très fraîche. Elle contient un alcool de canne à sucre et peut être considérée comme la boisson nationale colombienne. L'aguardiente titre environ 30° d'alcool.

3 Vallenato : Genre musical de Colombie né dans la région de Valledupar (d'où son nom). Il regroupe 4 rythmes principaux, le paseo, le merengue, la puya et le son. Comme la Salsa, le Vallenato a subi plusieurs influences, espagnole, africaine, indigène. Les principaux instruments sont l'accordéon diatonique et la guacharaca pour les percussions. Le Vallenato est le chant colombien par excellence, au même titre que la Cumbia (plus ancienne).

« T'es bien sur le *Nikolay Zankov* ? » avait fait l'homme dans un anglais fortement coloré d'accent espagnol.

Oleg Korzhev avait considéré son voisin impromptu, la trentaine, basané, l'œil arrogant. Le Colombien avait jeté un regard circulaire sur la salle enfumée. Jugeant que la musique, les cris et les rires couvraient sa voix, il avait proposé :

« Ça te dirait d'empocher facilement plus de cent mille dollars américains ? »

Oleg Korzhev avait reposé son verre sur la table, tentant d'interpréter le regard d'aigle de l'inconnu. Il ne saisissait pas vraiment le sens de cette proposition peu banale. Pourquoi ce type lui proposait-il pareille somme ? Se fichait-il de lui ? Il flairait l'entourloupe.

« Quoi ? Qui êtes-vous ? avait-il demandé au bout d'un moment.

— *Me llamo José.* Cent mille *hombre.* En euros, c'est encore mieux. T'as rien à craindre. »

Oleg Korzhev avait la bouche sèche. Il avait repris son verre, l'avait porté à ses lèvres et vidé d'un trait. L'alcool de la liqueur anisée lui avait légèrement brûlé la gorge, puis lui avait procuré une agréable sensation de fraîcheur.

« Si t'as pas envie, laisse tomber, avait rétorqué le Colombien en tordant sa bouche, le sourcil relevé. On veut pas de problème. Alors, *Adios amigo.* »

Le Colombien s'était levé mais Oleg Korzhev lui avait saisi le bras. Pour quelle raison ? Il n'était pourtant pas homme à s'aventurer à l'aveuglette, à prendre des risques inconsidérés. Était-ce la chaleur moite de la ville, l'effet de l'alcool, l'éloignement de Kiji, de Lyudmila ? Même un néandertalien se réveillant après cinquante mille années d'hibernation aurait compris qu'il était question de drogue. Il était en Colombie, dans un bouge bondé du port de Barranquilla, fréquenté par des canailles en tout genre, des putes et une populace de bas étage aussi douteuse que haute en couleur. Il n'avait jamais touché à la drogue de toute sa vie. Même pas un joint au Lycée à Petrozavodsk. Lui, c'était plutôt la bière et la vodka. Il avait cependant été le témoin de la descente aux enfers de certains camarades. La toxicomanie était en perpétuelle expansion dans les grandes villes du pays, en partie à cause de l'arrivée massive d'héroïne, produite dans les pays du sud de l'ancienne URSS et de l'augmentation du chômage dans les immondes banlieues grises abandonnées par les autorités. Filles et garçons commençaient à se shooter parce que c'était sympa, pas cher ou parce que les autres le faisaient. Les seringues s'échangeaient au détriment des risques de contamination. Il réprima un frisson lorsqu'il se mit à penser à Sacha, son cousin. Lui aussi avait commencé à se piquer pour faire le malin. Au bout de cinq ans, il avait découvert sa séropositivité. Il avait passé huit mois dans une cellule pour sidéens, avec de l'iode et de l'aspirine pour seul traitement. Les dernières nouvelles reçues de lui peu de temps avant son départ étaient mauvaises. Sacha avait trouvé un ultime refuge à l'hôpital Botkin de Saint-Pétersbourg, qui n'avait pourtant aucune trithérapie à lui proposer. Il allait bientôt mourir.

Oleg avait fui les faubourgs crasseux de Petrozavodsk, s'était inscrit à l'académie navale, mais avait abandonné sa formation pour revenir sur les rives du lac Onega. Pendant cinq ans il avait pratiqué la pêche. L'activité n'était pas rentable. Elle ne lui permettait en aucun cas d'acheter une maison et d'envisager épouser Lyudmila. Et voilà ce type basané qui lui proposait cent mille euros. Nul besoin d'être mathématicien pour comprendre que cette somme pouvait lui faire gagner pas mal de temps sur ses projets et assurer son avenir avec Lyudmila. Le Colombien s'impatientait, le toisant de ses yeux de rapace. Oleg Korzhev n'avait pas le temps de réfléchir. C'était finalement peut-être un signe du destin. Sa chance. Il ne pouvait pas la laisser filer sans en savoir davantage.

« Assieds-toi, avait-il ordonné d'une voix qu'il ne maîtrisait plus totalement.

— Bien ! » avait poursuivi le Colombien en posant ses fesses sur sa chaise.

Le *deal* était simple. Il devait enfermer dans sa cabine deux sacs de voyage, bourrés de paquets de cocaïne pure et attendre l'escale de Bayonne. Au soir de la première journée de déchargement, il devrait discrètement quitter le bord avec les sacs, longer le quai jusqu'au grillage qui clôture la zone. Il y aurait un trou tout près du quai, puis un chemin. Deux cents mètres plus loin, une voiture l'attendrait. Un homme lui remettrait l'argent en échange des deux sacs. Rien de plus facile. En théorie bien sûr.

Ce type semblait bougrement au parfum des prochains voyages du *Nikolay Zankov*. Jusqu'au poste où le cargo serait amarré, dans un port où il n'avait peut-être jamais mis les pieds lui-même. Il devait avoir des complices sur place qui avaient préparé le coup. Ce n'était donc pas un amateur. Il faisait partie d'un réseau, d'une organisation crapuleuse. Fricoter avec ces gens-là était dangereux. En même temps, c'étaient des pros. Un relatif gage de sérieux. Un détail le chiffonnait. Pourquoi ce type s'était-il adressé à lui ? Il aurait très bien pu choisir un autre marin du *Nikolay Zankov* pour convoyer sa marchandise. Que s'était-il passé depuis l'arrivée du navire dans le port de Barranquilla ? C'était la première fois qu'il mettait les pieds sur le continent sud-américain. Personne ne le connaissait dans ce pays. Il se repassa le film des événements depuis l'arrivée dans les eaux territoriales colombiennes. Le navire avait longé la côte Caraïbe jusqu'à l'embouchure du Rio Magdalena, embarqué le pilote et avait remonté le fleuve une bonne dizaine de milles avant d'accoster, assisté par deux remorqueurs du port. L'équipage avait ouvert les panneaux des quatre cales du cargo. Plusieurs dockers avaient investi le pont. Oleg Korzhev se souvint avoir bavardé avec l'un d'entre eux un long moment. Il s'appelait Esteban Quelque chose. Oleg lui avait raconté d'où il venait. Le Colombien était sympathique et cordial, il ponctuait systématiquement ses phrases par des *hermano* ou des *tío*. Il avait une fiancée lui aussi, dans un village à plusieurs centaines de kilomètres de là, près d'une ville nommée Valledupar. Alors Oleg lui avait parlé de Lyudmila et de ses projets. C'était sans doute ça ! Il lui avait confié qu'il manquait d'argent pour acheter sa maison et épouser Lyudmila. Le gentil Esteban était de mèche avec la pègre locale. Les trafiquants avaient profité de sa faiblesse, de sa détresse affective et de son besoin d'argent pour faire de lui une mule, un de leurs vulgaires passeurs. Un court instant, il avait eu envie de se lever et d'envoyer ce sinistre messager se faire voir.

« C'est Esteban qui t'a parlé. C'est ça ? avait-il demandé d'un ton résigné.

— *Que Esteban* ? avait fait le Colombien en esquissant un demi-sourire et un geste d'incompréhension les paumes des mains tournées vers le plafond. Bon, tu marches ou pas ? »

Cent mille euros. Non, il ne pouvait pas laisser filer cette chance. Il y avait un risque, certes, mais qui ne tente rien n'a rien. On n'a jamais gagné pareille somme sans se mouiller un minimum. Une fois la drogue acheminée et l'argent empoché, il n'aurait qu'à retourner à Kiji, épouser Lyudmila et oublier comment il avait fait fortune. À cet instant, Oleg Korzhev semblait planer dans une atmosphère irréelle, un peu comme dans un rêve hallucinatoire. Il ne maîtrisait plus vraiment son corps et ses pensées, enivré par l'alcool, l'ambiance étouffante du lieu, la fumée, la musique et ses rythmes à la fois envoûtants et exaltants, le déhanchement suggestif des couples de danseurs, les filles à la peau brune, aux fesses insolentes et aux regards aguicheurs. Et cette proposition déconcertante que venait de lui faire ce type au regard perforant.

« C'est moi qui prends tous les risques. Je veux une avance sur la somme promise.

— Une avance ? » persifla le Colombien. Les risques, c'est moi qui les prends en te confiant la marchandise. Qui me dit que tu vas pas me doubler ou craquer et jeter les sacs par-dessus bord ? C'est cent milles à la livraison ou rien du tout ! Je te connais pas après tout. Qui me dit que tu vas pas me doubler ? Je t'offre la possibilité de t'enrichir très facilement. T'as rien à faire. Juste attendre ton escale en France et échanger la marchandise contre l'argent. Fais-moi confiance. OK ? »

Deux heures plus tard, Oleg Korzhev enfermait dans le placard de sa cabine deux gros sacs bourrés de sachets de cocaïne. Personne à bord n'avait prêté attention aux bagages qu'il avait embarqués au milieu de la nuit. Un peu plus tard, il était sorti sur le pont respirer l'air doux de la nuit caribéenne et avait allumé une cigarette. Tout irait bien. Il en était convaincu, la chance était en train de lui faire un sacré clin d'œil.

Le *Nikolay Zankov* longeait les derniers quais du port. Malgré son âge, il avait encore fière allure avec sa longue coque noire, ses deux grands portiques jaunes et son haut mât radar au-dessus de la passerelle de navigation. De part et d'autre du chenal, promeneurs et touristes matinaux contemplaient le spectacle toujours émouvant du départ d'un navire. Respectant une tradition séculaire, certains firent un signe de la main aux marins affairés sur le gaillard d'avant. Les compagnons d'Oleg Korzhev répondirent à cet au revoir chaleureux: *Dosvidania*! lancèrent-ils agitant la main à leur tour. Oleg Korzhev ne partagea pas ce moment de communion. Son attention fut attirée par deux hommes, postés près de la petite tour qui supportait la marque bâbord d'entrée du chenal. Un chien était sagement assis près du plus jeune. On aurait dit qu'il souriait. C'était un Labrador couleur sable. Lyudmila rêvait d'avoir un chien comme celui-là.

Le cargo dansait doucement au rythme de la houle océanique du golfe de Gascogne, taillant sa route à dix nœuds en direction du port de Nantes. Son bulbe d'étrave se soulevait lourdement au-dessus de la mer puis s'enfonçait sous les vagues avec la régularité d'un métronome. De quart à la passerelle, Oleg Korzhev regardait la ligne sombre de la terre disparaître à l'horizon. Elle emportait avec elle ses espoirs et ses ambitions devenus chimères et illusions perdues. Il était devenu un fugitif, contraint même d'abandonner rapidement le *Nikolay Zankov* pour sauver sa peau. Il lui faudrait débarquer à Turku sans prévenir, rejoindre Saint-Pétersbourg et chercher un autre embarquement ou un boulot à terre. Repartir à zéro. Oublier tout ça et se battre. Il le fallait. La vie lui avait donné une bonne leçon. Il s'en était tiré. Il n'était pas fait pour être un voyou. Encore moins un truand. Il avait compris l'avertissement. Il se battrait honnêtement désormais. Non, tout espoir n'était pas vain. Lyudmila l'aimait. Elle le lui répétait tout le temps lorsqu'ils se promenaient main dans la main sur les bords du lac Onega.

6

Mardi 29 juillet. Montoir de Bretagne.

Deux hommes s'engagèrent sur la coupée du *Nikolay Zankov*. Un troisième resta posté sur le quai, au bas de l'échelle, les bras croisés. L'un de ceux qui étaient montés à bord présenta une carte professionnelle puis demanda, dans un anglais plutôt hésitant, à rencontrer le capitaine du navire. L'homme de quart, la quarantaine, vêtu d'un bleu de travail et coiffé d'un casque de chantier, les pria de patienter là où ils se trouvaient. Il décrocha un téléphone fixé à la cloison extérieure et s'adressa à quelqu'un en russe. Lorsqu'il eut raccroché, il fit signer un registre aux deux visiteurs puis les invita à le suivre à l'intérieur. Les trois hommes s'engouffrèrent dans une suite de coursives au sol recouvert de lino couleur tilleul et aux cloisons faites de plaques de mélaminé bois clair, auxquelles était fixée une main courante. Des senteurs de pot-au-feu où le choux, la carotte et le fenouil prédominaient, flottaient un peu partout. Ils s'engagèrent dans une succession d'escaliers plutôt raides, recouverts du même lino que le sol. Chaque marche était équipée d'un nez antidérapant en aluminium. Ils passèrent devant une série de portes en bois, toutes closes. De petites plaques comportant des inscriptions en cyrillique y étaient vissées. Tout était propre et bien éclairé par de multiples plafonniers. Le marin s'arrêta devant une porte à laquelle il toqua. Une voix de stentor résonna à l'intérieur. Les deux hommes furent introduits dans le bureau du commandant. Le premier, celui qui avait montré sa carte professionnelle, mesurait un bon mètre quatre-vingt-dix. On pouvait lui donner aussi bien trente que quarante ans. Massif, le cheveu dru et le regard clair, il était vêtu d'un jean brut, d'une chemise blanche et d'une veste de blazer noire. Il était chaussé d'une paire de *boots* en cuir marron. Le second, dont l'âge était tout aussi incertain, portait un polo *Lacoste* vert anglais, un Chino beige et des baskets noires. Le crâne luisant, ses yeux cachés par une paire de *Ray-Ban Aviator*, il mâchonnait ostensiblement un chewing-gum. Le bureau était spacieux, meublé d'un petit salon composé d'un sofa en tissus vert, de deux fauteuils club au cuir brun craquelé et d'une table basse. Seule décoration, une photo encadrée en noir et blanc, prise le jour du baptême du cargo qui arborait le grand pavois. Elle était fixée à la cloison au-dessus du sofa. Le commandant était assis derrière un large bureau couleur acajou, encombré de piles de documents divers. Derrière lui, faits dans le même bois, des placards de rangement et des étagères chargées de dossiers multicolores. À gauche, une porte entrouverte donnait accès à une vaste cabine. Le bureau était éclairé par quatre sabords. Le commandant se leva et referma la porte de sa cabine. C'était un homme de taille moyenne, la cinquantaine bedonnante, le cheveu rare et blanc, le regard direct et sincère. Il portait une chemise blanche, ornée de galons et un pantalon de toile noir. Il invita les deux hommes à prendre place sur le sofa, s'installa lui-même dans l'un des deux fauteuils club.

« *Captain* Zefirov, se présenta-t-il dans un anglais fortement teinté d'accent slave, en serrant la main de ses visiteurs. Que puis-je pour vous messieurs ? »

Le plus grand prit la parole. L'autre ruminait toujours, un demi-sourire aux lèvres.

« Mon nom est Gabin. Nous sommes de la brigade des stupéfiants de Nantes », commença-t-il après s'être raclé la gorge.

Le commandant Zefirov ouvrit des billes bleues toutes rondes. Que venaient faire les Stups à bord de son navire ? Il craignait le pire.

« Nous avons la preuve que l'un de vos marins transporte de la cocaïne dans ses affaires. Il est de plus soupçonné d'un meurtre commis à Bayonne, votre précédente escale. »

Le commandant Zefirov ne répondit pas. Il réfléchissait. Il n'avait qu'une connaissance très rudimentaire du droit français. Que devait-il faire ? S'opposer à ces deux policiers ? Collaborer avec eux ?

« De qui s'agit-il ? demanda-t-il en fronçant les sourcils.

— Il s'appelle Oleg Korchef, répondit le dénommé Gabin.

— Oleg Korzhev ? Corrigea le commandant Zefirov, incrédule.

— Nous souhaitons fouiller sa cabine et l'interroger si vous le permettez. »

Gabin déplia et posa sur la table une feuille format A4, comportant inscriptions, tampons et signatures. Le pacha du cargo baissa les yeux sur ce qu'il estima être une commission rogatoire. En tout cas un document officiel. Tout y était écrit en Français, langue dont il n'avait que de très sommaires notions.

« À bord de ce navire, vous vous trouvez en territoire de la Géorgie, objecta-t-il. Je dois contacter l'agent local de ma compagnie. »

Les deux policiers se regardèrent. Visiblement, les affaires se compliquaient. Gabin insista, en essayant de se faire le plus convaincant du monde.

« Nous en sommes conscients, capitaine, mais il s'agit ici d'un meurtre commis sur le territoire français. Nous vous serions extrêmement reconnaissants de coopérer avec la police française afin d'éviter, pour vous et votre bateau, de regrettables contretemps. Nous n'en avons que pour quelques minutes. »

Zefirov se mordit la lèvre. Il hésitait. Il ne voulait pas de problème à bord. Il ne pouvait pas se permettre de prendre du retard et les deux hommes face à lui avaient le pouvoir de lui causer un maximum de désagréments. Il fallait en priorité éviter que le *Nikolay Zankov* soit saisi par les autorités locales, qui pouvaient décider de procéder à une fouille en règle du cargo dans ses moindres recoins. Ce n'était pas bon pour la compagnie qui connaissait déjà pas mal de difficultés depuis ces derniers temps, et ce n'était pas bon pour lui et sa carrière. Il était par conséquent préférable de coopérer. Si l'un de ses hommes s'était rendu coupable de ce double délit, et bien, qu'il paye pour ses fautes. Il n'aurait aucune pitié pour lui. Il se leva, colla son nez à la vitre d'un sabord, les mains jointes dans son dos. Sa décision était prise. Il ne se rassit pas près des policiers mais posa ses fesses dans le fauteuil élimé de son bureau, les coudes posés sur le plateau et le menton appuyé sur ces deux mains jointes. Il attendit encore quelques secondes puis décrocha le téléphone. Après avoir attendu qu'on réponde, il donna un ordre sec à son correspondant avant de raccrocher. Le silence se fit dans le bureau. Trois minutes plus tard, quelqu'un frappa à la porte, puis entra après que Zefirov lui en eût donné l'autorisation.

Oleg Korzhev s'avança jusqu'au bureau mais il ne comprit pas immédiatement la raison pour laquelle son commandant l'avait convoqué. Les deux hommes conversèrent quelques instants en russe. Au fur et à mesure, Oleg Korzhev se décomposait, devenait livide. Il s'était mis à trembler imperceptiblement, roulant des billes comme s'il cherchait un moyen de s'échapper. Les deux policiers s'étaient relevés et se tenaient de part et d'autre de la porte. Il baissa la tête, fixa ses chaussures de sécurité, essayant de se calmer, de se convaincre qu'il ne risquait rien puisqu'il n'était en possession ni de la drogue, ni de l'argent. D'un simple mouvement de la tête, le commandant lui fit signe d'accompagner les policiers jusqu'à sa cabine, située trois ponts plus bas. Serré de près, Oleg Korzhev s'exécuta. Zefirov demanda au marin qui avait accueilli les deux Français de suivre le petit groupe pour s'assurer que tout se passerait sans accroc.

La cabine d'Oleg Korzhev fut fouillée de fond en comble. La penderie, les placards et les tiroirs vidés, le matelas de la bannette retourné. Il n'y avait rien. Les deux policiers avaient fait chou blanc. Pour Oleg Korzhev, c'était là une demi-victoire. Peut-être les flics allaient-ils repartir maintenant.

« Il n'y a rien ici. On peut pas fouiller tout le cargo, putain. C'est pas possible, merde ! fit le chauve dans un français coloré d'un fort accent méditerranéen.

— Non, t'as raison. On va l'embarquer. Comme on l'avait prévu, lui répondit Gabin.

— Tu crois que le tonton là-haut va nous laisser faire ?

— Je vais me montrer persuasif, t'inquiète. »

Dix minutes plus tard, les deux policiers débarquaient du *Nikolay Zankov*, poussant le malheureux Oleg Khorzev, menottes aux poignets. Sur le quai, le troisième policier, taillé comme un catcheur américain, bloquait le passage. Il n'y avait aucune échappatoire. Il était pris au piège. Il allait payer. La prison l'attendait. Il allait payer à cause d'un type qui n'avait pas respecté l'engagement prévu. Un abruti qui avait essayé de le doubler. Lui, il n'avait fait que se défendre. Il avait simplement voulu sauver sa peau. Peut-être les policiers français comprendraient-ils ? Il n'avait pas l'intention de tuer cet homme. Il n'était pas un meurtrier. Au moment de monter à l'arrière de la voiture banalisée noire des trois policiers, le marin se retourna vers ce navire qu'il n'aimait pas et qui tout à coup lui manquait amèrement. Le reverrait-il ? Retrouverait-il sa petite cabine et l'atmosphère austère des aménagements du vieux cargo ? Il pensa alors à Lyudmila. En fermant les yeux, il réussit à distinguer son beau visage avec ses cheveux blonds ramassés en chignon, ses yeux clairs en amande. Elle portait une couronne de fleurs sauvages. Elle lui souriait. Et puis son sourire s'effaça, des larmes roulaient de ses yeux clos sur ses joues rosées. Le visage de sa bien-aimée devint alors très flou, s'effaçait peu à peu au fur et à mesure qu'il s'éloignait du *Nikolay Zankov*.

Derrière un sabord de sa cabine, le commandant Yury Zefirov observait la scène. Dodelinant de la tête, il était malgré tout perplexe. Les policiers souhaitaient faire signer une déposition à Oleg Korzhev. Une simple formalité à l'issue de laquelle ils le ramèneraient à bord. Il avait beau retourner tout ça dans son cerveau, il n'imaginait pas Oleg Korzhev mêlé à un trafic de drogue, et encore moins cacher l'âme d'un meurtrier. Tout cela devait être une regrettable méprise. Puis il chassa cette pensée. Il fallait procéder au déchargement des dernières billes d'okoumé et reprendre la mer au plus vite. En espérant qu'Oleg Korzhev serait revenu à temps.

Deuxième partie

Les disparus de la feria

7

Samedi 2 août. Quatrième jour des fêtes.

Des centaines de personnes, des milliers, des dizaines de milliers, une véritable marée humaine en réalité, cheminaient vers le centre de la ville. Tous portaient la même tenue: chemise ou tee-shirt blancs, pantalon ou bermuda tout aussi immaculés, foulard et ceinture rouges. Il pouvait y avoir quelques variantes lorsque le tee-shirt était rouge ou que la coquetterie féminine s'exprimait par le port d'une robe ou d'un débardeur à dentelles. Aux pieds, les baskets étaient de rigueur. Pour leur confort bien sûr, mais aussi pour leur résistance. Une tenue vestimentaire impeccable, tout au moins les premiers jours, qui avait l'avantage de mettre tout le monde sur un pied d'égalité, dans une parfaite cohésion sociale. L'origine de cet uniforme rouge et blanc était fort controversée, même s'il y avait unanimité pour affirmer qu'il était né dans les années trente, au cœur des fêtes de Pampelune. Il s'était généralisé dans la capitale navarraise au cours des années soixante et avait été adopté en France par les *festayre*[4] de Dax puis ceux de Bayonne dans les années quatre-vingt-dix. Programmée entre le 6 et le 14 juillet, la *feria* de Pampelune, *Sanfermines* en espagnol, était considérée par tous comme La Mecque de ces fêtes populaires, qui se succédaient sans interruption ou presque dans toutes les villes et villages du sud-ouest de la France, de mi-juillet à mi-août, avec trois étapes majeures incontournables : Mont-de-Marsan, Bayonne et Dax. Certains inconditionnels se faisaient forts d'enchaîner les quatre grandes ferias estivales, chantant à tue-tête la célèbre chanson des pèlerins de Navarre : *J'irai de Pampelune jusqu'à Bayonne, j'irai de Dax jusqu'à Mont-de-Marsan. Je ferai le plus grand pèlerinage des* festayres *de tous les temps.* La traditionnelle tenue avait progressivement colonisé l'ensemble des fêtes du sud-ouest, même si le rouge du foulard et de la ceinture était parfois remplacé par le bleu ou le vert. Le simple fait d'enfiler l'habit rituel faisait instantanément entrer chacun dans la fête et celui qui n'aurait pas joué le jeu, se serait très rapidement retrouvé aussi ridicule qu'un nudiste au milieu d'une assemblée d'Esquimaux. Historiquement, aussi bien en Espagne qu'en France, les *ferias* étaient programmées à l'occasion des fêtes votives et se caractérisaient, au-delà de la convivialité commune à toutes les fêtes de la planète, par un cycle d'attractions taurines. Il pouvait s'agir de spectacles professionnels et codifiés comme les corridas avec ou sans mise à mort, les courses landaises ou camarguaises, ou bien de divertissements moins conventionnels, souvent plus ludiques, comme les « toro-piscines », les lâchers de

---

4 Festayre : du gascon *hestaire*, désigne les fêtards des ferias.

taureaux ou de vachettes dans les rues. Le taureau était le roi de la fête. Les années passant, les générations et les mœurs changeant, bien que la tauromachie soit toujours bien enracinée et indissociable de la *feria*, il fallait bien admettre que si la grande majorité des participants faisaient des croix sur leur agenda d'été, ce n'était pas pour s'asseoir sagement sur les gradins d'une arène et assister à des spectacles tauromachiques. À Bayonne en particulier, la fête se vivait au rythme quasiment ininterrompu d'animations destinées aussi bien aux enfants qu'aux adultes : concerts, défilés de géants, danses et chants, concours de pelote basque, régates nautiques, bals populaires. Elle se dissociait complètement des corridas, organisées parallèlement autour des arènes de la ville. Seules les courses de vaches de la place Paul-Bert parvenaient à maintenir la présence de la tradition taurine au cœur de la fête, dans une pagaille indescriptible et une débauche d'adrénaline et de sensations fortes. Années après années, les fêtes de Bayonne étaient devenues de plus en plus colossales, débridées et médiatiques.

En ce début de soirée, l'ambiance était encore bon enfant. Les terrasses des restaurants, les bars, les *peñas*[5] et autres troquets ne désemplissaient pas, les bandas animaient les rues au son des cuivres et des grosses caisses. Petit à petit, l'alcool coulerait à flot puis à outrance. La fête deviendrait ripaille, sorte d'orgie dantesque et populaire

5 Dans le sud de la France et en Espagne. Sociétés plus ou moins privées dont les membres partagent des passions communes, la tauromachie, le sport, la musique, la gastronomie, etc. dans une ambiance souvent liée à la fête et aux *ferias*. L'existence de certaines, en particulier à Pampelune mais aussi dans le sud-ouest de la France est uniquement conditionnée par la semaine des fêtes qu'elles préparent tout au long de l'année.

qui ne prendrait fin qu'au chant du coq. Dans certains quartiers aux rues étroites, la marée humaine serait si dense, si compacte, qu'il deviendrait illusoire de choisir la direction de ses propres déplacements. Des agissements conviviaux de la majorité des participants, certains se démarqueraient et passeraient à l'alcoolisation extrême. Au petit matin, il ne serait pas rare d'en trouver quelques-uns écroulés et ronflant dans les jardins publics, sur les trottoirs ou dans les caniveaux, tellement saouls, que leur sommeil ne serait perturbé ni par le mélange âcre d'odeurs de vin, d'urine et de vomissures, ni par l'animation diurne des automobiles et des employés se dirigeant vers leurs bureaux pour une nouvelle journée de labeur. Mais en dépit d'incidents inévitables dans pareil rassemblement, les fêtes de Bayonne demeuraient parmi les plus belles de la planète. Leur réputation dépassait les frontières au même titre que le carnaval de Rio, la fête de la bière à Munich ou les *Sanfermines* de Pampelune.

Dans cette chaleureuse ambiance de fin de journée, une femme se distinguait. Elle ne portait pas la tenue des fêtes, mais était vêtue d'un jean noir, d'un tee-shirt turquoise, était chaussée d'une paire de *Converse* blanches. Elle ne riait pas, ne chantait pas. Elle marchait à contre sens de la foule en liesse, se rendait d'un pas ferme au commissariat de police, situé dans un quartier excentré. Elle remonta les larges allées Paulmy, bordées de hauts palmiers, longea les luxueuses villas de style basco-landais. De hautes grilles métalliques avaient été érigées depuis le jardin public jusqu'au rond-point Saint-Léon. Elles prémunissaient les parterres de fleurs contre le piétinement et les soulagements de vessies. Elle tourna à droite avenue de Marhum et s'arrêta enfin devant l'entrée du commissariat. C'était un imposant bâtiment moderne de trois niveaux, doté d'un toit terrasse cintré, avec des murs peints en vert pâle et recouverts sur la moitié de leur surface par des plaques bétonnées blanches. Elle franchit la grille et s'avança jusqu'à l'entrée principale. Il régnait dans le grand hall vitré une importante activité. Les policiers se préparaient à vivre une nouvelle nuit intense. Jusqu'à l'aube, ils devraient discrètement veiller à ce que les débordements ne dépassent pas une certaine limite, à ce que l'irrévérence ne se convertisse pas en violence et se posteraient aux multiples sorties de la ville pour pratiquer des contrôles d'alcoolémie sur les conducteurs des véhicules quittant la ville.

La femme s'arrêta devant le guichet d'accueil où se tenait une robuste gardienne de la paix en uniforme.

« Excusez-moi, dit-elle d'une voix qui trahissait une inquiétude évidente, je voudrais voir un inspecteur.

— À quel sujet s'il vous plaît ?

— Mon mari a disparu. »

La femme policier ne put contenir un rictus moqueur.

« Vous ne croyez pas que votre mari est simplement parti faire la fête comme tout le monde ? ironisa-t-elle.

— Mon mari n'est pas à la fête, protesta la femme. Il travaille comme veilleur de nuit à l'hôtel *Grand Adour* et il n'est pas rentré ce matin après son service.

— Et bien justement, il est sans doute allé faire la fête à la sortie de son travail et…

— Impossible ! cria-t-elle. Vous ne comprenez pas ce que je vous dis ? Il lui est arrivé quelque chose ! »

Elle était au bord de la crise de nerf et la policière préféra ne pas insister. Elle décrocha son téléphone pour joindre un officier du SDPJ[6]. Quelques instants plus tard, un policier en civil s'approchait de l'accueil.

« Commandant Sanlucar, se présenta-t-il d'une voix douce. Que se passe-t-il ? »

La femme se retourna vers le policier, un homme très brun, de taille moyenne, au regard vif sous d'épais sourcils. D'une voix saccadée, elle reprit.

« Inspecteur, mon mari a disparu. Il n'est pas rentré ce matin. Ce n'est pas dans ses habitudes. Il me téléphone toujours dès qu'il est retardé. Il aurait dû être rentré à sept heures ce matin. J'ai attendu toute la journée. Il a dû lui arriver quelque chose.

— Ne pensez-vous pas qu'il puisse avoir retrouvé des copains et qu'il est allé faire un tour à la fête ? »

Elle hurlait à présent.

« C'est impossible ! Il n'est pas à la fête. Vous le faites exprès ou quoi ! Il ne m'aurait jamais laissée sans nouvelles aussi longtemps. Ça ne lui est jamais arrivé !

— Suivez-moi dans mon bureau », l'interrompit Sanlucar, qui ne souhaitait pas que cette femme déclenche un scandale dans le hall d'accueil du commissariat.

Le commandant Francis Sanlucar s'assit derrière son ordinateur et prit la déposition de la femme. Ce fut assez laborieux. Elle éclata en sanglots à plusieurs reprises. Sanlucar dut se montrer patient. Il lui proposa un café qu'elle refusa. Elle s'appelait Laura Hargous, elle avait trente et un ans.

---

6 SDPJ : Service Départemental de Police Judiciaire

C'était une fille aux yeux clairs, au visage banal mais non dénué de charme. Elle était blonde, les cheveux lisses noués en queue-de-cheval. Son mari, Jérôme, travaillait comme veilleur de nuit dans un hôtel situé dans le quartier de la gare, à quelques encablures de l'Adour. Le fleuve issu des pentes du pic du Midi de Bigorre vient jusqu'ici se jeter dans l'océan Atlantique. Jérôme Hargous avait pris son service la veille à vingt heures, téléphoné à sa femme à vingt-deux heures, comme chaque fois qu'il passait la nuit à l'hôtel, au moment où elle couchait Jérémie, leur fils âgé de huit mois. Les Hargous logeaient dans un appartement modeste, boulevard Alsace-Lorraine, non loin de la prison. Vers une heure trente, ne pouvant trouver le sommeil à cause de la chaleur et du bruit incessant de la fête, elle avait téléphoné à son mari. Tout allait bien. Elle n'avait rien remarqué dans sa voix qui ait pu trahir une certaine agitation ou une quelconque angoisse. Il avait simplement dû chasser un type passablement aviné, venu pisser contre la porte vitrée de l'hôtel, maintenue verrouillée toute la nuit. Rassurée, elle avait fini par s'endormir. Jérôme Hargous terminait généralement son service de nuit à six heures. Avant de rentrer à son domicile, il s'arrêtait acheter une baguette de pain frais dans une boulangerie voisine de l'hôtel, pour partager le petit-déjeuner avec sa femme. D'après ce qu'avait déclaré Laura Hargous, leur couple était très uni. Elle et son mari étaient heureux et s'aimaient sincèrement. Mais ce matin-là, il n'était pas revenu de son travail. Laura Hargous ne s'était pas alarmée tout de suite. À dix heures, elle avait téléphoné à l'hôtel. Maïtena, la réceptionniste, lui avait répondu qu'elle n'avait pas vu Jérôme en prenant son service. D'habitude, il attendait qu'elle arrive pour lui rapporter les événements ou les incidents de la nuit. Elle avait été retardée ce matin-là et avait pensé que le veilleur de nuit, las, était rentré chez lui. Laura Hargous avait passé une journée difficile. Elle n'avait aucun moyen de joindre son mari. Ils avaient un téléphone portable mais c'était elle qui l'utilisait. Si elle avait besoin de le contacter en pleine nuit, elle n'avait qu'à composer le numéro de l'hôtel. La journée avançant, elle pressentait de plus en plus qu'il lui était arrivé quelque chose. Ce n'était pas dans les habitudes de Jérôme de la laisser ainsi, sans lui donner de ses nouvelles, sans lui expliquer la raison qui pouvait le tenir éloigné d'elle aussi longtemps. Elle était restée tout l'après-midi assise, le regard fixé sur le téléphone qui, elle en avait le funeste pressentiment, allait tôt ou tard sonner pour lui annoncer une mauvaise nouvelle. Elle en était arrivée à négliger Jérémie. Le bébé pleurait dans son lit. Il avait faim, ou bien besoin qu'elle lui change sa couche. Elle avait contacté leurs amis communs mais personne n'avait aperçu ou entendu Jérôme de toute la journée. À dix-huit heures trente, n'y tenant plus, elle avait confié Jérémie à une voisine et s'était rendue au commissariat en faisant un détour préalable à l'hôtel *Grand Adour*.

Sanlucar écouta et nota attentivement le récit de Laura Hargous. Il l'interrogea sur l'état de santé de son mari, voulut s'assurer si de l'avis de son épouse, il ne souffrait pas de dépression nerveuse ou d'une quelconque maladie ayant pu altérer son état psychique. Laura Hargous ne répondit pas immédiatement. Elle fixa longuement Sanlucar avec un regard empli d'effroi et d'angoisse. Est-ce que ce policier était en train de sous-entendre que Jérôme aurait pu mettre fin à ses jours ? Sanlucar tenta de l'apaiser en lui assurant qu'il ne faisait que suivre la procédure classique dans un cas de disparition d'une personne adulte. Il devait également savoir si selon elle, Jérôme Hargous avait ces derniers temps des problèmes à son travail ou avec quelqu'un en particulier, qui aurait pu lui en vouloir personnellement. Elle ne répondit pas, se contentant de secouer la tête, l'air incrédule. Sanlucar lui rappela, parce que c'était son devoir, qu'en France, une personne majeure avait le droit de disparaître sans laisser de préavis, que la liberté d'aller et venir était un droit constitutionnel et que par conséquent il était difficile, après quelques heures d'absence, de déclencher des recherches à grande échelle et de mobiliser d'importants effectifs. Il lui conseilla ensuite de rentrer chez elle retrouver son fils. Il y avait sans doute une explication logique à tout cela. Peut-être Jérôme réapparaîtrait-il dans la soirée. Il proposa à Laura Hargous de l'appeler le lendemain matin, promit d'ouvrir une procédure de recherche si son époux n'était toujours pas rentré.

Sanlucar raccompagna la jeune femme jusqu'au hall d'accueil du commissariat. Elle affichait un air abattu, presque résigné. Le policier était conscient qu'il n'avait en aucun cas rassuré sa visiteuse. Au contraire, ses questions avaient, sans l'ombre d'un doute, exacerbé ses angoisses. Elle se retrouvait seule face au vide, au milieu d'une ville en fête. L'insupportable attente, l'impuissance.

8

Le lendemain matin, cinquième et dernier jour des fêtes, Sanlucar n'était pas de service. Il tint cependant sa promesse, se rendit au commissariat et téléphona à Laura Hargous, en proie à une véritable crise de nerf. Elle n'avait pas fermé l'œil de la nuit. Elle avait appelé l'hôtel plusieurs fois, espérant que son mari qui tenait à garder son emploi y retournerait pour prendre son service. Ce fut une voix inconnue qui lui répondit. Le directeur de l'hôtel *Grand Adour* avait dû faire appel à une boîte d'intérim pour qu'elle lui trouve rapidement un veilleur de nuit qualifié. Après avoir vainement tenté de rassurer Laura Hargous, Sanlucar, raccrocha et s'enfonça dans son fauteuil pour réfléchir. Une trentaine d'heures s'étaient écoulées depuis que Laura avait parlé à son mari au téléphone pour la dernière fois. Rien n'indiquait que la disparition du concierge de nuit pût avoir un caractère irrationnel. Pour autant, s'il s'était absenté pour un motif explicable et logique, rendre une visite urgente à un membre de sa famille par exemple, pourquoi n'avait-il pas prévenu son épouse et son employeur ? Ça ne collait pas du tout avec le portrait que Laura Hargous avait brossé de son mari. Sanlucar sentait en son for intérieur que ce n'était pas une disparition ordinaire. Il se rendit dans le bureau du commissaire divisionnaire Ludovic Malard, responsable du service régional de police judiciaire du commissariat de Bayonne.

Ludovic Malard, la cinquantaine, ne correspondait pas du tout à l'image qu'on pouvait se faire du policier solitaire et audacieux. Cet homme au crâne dégarni et au physique quelconque, ne se mêlait qu'exceptionnellement au travail des policiers sur le terrain. Il était par contre très exigeant sur les résultats et s'affirmait comme un excellent gestionnaire, tant du point de vue des moyens humains que matériels. Il était né à Caen où il avait vécu toute son enfance. Rentré sur concours, après des études de droit, comme inspecteur principal dans la police nationale au début des années quatre-vingt, son expérience d'homme de terrain s'était réduite au minimum. Le terrain, ça n'avait jamais été son truc, à Malard. Pas plus dans la police qu'au cours de ses années d'école et d'université. Lui, c'était surtout un bûcheur, un gratte-papier. Il ne se sentait bien qu'au milieu des livres et de la paperasse, et ce depuis ses années de collège. Dès qu'il devait enfiler un short et des baskets, il se sentait gourd, pas à sa place. Il détestait les sports collectifs et se trouvait systématiquement relégué parmi ceux qu'on choisissait en dernier lorsqu'on constituait les équipes. On ne lui passait presque jamais la balle. Il ne la réclamait d'ailleurs pas. On se moquait souvent de lui parce qu'il courait le cul en arrière, parce qu'il soufflait comme un bœuf lors des épreuves d'endurance. Il se fichait pas mal des railleurs et de leurs sarcasmes. Il aurait bien sa revanche lors du prochain contrôle de maths ou de sciences physiques. Après quelques mois pénibles pour lui au commissariat de Bobigny, en banlieue parisienne, Ludovic Malard avait rapidement intégré l'administration centrale, en s'appuyant sur ses compétences de juriste. Il avait travaillé à l'état-major du directeur central des polices urbaines, puis avait été nommé aux renseignements généraux, où il avait en charge le suivi des affaires économiques et financières. Il se régalait. Des tonnes de papiers à examiner, contrôler, classer. Il était dans son élément. C'est à cette époque qu'un soir, il avait rencontré chez des amis communs, celle qu'il épouserait un an et demi plus tard. Nathalie Latappy était prof de lettres dans un lycée de la banlieue parisienne. Une fille réservée, plutôt jolie, intelligente et terriblement cultivée. Ils avaient pourtant failli ne jamais se croiser car ni l'un ni l'autre n'aimait particulièrement sortir le soir. Leurs amis respectifs avaient dû insister pour qu'ils consentent à se détacher de leurs bouquins, à prendre le métro, lui depuis le vingtième arrondissement de Paris, elle depuis la rue de Tolbiac dans le sud de la capitale. Ils s'étaient fréquentés de longs mois, avaient écumé tous les musées, bibliothèques, cinémas d'art et d'essai parisiens. Lorsqu'ils évoquaient ensemble cette époque insouciante et délicieuse, ils en riaient aux larmes. Qu'il avait été maladroit, qu'il s'était montré emprunté. Il lui avait fallu trois semaines avant d'oser lui prendre la main. Il lui en avait fallu deux fois plus pour déposer un baiser furtif au coin de ses lèvres, alors que la pluie les avait obligé à courir s'abriter sous le porche d'un immeuble de la rue Mabillon, dans le quartier Saint-Germain. Les secondes les plus angoissantes de sa vie. Après ce baiser volé, il avait baissé les yeux, honteux. Nathalie s'était mise à rire à gorge déployée, rire qu'il prit comme un terrible affront. Il s'était égaré, il ne recommencerait plus jamais et elle devait l'excuser. Comment une fille comme Nathalie pouvait-elle s'intéresser à un imbécile comme lui ? La jeune femme l'avait regardé, perplexe, puis lui avait souri comme jamais elle ne l'avait fait auparavant. « Recommence idiot », l'avait-elle imploré. Plusieurs mois plus tard ils se mariaient dans le village du sud-ouest du pays, où vivait la famille de Nathalie, au cœur d'une région qu'il ne connaissait pas et dont il tomba immédiatement amoureux. Il aurait de toute façon adoré le patelin où Nathalie était née, même si celui-ci avait été triste et moche à en mourir. Ils avaient ensuite emménagé dans un nouvel appartement du treizième arrondissement, non loin de la Place d'Italie. Malard avait trouvé l'amour, mais n'avait pas perdu son ambition pour autant. Quelques concours et promotions internes lui avaient permis de devenir commissaire de police. Sa première affectation avait été un poste administratif au Quai des Orfèvres. Nathalie avait de plus en plus le mal du pays. Elle souhaitait se rapprocher de sa région d'origine et permettre à leur petite fille qui venait de naître, de s'épanouir dans une région moins frénétique que l'Île-de-France. Aussi, fit-elle une demande de mutation dans l'académie de Bordeaux. Il passa alors le concours de divisionnaire et lorsque Nathalie obtint un poste dans un lycée de Bayonne, il posa sa candidature pour devenir le responsable de la Police Judiciaire de la ville.

Malard écouta le récit de Sanlucar, l'air soucieux. Il semblait toujours subir comme une attaque personnelle chaque crime ou délit qui se produisait dans la cité. Ayant pris l'habitude de faire confiance aux intuitions de son chef de groupe, il ordonna une enquête préliminaire. Le mois d'août était plutôt calme. Mis à part les fêtes qui absorbaient une grande partie des effectifs de la police, les seules affaires en cours concernaient des actes de vandalisme, des cambriolages ou des violences conjugales. Bref, la routine.

Une heure plus tard, accompagné par le lieutenant Marie Legalet, qui était de permanence ce dimanche, Francis Sanlucar se présentait à la réception de l'hôtel *Grand Adour*. Une jeune femme blonde, aux cheveux coupés très courts et au visage anguleux, terminait d'encaisser le paiement de deux clientes quittant l'établissement. Lorsqu'elles furent sorties, les deux policiers s'avancèrent jusqu'au guichet, dégainant de concert leurs cartes tricolores.

« Commandant Sanlucar et voici le lieutenant Legalet de la Police Judiciaire. Nous souhaitons vous poser quelques questions. »

La jeune femme leva les yeux du registre qu'elle annotait. Elle portait un chemisier blanc sur un tailleur bleu ciel. Nullement impressionnée par la présence des deux policiers, elle demanda :

« À quel sujet je vous prie ?

— À propos de la disparition du veilleur de nuit.

— Jérôme ? Que s'est-il passé ? Il lui est arrivé quelque chose ? fit-elle, vaguement inquiète.

— Pouvez-vous nous communiquer votre identité s'il vous plaît ? demanda le lieutenant Legalet, qui avait sorti de la poche de son blouson de toile beige un carnet et un crayon.

— Oui, bien sûr. Je m'appelle Maïtena Landaburu. Je travaille ici à la réception et je fais également office de gouvernante. L'hôtel n'est pas très grand, je peux occuper les deux postes.

— Hier matin, poursuivit Sanlucar, lorsque vous avez pris votre service, avez-vous vu le veilleur de nuit ?

— Non, c'est justement ce que j'ai dit à sa femme lorsqu'elle m'a téléphoné. Quand je suis arrivée, la porte d'entrée était fermée et Jérôme était parti. D'habitude, il la déverrouille vers cinq heures trente et attend que je sois là pour rentrer chez lui. Hier matin, j'ai été retardée. J'habite à l'autre bout de la ville et j'ai mis un temps fou pour venir jusqu'ici. Le pont Saint-Esprit était bloqué. Je ne sais pas pourquoi. Le temps de trouver une place et d'arriver à l'hôtel, il était déjà six heures et demi. »

La jeune femme marqua une pause, puis poursuivit :

« Ça m'a étonnée de trouver la porte fermée. J'ai ouvert avec mon badge. Ne voyant personne, je me suis dit que Jérôme, crevé de sa nuit, avait décidé de rentrer chez lui sans m'attendre. Je suppose qu'il a préféré fermer la porte d'entrée pour éviter qu'un intrus pénètre dans l'hôtel sans y être autorisé. J'ai été un peu surprise qu'il ne me laisse pas un mot mais je ne me suis pas spécialement inquiétée.

— Cette porte fermée ne risquait-elle pas de poser de problèmes pour les allées et venues des clients ? questionna Marie Legalet.

— Non. Elle fonctionne avec un système électronique. On remet un badge magnétique aux clients, il ouvre aussi bien la porte d'entrée que celle de leur chambre. Pour sortir de l'hôtel, il n'y a aucun problème et le système se verrouille automatiquement quelques secondes après la sortie des clients. Chaque ouverture de la porte d'entrée avec un badge est enregistrée dans l'ordinateur avec le numéro du badge qui a servi.

— S'ils perdent leur badge ?

— Le système n'est verrouillé que pendant la nuit. Comme Jérôme est là, il leur ouvre. Il a un passe pour les chambres et je leur programme un nouveau badge le lendemain.

— Avez-vous remarqué quelque chose d'anormal en arrivant ? » interrogea Sanlucar.

Maïtena Landaburu réfléchit un instant, regardant vers la droite, puis vers la gauche, comme si les photographies du Pays basque et de l'océan qui décoraient la réception pouvaient l'aider à trouver une réponse.

« Non, répondit-elle finalement. Tout était normal. Jérôme note sur un cahier les incidents qui se déroulent pendant la nuit. Il avait simplement écrit qu'à une heure du matin, il avait viré un type bourré qui urinait contre la porte vitrée de l'hôtel. Dans le vestiaire, il n'y avait pas son blouson. Pour moi, ça voulait dire qu'il était parti. Mais d'un autre côté, peut-être n'avait-il pas de blouson du tout. Il faisait si chaud avant-hier soir. Ça s'est un peu rafraîchi d'ailleurs et c'est pas plus mal.

— À quoi occupe-t-il son temps pendant son service ?

— Il prend en charge la sécurité de l'hôtel et celle de nos clients. Il gère les éventuelles entrées.

— Que fait-il d'autre ?

— On lui laisse quelques tâches administratives. Il surfe probablement sur Internet. Sinon, il lit. Le quotidien du jour ou un roman. Il est passionné par les polars d'ailleurs, rajouta-t-elle amusée, fixant le regard de Sanlucar.

— Ne supprimez pas l'historique de navigation s'il vous plaît. On va vous envoyer un technicien qui analysera le contenu de l'ordinateur.

— Moi, ça ne me pose aucun problème mais il y a des données confidentielles sur cet ordinateur.

— Ce n'est pas ça qui va nous intéresser.

— J'en parlerai au directeur.

— Il pourra être présent s'il le souhaite.

— Dans ce cas…

— Est-il possible qu'il se trouve encore dans l'hôtel ? » demanda Marie Legalet.

La réceptionniste fronça les sourcils, comme si elle ne comprenait pas vraiment le sens de la question posée.

« Que voulez-vous dire ?

— Rien de bien étrange mademoiselle Landaburu. Est-il simplement possible que Jérôme Hargous se trouve encore ici ? Dans une pièce ou une chambre qui n'aurait pas été visitée depuis sa disparition. Il a peut-être eu un malaise…

— Ce n'est pas possible, répondit-elle en souriant.

— L'hôtel est complet ? questionna Sanlucar.

— Non, pas cette semaine. Hormis ceux qui viennent spécialement pour ça, les touristes évitent de se loger au centre-ville pendant les fêtes à cause du bruit qui les empêche de dormir. Mais je peux vous assurer que chaque chambre a fait l'objet d'un nettoyage complet au moins une fois depuis deux jours. J'en sais quelque chose puisque c'est moi qui en assure le contrôle après le passage des femmes de ménage. Je tiens un registre à jour. Je peux vous assurer que Jérôme ne se cache sous aucun lit ni dans aucun placard.

— Et dans les autres pièces ?

— L'hôtel n'est pas très grand, je vous l'ai déjà dit. Une petite cuisine, une salle équipée de six tables pour le petit-déjeuner que je prépare avec une femme du service de nettoyage et d'autres pièces où on entrepose le linge et le matériel d'entretien. Le directeur a son bureau. Si Jérôme se trouvait encore dans l'hôtel, nous l'aurions découvert, je peux vous l'assurer.

— L'extérieur de l'hôtel ? insista Sanlucar.

— Vous connaissez l'entrée principale. Nous avons une cour à l'arrière qui sert de parking pour les clients de l'hôtel. Il y a aussi un débarras à l'extérieur où nous entreposons divers matériels, de l'outillage.

— Est-il possible de vérifier tout ça ? insista le lieutenant Legalet.

— Si vous y tenez, répondit la réceptionniste quelque peu amusée par la situation.

— Sa femme nous a dit qu'il se rendait à l'hôtel en voiture. Avez-vous une idée de l'endroit où il se gare habituellement ? demanda Sanlucar.

— Le personnel n'a pas le droit d'utiliser la cour qui est réservée aux clients. On trouve souvent une place quai de Lesseps. Jérôme a une Peugeot 206 blanche avec un autocollant du club de rugby de Mont-de-Marsan sur la lunette arrière. Maintenant, avec les fêtes, peut-être a-t-il dû se garer plus loin, en remontant la rue Maubec.

— Je vais aller voir si je peux la retrouver. Ma collègue va rester pour consulter le registre de l'hôtel. Nous allons peut-être devoir interroger vos clients. On ne sait jamais. »

En quittant l'hôtel, Francis Sanlucar contacta le central pour obtenir le numéro d'immatriculation de la voiture du veilleur de nuit. Le long du quai de Lesseps, de petits groupes de festayres, jeunes le plus souvent, assis à l'ombre des érables champêtres, rechargeaient leurs batteries en avalant sandwiches et paquets de chips, arrosés de jus de fruits et de sodas divers. Sanlucar parcourut à pied les rues du quartier entourant l'hôtel, longea les quais, scruta du mieux qu'il le put les parkings alentours. Les 206 blanches étaient nombreuses, mais il ne débusqua pas celle du veilleur de nuit. Il était bien sûr possible qu'il soit passé près du véhicule sans le voir. Il rappela le central pour demander à deux agents de fouiller plus rigoureusement le quartier, mais au fond de lui il était convaincu que la voiture resterait introuvable. Rebroussant chemin, il se remémora un détail que Laura Hargous lui avait confié la veille. Il y avait une boulangerie-pâtisserie juste en face de l'hôtel *Grand Adour*. Le veilleur de nuit s'y arrêtait chaque matin, y achetait du pain et des viennoiseries avant de rentrer à son domicile. Sanlucar traversa la place et s'y rendit. La vendeuse était une femme corpulente et souriante. Comme la quasi-totalité des commerçants, elle avait revêtu la traditionnelle tenue blanche et rouge des fêtes. Elle connaissait bien Jérôme Hargous, qu'elle décrivit comme un homme sympathique mais peu bavard. Elle ne l'avait pas vu depuis deux jours. Sanlucar acheta deux *chocolatines*[7] et retrouva le lieutenant Marie Legalet au moment où elle sortait de l'hôtel. Il lui offrit l'une des viennoiseries.

« Merci Francis, c'est sympa. Alors la voiture ?

— Je ne l'ai pas vue. Je fais venir une équipe pour passer le quartier au peigne fin mais je crois qu'on ne la trouvera pas.

7 Chocolatine : dans une grande majorité du sud de la France, le traditionnel pain au chocolat est appelé chocolatine.

Sanlucar mordit dans son pain au chocolat puis poursuivit, la bouche pleine :

« Il n'est pas non plus passé à la boulangerie où il achète d'habitude son pain avant de rentrer chez lui. Et toi, qu'as-tu découvert ?

— J'ai noté le nom et les coordonnées de tous les clients qui étaient présents la nuit de sa disparition. J'ai également visité l'hôtel mais je n'ai pu accéder qu'aux chambres libres. Rien de bizarre. Aucune trace de lui, sinon le quotidien d'hier qu'il a laissé sous le comptoir d'accueil.

— Rien d'autre ?

— Si. Il a un casier personnel fermé avec un cadenas. Il faudra l'ouvrir.

— Et cette cour à l'arrière, comment y accède-t-on ?

— Par une porte située près de la cuisine. Une porte de sécurité dotée d'une barre anti-panique. Impossible de l'ouvrir de l'extérieur. »

Sanlucar était dubitatif. Il se pinça les lèvres.

« À quoi penses-tu ? » demanda Marie Legalet.

Sanlucar réfléchit quelques instants avant de répondre.

« À rien de précis. Parfois les gens cachent des secrets que même leurs proches ignorent. »

Marie opina du chef, puis elle mordit dans son pain au chocolat. C'était une séduisante jeune femme, réunionnaise d'origine, le visage constellé de centaines de tâches de rousseur. Elle était dotée d'une épaisse chevelure mordorée qu'elle ramassait et maintenait avec une grosse barrette de bois. Au bureau, tous aimaient bien la taquiner, se limitant le plus souvent à d'innocentes espiègleries. Mais elle savait parfaitement remettre les plus audacieux à leur place en leur promettant d'en toucher un ou deux mots à son copain, qui n'était autre que le monumental deuxième ligne de l'équipe de rugby du Biarritz Olympique. Et cela relançait inévitablement le débat passionné et haut en couleur entre les supporters du Biarritz Olympique et ceux de l'Aviron Bayonnais.

Vers douze heures trente, Sanlucar sortit du parking du commissariat au volant de son vieux Freelander pour rentrer déjeuner chez lui. La circulation était ralentie sur le pont Grenet. De nombreux spectateurs s'étaient massés contre la rambarde et appréciaient en amont du fleuve les dernières démonstrations de sauts en parachute données par les soldats du régiment de la base militaire de Pau. Au rond-point d'Amade, il prit à gauche, longea la voix ferrée et la gare de triage. Peu avant la sortie de la ville, il remonta à droite, par le chemin de Laharie, jusqu'à la petite maison aux volets blancs qu'il louait depuis son arrivée à Bayonne, dix-huit mois plus tôt. Comme toujours lorsqu'il entendait son maître rentrer, Rubio, le labrador sable de trois ans jappait derrière la porte du garage. Sanlucar ouvrit le battant et libéra son chien dans le jardin non clôturé. Dans le salon, il prit une télécommande et appuya machinalement sur un bouton pour allumer la télévision. Il se dirigea dans la cuisine, ouvrit le réfrigérateur dont le contenu ne l'inspira pas du tout, sortit du compartiment congélateur une boîte de fagots de haricots verts et un steak haché.

Attiré par l'odeur de la viande grillée, Rubio rappliqua, la truffe frémissante.

« Désolé mon pote, c'est pas pour toi ! Si tu veux manger, tu as des croquettes à terminer dans ta gamelle au garage. »

En guise de réponse, le chien aboya brièvement.

« Et oui, la gastronomie est le privilège des humains. Résultat de siècles d'évolution de notre société ! »

Sanlucar s'assit sur son canapé pour manger son frugal repas en suivant distraitement les informations nationales. Il songeait au veilleur de nuit, essayant de construire une hypothèse qui pouvait tenir debout et expliquer sa curieuse disparition. Un homme apparemment sans histoire et attaché à sa famille. Menait-il une double vie ? Cachait-il quelques secrets ? D'expérience, Sanlucar savait qu'un grand nombre de disparitions de personnes majeures, saines d'esprit et parfaitement insérées dans la société, étaient préméditées et parfaitement organisées. Des fugues sentimentales pour la plupart. L'amour, les idylles torrides inspirent souvent les plus grands excès, les plus grandes folies. Jérôme Hargous avait probablement quitté la ville au volant de sa voiture. Où était-il donc passé ? Il emploierait tôt ou tard sa carte de crédit, pour faire le plein, acheter des provisions et dans ce cas, il serait possible de retrouver sa trace. Il préférait pour le moment exclure toute hypothèse criminelle. Les statistiques étaient formelles, plus de quatre-vingts pour-cent des disparitions se terminaient bien. D'autres mystères étaient rapidement résolus bien que leur issue fût dramatique, lorsqu'il s'agissait de suicide ou qu'ils concernaient des personnes atteintes de maladies neurodégénératives. Il n'y avait aucune raison de paniquer pour l'instant. Tout cela n'était peut-être pas aussi dramatique, après tout. Jérôme Hargous avait très bien pu rencontrer quelques amis, s'était laissé entraîner par la folie de la fête pour se prendre une cuite monumentale. Il avait alors perdu le sens des réalités, oublié provisoirement sa femme et son fils. Cela s'était déjà vu. Rien d'exceptionnel. Tombé ivre mort, il avait peut-être été ramassé par les pompiers et conduit en cellule de dégrisement ou au service des urgences de l'hôpital. Il nota dans sa tête que cette dernière hypothèse devait être vérifiée en priorité.

Sanlucar consulta sa montre. Il regagna la cuisine, déposa son assiette et ses couverts sales dans l'évier, but longuement directement au goulot d'une bouteille d'eau minérale. Son téléphone portable sonna. C'était Marie Legalet. Il y avait un problème au commissariat et sa présence était indispensable.

« Allez Rubio, tu vas regagner tes appartements au garage. Je te promets un footing ce soir sur la plage. »

9

Francis Sanlucar était âgé de trente-neuf ans. Mais à cause de son visage marqué, durci et parcouru de profondes rides, il en paraissait facilement dix de plus. Il souriait rarement. Lorsqu'il lui arrivait de le faire, son visage au teint halé s'illuminait soudainement. Cet homme timide, réservé, secret même, se montrait souvent opiniâtre, entêté parfois. Il pouvait faire preuve d'une grande acuité d'esprit. Il s'exprimait d'une voix lente et basse, paraissait chercher ses mots ou plutôt prendre son temps pour les choisir. Il y avait chez lui, dans son regard, son attitude et jusque dans sa démarche, quelque chose de difficile à définir. Il semblait toujours naviguer entre mélancolie et tristesse. Il vivait seul dans sa petite maison située sur la rive droite de l'Adour, non loin de la zone portuaire. Il passait la plupart de ses loisirs à promener Rubio sur la plage ou au cœur de la forêt landaise toute proche. Il avait une sœur qui habitait près de Toulouse. Son père, Emilio, veuf depuis bientôt trente ans, vivait dans le village de Gruissan, avec ses rues étroites et tortueuses, ses maisons anciennes bâties en cercle autour du château, appelé communément Tour Barberousse. Emilio Sanlucar, n'avait que cinq ans en février 1939, lorsque ses parents, comme des centaines de milliers de leurs compatriotes espagnols, avaient fui la répression nationaliste et les milices de Franco, en espérant trouver refuge de l'autre côté des Pyrénées. L'accueil ne fut pas toujours celui escompté. Lorsque la guerre embrasa l'Europe, le grand-père de Francis fut de ceux qui, cédés à l'occupant, participèrent à la construction des bases de sous-marins sur la façade atlantique, à Saint-Nazaire puis à Bordeaux. Emilio et sa mère furent placés dans une famille d'accueil à Narbonne. À la fin de la guerre, les Sanlucar s'établirent définitivement à Gruissan, entre mer et étangs, entre ciel et garrigue. Emilio y grandit et s'y maria avec la fille d'un pêcheur local. Logiquement, il embrassa lui-même cette carrière. À la belle saison, chaque matin, il tirait sur la plage le filet rempli de dorades, de maquereaux et de sardines, et l'hiver, dans les étangs, il capturait des loups, des mulets, des dorades mais aussi des anguilles. De son mariage naquirent deux enfants, Francis et sa sœur Sylvie. C'est à Toulouse que Francis fit ses études, s'engagea dans la police nationale et rejoignit la brigade criminelle du commissariat de la ville rose, au grand dam de son père qui aurait tant aimé qu'il perpétue la tradition de la pêche artisanale. À cette époque, encore lieutenant, Francis Sanlucar fit parler de lui au cours de la difficile enquête qui lança toute la brigade toulousaine aux trousses d'un criminel en série. Cet ignoble prédateur traquait ses victimes sur les sites de rencontres par Internet. Sanlucar réussit à sauver la vie d'une jeune femme qui aurait pu être la cinquième victime de celui qu'on surnomma le « tueur du net ». Peu de temps après cette enquête, promu au grade de commandant, il rejoignit le service de la Police Judiciaire du commissariat de Bayonne. Cette mutation arriva à point nommé pour tirer un trait sur une douloureuse période de sa vie personnelle.

Alors qu'il montait l'escalier menant au premier, Sanlucar discerna des éclats de voix en provenance de l'un des bureaux des inspecteurs. Marie Legalet, appuyée contre l'encadrement de la porte, se retourna en le voyant s'approcher. Son visage exprimait la consternation.

« Il s'en tient une, je te dis pas, » lui lança-t-elle au moment ou il pénétrait dans la pièce.

Il y avait trois inspecteurs dans le bureau. Le capitaine Christian Lapègue, quinquagénaire massif et moustachu, se tenait immobile près de la porte, mâchonnant un chewing-gum. Les bras croisés sur son puissant torse, il considérait silencieusement ses deux autres collègues. Le lieutenant Gilles Ripoix fumait nerveusement à la fenêtre, dodelinant du chef et grommelant dans sa barbe blonde. Le lieutenant Bernard Etcheto, Beñat pour ses proches, apprécié de tous pour son tempérament jovial, faisait de son mieux pour raisonner son collègue.

« Te penche pas comme ça, lui dit-il, tu vas finir par te casser la gueule. »

Ripoix secoua sa tête de plus belle, portant sa cigarette à ses lèvres.

« Qu'est-ce qu'on s'en branle ! Ça réglerait le problème définitivement non ?

— Dis pas ça couillon, t'as une femme et un gosse.

— J'en ai rien à foutre ! » brailla-t-il.

Ripoix se rendit compte de la présence de Sanlucar et se retourna. Son visage d'habitude si pâle était aussi rouge qu'une tomate mûre. Fixant de ses yeux bleus son chef de section d'un air qui mélangeait méfiance et gêne, il tira sur son mégot avant de bégayer :

« L'autre… L'autre couille de Malard. Il me fait chier ! Cette espèce de gros con ! »

Sanlucar s'approcha lentement de lui. Son état ne laissait guère place au doute. Son haleine non plus. Tous savaient que Ripoix était porté sur la bouteille. Il lui arrivait parfois d'arriver au bureau passablement éméché. Il piquait alors un petit roupillon sur son bureau. Mais ce jour-là, il avait du mal à conserver son équilibre. Jamais ses collègues ne l'avaient vu dans un état aussi avancé.

« Ah ! fit-il en relevant un coin de sa lèvre supérieure. Ils t'ont appelé à la rescousse ? Zorro le justicier ? »

Il émit un rire bref et forcé.

« Tu peux me dire ce qui se passe ? demanda doucement Sanlucar.

— C'est l'autre couille de Malard, il me fait chier…

— Oui, tu l'as déjà dit. »

Sanlucar savait qu'il devait avancer prudemment. Ripoix était terriblement remonté. Il s'agissait dans un premier temps de tenter de le calmer un peu et de mettre le holà à cette inhabituelle effervescence dans les bureaux de la brigade. Le comportement de son collègue faisait également remonter à la surface de sa mémoire de douloureux souvenirs.

« J'ai pas bu ! mentit Ripoix en écrasant son mégot dans un cendrier posé sur le bureau. Je ne bois pas. Et lui, là, il monte sur ses grands chevaux et il me dit que je suis bourré, que j'ai un problème. Il va pas bien, lui !

— Qui dit ça ?

— L'autre couille là, dans son bureau, peinard. Putain, j'ai juste bu un petit Ricard et lui, il m'accuse d'être alcoolique ! Et pourquoi pas drogué aussi ! Il veut prendre des sanctions, ce con ? Et bien qu'il les prenne ! J'ai pas bu ! C'est tout.

— Si tu n'as pas bu comme tu l'affirmes, cesse de vociférer comme tu le fais. Tu vas t'asseoir dans ton fauteuil et te reposer une heure. Ou mieux, Beñat va te reconduire chez toi dans ta voiture. »

Il se retourna vers le capitaine Lapègue qui ruminait toujours son chewing-gum.

« Tu les suis avec ta bagnole et tu ramènes Beñat. »

Ripoix essaya de contester cet ordre mais Sanlucar l'interrompit fermement.

« Écoute-moi bien Gilles. On a du pain sur la planche et en ce moment on n'est pas nombreux avec les congés d'été. Il faut que tout le monde soit au top et j'ai besoin de toi. Il vaut mieux que tu te fasses un peu oublier pour aujourd'hui. J'irai voir Malard tout à l'heure pour plaider en ta faveur si c'est encore possible. Allez, dégage, et vite !

— Je peux conduire gémit Ripoix, j'ai besoin de personne pour rentrer chez moi.

— Tu veux qu'on fasse monter un éthylotest ? »

Ripoix préféra renoncer et obtempéra. Il lança les clés de sa voiture à son collègue de bureau et sortit.

« Fais chier toi aussi ! » lâcha-t-il en passant devant Sanlucar.

Marie Legalet et Sanlucar regardèrent leurs trois collègues s'éloigner.

« Affligeant, souffla-t-elle tristement. Il pue l'alcool à dix mètres et ose dire qu'il n'a pas picolé. Et c'est quasiment tous les jours. Comment peut-on foutre sa vie en l'air comme ça ? Il a un gosse de cinq ans. »

Sanlucar ne répondit pas. Il savait mieux que personne que l'alcoolisme ne répondait à aucune logique ordinaire. Il préféra changer de sujet et proposa :

« Viens dans mon bureau, on doit parler de la disparition du veilleur de nuit. »

Sanlucar s'installa dans son fauteuil, étira ses membres avant de se redresser et d'appuyer son menton sur ses mains jointes, les coudes posés sur son bureau. Marie Legalet s'assit en face de lui. Elle avait sorti de sa poche carnet et crayon.

« Tu vas te rendre à son domicile du boulevard Alsace-Lorraine, commença Sanlucar. Tu y rencontreras sa femme. Elle s'appelle Laura. Elle est à cran et je préfère que ce soit toi qui t'en occupes. Une présence féminine est… Enfin, tu comprends ce que je veux dire.

— Tu penses qu'une femme lui inspirera davantage confiance.

— C'est un peu ça oui, d'autant que j'aimerais que tu abordes avec elle des détails plutôt intimes.

— Comme ?

— Je voudrais savoir si leur couple était aussi uni qu'elle me l'a déclaré hier soir. Leur arrivait-il de se disputer ces derniers temps ? Recevait-il des appels téléphoniques dont il lui cachait la provenance ? On est peut-être tout simplement en face d'une banale histoire d'adultère. Le mari qui s'enfuit avec sa maîtresse. Et dans ce cas, cela ne nous concerne pas. »

Sanlucar marqua une courte pause avant de poursuivre :

« Vérifie s'il n'est pas fiché chez nous, on ne sait jamais. Nous aurons sans doute besoin d'éplucher les extraits de leurs comptes bancaires, de savoir s'ils connaissent des difficultés financières. Demande-lui également une photo récente de son mari. Ramène tout ça ici. S'il est parti de son plein gré, il utilisera tôt ou tard sa carte de crédit. On doit par conséquent prendre contact avec sa banque.

— Ses feuilles de paye ?

— La totale. Il faut aussi interroger leur famille, leurs amis communs. Demande-lui les coordonnées des principales connaissances de son mari, tout au moins celles dont elle connaît l'identité. Pratiquait-il des activités sportives ? Était-il inscrit dans un club, une association ? Faisait-il de la politique ? Avait-il des liens avec un parti nationaliste basque ? S'ils ont un ordinateur, ramène-le et monte-le chez Zonsoni au troisième. L'historique de navigation révèle parfois bien des secrets. Laisse-toi guider par ton intuition, je te fais confiance.

— Et toi, tu vas voir Malard pour lui parler de Gilles ?

— Pas immédiatement. Je vais d'abord passer à l'hôpital. Même si sa femme en rejette l'hypothèse, il est possible qu'en sortant de son boulot il ait rencontré un ou deux copains, remplacé le café de son petit-déjeuner par du vin blanc et ait perdu la notion du temps. Des dizaines de types finissent chaque soir des fêtes aux urgences, il est peut-être dans le lot.

— Tu as pensé à la chambre de dégrisement ?

— En arrivant, j'ai demandé à l'accueil qu'on me montre la liste des personnes qui y ont fait un stage depuis quarante-huit heures.

— Ça n'a rien donné ?

— Non.

— Bon, j'y vais, dit Marie Legalet en se levant.

— On se retrouve vers dix-huit heures et on fait le point. »

10

En ce début d'après midi, la ville vivait ses heures les plus calmes, avant de connaître une nouvelle tempête nocturne. Les nombreuses et vastes pelouses ombragées bordant les allées Paulmy étaient dévolues à la sieste. Il s'agissait de récupérer des excès de la précédente nuit de fête, pour retrouver les facultés d'en vivre une nouvelle, tout aussi fiévreuse. La circulation était fluide au niveau du rond-point Saint-Léon. Sanlucar continua avenue René-de-Martres puis prit à gauche et entra par le portail principal de l'hôpital. Il gara sa voiture dans le parking visiteurs. Deux raisons l'avaient conduit jusque-là : la première était directement liée à la disparition du concierge de l'hôtel *Grand Adour*, mais la seconde était beaucoup plus personnelle. Six mois après son arrivée à Bayonne, il avait fait la connaissance d'une infirmière qui travaillait dans le service de médecine générale de l'hôpital. Leur relation avait démarré sous les meilleurs auspices et puis au bout de quelque temps, l'amour avait évolué vers des sentiments plus placides, une sorte de tendre amitié. Sanlucar avait essayé de comprendre ce changement sans pouvoir y parvenir réellement. Il sentait que Lise se détachait doucement de lui. Elle n'était pas aussi amoureuse qu'il l'aurait souhaité. Ils s'entendaient bien, intellectuellement et physiquement, mais quelque chose n'allait pas. Une sorte de routine s'était installée entre eux trop rapidement à son goût. Il pensa que cela venait de lui. Les cicatrices de son passé récent ne s'étaient peut-être pas suffisamment refermées. Il se sentait insatisfait, pas sûr de lui, trop négatif et fragile. Lise souhaitait-elle aimer un homme plus fort, plus confiant, ne se laissant pas gouverner aussi facilement par ses émotions et ses hésitations ? Jamais elle ne lui avait dit de mots d'amour et lui, il avait besoin de repères, de phrases claires et explicites. Sinon, il doutait d'elle et il doutait de lui. Certes, elle lui adressait de larges sourires, mais il demandait davantage. Il essaya de trouver une solution et la seule qui lui parut satisfaisante fut la fuite. Il lui déclara qu'il ne se sentait pas bien, qu'il avait besoin de faire le point, de réfléchir à ce qu'il cherchait réellement dans sa vie. Alors qu'il bredouillait des justifications peu convaincantes, il avait espéré que Lise, flairant le danger de le perdre, lui dirait ce qu'il avait besoin d'entendre. Mais Lise avait écouté, puis lui avait simplement dit qu'elle comprenait. Elle s'était levée, l'avait embrassé doucement sur la joue et s'en était allée. Elle devait rentrer chez elle. Une pile de repassage l'attendait. Elle n'avait pas semblé particulièrement surprise. Si elle avait été peinée, elle n'en avait rien laissé paraître. Peut-être même avait-elle été soulagée qu'il prenne lui-même la décision de rompre. Les premiers temps, ils s'étaient téléphonés pour se donner de brèves nouvelles, puis, peu à peu, leurs coups de fil s'étaient espacés pour s'évanouir totalement. Ils ne s'étaient jamais revus depuis.

Sanlucar se rendit aux services des urgences. Après quelques minutes d'attente, un infirmier en blouse blanche le reçut à l'accueil. C'était un homme de haute stature, au regard clair et aux gestes précis. Il consulta la liste des admissions.

« Dans les dernières quarante-huit heures dîtes-vous ?

— Oui, au nom de Hargous. Jérôme Hargous.

— Non, nous n'avons personne à ce nom-là.

— Est-il possible qu'il ait été admis aux urgences sans avoir pu être identifié ? »

L'infirmier parcourut à nouveau le registre.

« Effectivement, nous avons quelqu'un qui pourrait bien correspondre. Il a été amené par le Samu hier après-midi pour une alcoolisation massive et une vilaine fracture de la cheville. Il a été opéré. Aucun nom ne figure sur sa fiche, je me renseigne. »

Il décrocha son téléphone, obtint rapidement une réponse et raccrocha.

« Je suis désolé Commandant, mais cet homme n'est pas votre Jérôme Hargous. Il s'agit d'un suédois ou d'un norvégien. Bref, d'un étranger qui ne parle pas un mot de français. Il n'avait aucun papier sur lui. Nous n'avons donc pas été en mesure de l'identifier.

— Les blessés de la fête sont-ils tous acheminés vers votre service ?

— Absolument. Tous ceux qui nécessitent des soins importants en tout cas. Les pompiers déposent les autres en chambre de dégrisement. Mais je suppose que vous le saviez déjà puisqu'elle se trouve sous le contrôle de la police. »

Sanlucar ne répondit pas. Il remercia l'infirmier et sortit des urgences. Il contourna le bâtiment de radiologie et se dirigea vers le hall d'entrée des services de médecine et de chirurgie qui se trouvaient au deuxième étage. Dès qu'il déboucha dans le long couloir il l'aperçut. Elle était là, à trois mètres de lui. Elle lui tournait le dos, s'entretenait avec deux de ses collègues. L'estomac de Sanlucar se comprima subitement pendant que son cœur pompait une bonne centaine de fois les six litres de sang qui couraient jusque-là tranquillement dans ses veines. Le tout lui provoquant une douleur aussi aiguë qu'inattendue. Il prit le temps de se calmer quelques secondes en contemplant les cheveux fins de l'infirmière, ramassés en un chignon qui dégageait sa nuque fuselée. Il n'eut aucune peine malgré les mois écoulés, à retracer dans son esprit le contour de ses courbes, pourtant masquées par son ascétique blouse blanche. Il avala sa salive et s'approcha.

« Bonjour Lise. »

L'infirmière se retourna. Après un court instant de surprise, elle lui adressa un sourire identique à celui qui l'avait tant ému la première fois où il l'avait vue.

« Francis ? »

Lise s'écarta de ses collègues, s'avança vers Sanlucar. Les deux autres infirmières entrèrent dans une chambre, les laissant seuls au milieu du couloir.

« Comment vas-tu ? lui demanda-t-il.

— Ça va, et toi ? Que fais-tu ici ?

— Un homme a mystérieusement disparu et je m'étais dit qu'il avait peut-être été admis aux urgences. »

Lise esquissa un sourire légèrement moqueur.

« Tu ne te trouves pas tout à fait aux urgences ici, dit-elle.

— Ah ? J'ai dû m'égarer », répondit-il en essayant de masquer sa gêne.

Remarquant le trouble de Sanlucar, Lise changea de sujet.

« Comment va Rubio ?

— Bien. Il creuse le jardin.

— Peut-être y découvrira-t-il un trésor enfoui ? »

Sanlucar sourit. Il se sentait mal à l'aise, emprunté. Il hésitait. Après un court silence qui lui parut une éternité, il se lança.

« Tu as quelqu'un en ce moment ?

— Non, répondit-elle après une courte hésitation. Et toi ?

— Personne. »

Il marqua à nouveau un temps d'arrêt. C'était comme s'il jouait son destin. Il se racla la gorge avant de poursuivre.

« Ça te dirait de venir déjeuner chez moi un dimanche ?

— Pourquoi pas. C'est une bonne idée.

— On laisse passer les fêtes et je t'appelle ?

— Ça marche.

— Rubio sera ravi de te revoir à la maison. »

Lise sourit. Sanlucar rajouta :

— « … Et moi aussi. »

Ils rirent de concert.

« Je dois y aller Francis. Appelle-moi après les fêtes. »

Sanlucar regarda Lise s'éloigner, espérant qu'elle se retourne. Elle n'en fit rien. Il était confus. Le temps n'avait pas tellement effacé les sentiments qu'il éprouvait pour la jeune femme. Il les avait simplement mis en sommeil.

Au moment où Sanlucar remontait dans sa voiture, son téléphone portable sonna. C'était Marie Legalet.

« Marie, où es-tu ?

— Au bureau.

— Alors, qu'est-ce que ça a donné avec la femme du veilleur de nuit ?

— Bof ! Pas grand-chose à mon avis. Mais nous devrons certainement interroger quelques personnes pour éclaircir certains détails.

— OK, je rentre et on fait le point. Beñat et Lapègue sont revenus ?

— Ils sont là. Christian est près de moi.

— Passe-le moi s'il te plaît. »

Une voix basse et sèche surgit dans l'appareil de Sanlucar :

« Oui ?

— Comment ça s'est passé avec Gilles ?

— Chiant ! »

Christian Lapègue était un homme bourru. Il s'exprimait toujours avec le minimum de mots. Il ne parlait jamais de lui ou de sa vie privée. Son visage était toujours imperturbable et ne trahissait jamais ses émotions. Peut-être à certains moments mâchonnait-il plus nerveusement son éternel chewing-gum ? Sanlucar en apprendrait davantage avec Beñat Etcheto.

Vingt minutes plus tard, Sanlucar retrouva Marie Legalet dans le couloir du premier étage. Elle se servait un café au distributeur.

— « Tu en veux un ?

— Non merci. Mon estomac tolère mal le café.

— Tu as des problèmes de santé ?

— Pas spécialement. Enfin, je ne crois pas. Allez, viens faire le point dans mon bureau. »

Sanlucar s'enfonça dans son fauteuil et Marie prit place en face de lui, dans celui des visiteurs. Elle posa devant lui deux photos d'identité de Jérôme Hargous puis s'empara de son carnet de notes.

« Ce sont des photos récentes ? demanda Sanlucar.

— Elles datent de l'année dernière. Il avait dû refaire sa carte Vitale. J'en ai d'autres dans mon téléphone que j'ai récupérées de celui de Laura. J'en tirerai des exemplaires papier. »

Sanlucar examina le visage de Jérôme Hargous. Un homme brun, les yeux rieurs, le nez légèrement épaté et les lèvres épaisses. De lointaines origines asiatiques peut-être ?

« Comment va-t-elle ? demanda-t-il.

— La pauvre femme est vraiment très choquée. Elle n'arrête pas de pleurer.

— A-t-elle consulté un médecin ?

— Je crois. Il y avait des calmants et une ordonnance sur la table de la cuisine.

— Elle reste seule ?

— Sa sœur qui habite Hendaye doit venir.

— C'est bien. À part ça ?

— Elle était guichetière au bureau de Poste de la ZUP lorsqu'elle a rencontré Jérôme. Lui, à cette époque, il bossait dans une boîte de la zone artisanale Saint-Frédéric. Il venait chaque jour poster le courrier. C'est comme ça qu'ils ont fait connaissance.

— C'était quand ?

— Il y a un peu plus de trois ans.

— Ils sont originaires du coin ?

— Elle est née ici. Ses parents habitent Saint-Palais. Ils sont agriculteurs. Sa sœur Émilie est mariée avec un restaurateur de Socoa. Lui, il vient de Mont-de-Marsan. »

Sanlucar repensa à l'autocollant du club de rugby de la préfecture des Landes, qui aurait pu lui permettre d'identifier la 206 blanche de Jérôme Hargous. Marie Legalet poursuivit :

« Il est le fils unique d'un cantonnier décédé il y a cinq ans. Sa mère est pensionnaire dans une maison de retraite médicalisée. Alzheimer. Il va lui rendre visite chaque lundi après sa nuit de travail.

— Il faudra vérifier tout ça. Comment va leur couple ?

— Bien. Très bien même. La naissance de leur petit garçon les a comblés. Elle ne m'a rien dit qui peut nous permettre d'avoir des soupçons sur la fidélité de son mari. Elle bénéficie d'un congé maternité. Lui, il bosse la nuit et reste auprès d'elle pendant la journée. Ils semblent avoir une vie bien rangée.

— Des disputes ?

— Apparemment pas. En tout cas pas au point de provoquer un abandon du domicile conjugal.

— Il faudra interroger leurs voisins pour s'en assurer. Tu as vérifié nos fichiers ?

— Il n'a aucun antécédent. Pas même une contravention impayée.

— Les réseaux sociaux ?

— Elle a un compte sur Facebook. Lui, ça ne l'intéresse pas. Il va surfer sur Internet comme tout le monde. J'ai ramené la tour de leur ordinateur, comme tu me l'as demandé et je l'ai montée chez Zonsoni.

— Parfait. La politique ?

— Ils n'en font ni l'un ni l'autre.

— Leur situation financière ?

— J'ai commencé à éplucher leurs comptes bancaires. Ils ne roulent pas sur l'or. Ils gagnent chacun un peu plus de mille euros. Ils en retirent chaque mois trois cents qu'ils déposent sur un compte épargne logement. Ils aimeraient acheter un jour une petite maison dans la région.

— D'autres projets ?

— Comme tout le monde, ou à peu près. Avoir leur maison à eux, être à l'abri du besoin et s'offrir des vacances de temps en temps. Ils aimeraient visiter l'Afrique. Il y a des masques de cérémonie achetés dans des vide-greniers, accrochés au mur de leur salon. »

Marie Legalet fit une pause, relut ses notes avant de poursuivre :

« Je n'ai pas tout analysé mais je n'ai remarqué aucune entrée ou sortie d'argent suspecte sur leurs extraits de compte. J'ai récupéré son numéro de carte de crédit.

— Parfait. Il nous faut contacter sa banque pour savoir s'il s'en sert. Ses activités extra-professionnelles ? Il ne pratique pas de sport, n'est inscrit dans aucun club ?

— Non. Il a fait du rugby étant jeune. Il assiste à certains matchs de l'Aviron avec des copains. Il sort en célibataire un samedi par mois environ.

— Tiens, fit Sanlucar en levant un sourcil. Ce peut être intéressant. On va commencer par ça. Elle t'a donné le nom de ses copains ?

— Trois noms mais j'ai pensé à Jean-Christophe Etcheverry.

— Pourquoi celui-là ?

— C'est son meilleur ami. Ils se connaissent depuis l'enfance. Ils se sont retrouvés ici après s'être perdus de vue quelques années.

— Contacte-le. Dis-lui de nous attendre chez lui s'il doit sortir ce soir. On va lui rendre visite. En attendant, je vais voir Malard. »

Le commissaire divisionnaire était au téléphone lorsque Sanlucar frappa à la vitre de son bureau. Malard lui fit signe d'entrer, termina sa conversation et raccrocha.

« Tu en es où sur la disparition du veilleur de nuit ? demanda-t-il.

— Sincèrement on n'a pas grand-chose. On doit vérifier quelques détails mais je pense qu'on ne trouvera rien de suspect dans la vie de cet homme. Et c'est justement ce qui me chiffonne. Un type sans histoire disparaît brusquement en pleine nuit pendant les fêtes de Bayonne. Ça ne colle pas. »

Malard le dévisagea gravement.

« Tu soupçonnes un crime ? »

Sanlucar, la bouche en cœur, se pinça le bout du menton avec pouce et index, triant les hypothèses qui avaient germé au fond de son cerveau.

« Un crime peut-être pas. Rien dans sa vie ne permet de l'imaginer mêlé à une quelconque affaire crapuleuse. Quoi qu'il en soit, ce n'est pas une disparition ordinaire. J'en ai de plus en plus l'intuition. On y verra sans doute plus clair après les fêtes. »

— À moins qu'il ait été victime d'une agression pendant son service de nuit », proposa Malard.

— Je pense que dans ce cas, la réceptionniste aurait trouvé quelque chose de suspect en arrivant le matin. Tout était normal. Il reste l'hypothèse d'une escapade amoureuse. Même si le couple semble soudé, rien ne prouve qu'il n'ait pas de double vie. On va rencontrer l'un de ses amis en fin de journée. Nous apprendrons peut-être des trucs intéressants.

— Je suis d'accord. Tu continues de travailler avec Marie sur cette enquête. Elle manque d'expérience pour bosser seule, je préfère qu'elle t'accompagne. Nous ne sommes pas nombreux en ce moment à cause des congés et des fêtes. J'ai mis Lapègue et Etcheto sur l'affaire des cambriolages de la zone Saint-Frédéric. Ils pourront te donner un coup de main le cas échéant mais ne compte pas trop sur eux. Cette affaire est prioritaire. »

Malard marqua un temps d'arrêt. Son visage s'assombrit.

« Et comme si on pouvait se le permettre, continua-t-il, voilà Ripoix hors service maintenant. Je ne vais pas indéfiniment continuer à faire l'autruche. Soit il se fait soigner, soit je le mets à pied.

— Gilles est un bon policier, fit remarquer Sanlucar d'un ton qui se voulait convaincant.

— Je sais. C'est un bon élément. Mais c'est aussi un alcoolo. S'il picole le soir chez lui, je m'en fiche. C'est pas mon souci. Je ne suis pas assistante sociale et n'ai pas à résoudre ses problèmes personnels. Mais je veux qu'il soit *clean* au bureau, tu comprends ? Moi, mon problème, c'est le commissariat et l'image que les policiers donnent d'eux-mêmes. Il n'a qu'à arrêter de picoler et se faire soigner. Il suffit d'avoir la volonté de s'en sortir. Moi, rien qu'avec la volonté, j'ai bien arrêté de fumer. »

Être *clean* au bureau. Faire bonne figure face au public. Avoir la volonté de s'en sortir. Sanlucar connaissait bien tout ça. Il l'avait vécu de près. Il savait aussi que la dépendance, une fois bien installée, était définitive. L'envie de s'en sortir n'était pas suffisante. On pouvait réparer les dégâts causés par l'abus d'alcool, on pouvait prévenir la rechute, mais l'alcoolo-dépendance elle-même n'était pas curable. Il n'existait pas de traitement permettant de la maîtriser. Rester exemplaire au bureau, certains y parvenaient. Mais cela ne résolvait rien et n'empêchait pas l'avènement de l'accident fatal et de la souffrance.

« Ce n'est pas en le mettant à pieds que vous résoudrez son problème, appuya Sanlucar. Au contraire, la sanction n'est pas un très bon remède en la matière.

— Il n'empêche qu'il nous fait défaut en ce moment. Il doit se reprendre, c'est tout. Soit il se soigne et retrouve son niveau de performance optimal, soit je le mets à pied pour incompétence professionnelle. »

Sanlucar ne trouva pas d'argument à rétorquer. Il se sentait irrité par le dogmatisme avec lequel Malard traitait le cas Ripoix. Au moment où il se levait pour quitter le bureau du commissaire, celui-ci rajouta en tapotant son bureau de l'index :

« Et n'oubliez pas de me faire vos rapports. J'ai reçu une nouvelle note de service me demandant d'augmenter de cinq pour-cent le taux d'élucidation des crimes et des délits. »

Sanlucar hocha la tête mais ne répondit rien. Pourquoi Malard prenait-il un malin plaisir à lui rappeler sans cesse ce qu'il savait parfaitement ? Il connaissait très bien toutes les tâches qu'il devait assumer et tous les membres de la brigade également. Personne n'y dérogeait. Malard n'avait aucun reproche à faire à Sanlucar sur ce point-là. Malard, sa paperasse et ses statistiques ! N'y avait-il donc que ça qui l'intéressait ? Des résultats chiffrés et des rapports écrits ? Le divisionnaire semblait se foutre complètement des méthodes employées par Sanlucar et ses hommes sur le terrain. Tout ce qui lui importait c'était que les rapports soient parfaits et que les objectifs soient atteints ! Sa carrière, évidemment. Si Malard voulait avoir de la promotion ou éviter d'être muté loin d'ici, il devait montrer en haut lieu qu'il était un manager zélé. Il devait produire d'excellents indicateurs lors des évaluations auxquelles il était soumis. Chaque fois que Sanlucar entrait dans le bureau de son patron, il le trouvait les yeux hypnotisés par l'écran de son ordinateur. Malard était en permanence connecté sur son fichu tableau de bord qui lui permettait, soit disant, d'analyser les forces et les faiblesses de la brigade, d'adapter les moyens nécessaires pour améliorer les résultats. Aux yeux de Sanlucar, le divisionnaire se comportait davantage comme le chef d'une entreprise commerciale, que comme le responsable d'une équipe d'hommes confrontés à un terrain de plus en plus difficile et violent, d'hommes qui avaient besoin de soutien moral pour conserver l'énergie et la force psychologique nécessaires à leur travail. Décidément, Malard lui portait sur les nerfs !

II

Sanlucar et Marie Legalet roulaient en direction de Tarnos, première ville du département des Landes, au nord de Bayonne. Chacun avait pris sa voiture personnelle. Sanlucar ne repasserait pas par le commissariat après avoir rencontré Jean-Christophe Etcheverry. Il rentrerait directement chez lui et Marie en ferait de même. Ils s'engagèrent dans un lotissement récent et s'arrêtèrent devant un pavillon, au fond d'une impasse. La maison était entourée d'un jardin arboré. Devant le garage, un puissant 4x4 de marque Porsche indiquait que le propriétaire des lieux occupait une situation sociale confortable. Une dizaine de personnes, revêtues de la traditionnelle tenue blanche et rouge, était installée autour d'une table de jardin au bord de la piscine et partageait un apéritif. Il régnait une atmosphère euphorique. Les deux inspecteurs poussèrent le portillon d'entrée. Les ayant aperçus, un homme se leva et s'approcha.

« Bonsoir, vous êtes les policiers ?

— Je suis le commandant Sanlucar et voici le lieutenant Legalet.

— C'est vous que j'ai eu au téléphone ? demanda-t-il en dévisageant la jeune femme, l'air satisfait.

— En effet. Nous aimerions vous poser quelques questions au sujet de Jérôme Hargous.

— Vous ne voulez pas prendre un petit verre avec nous avant ? proposa l'homme en désignant la joyeuse tablée.

— Nous sommes en service », appuya Sanlucar.

L'homme se résigna et invita les policiers à le suivre un peu à l'écart.

« Que voulez vous savoir ?

— Comment avez-vous connu Jérôme Hargous ?

— C'est une longue histoire. Nous avons le même âge. Nous étions à l'école ensemble à Mont-de-Marsan et nous jouions au rugby dans la même équipe. Ensuite, après le bac, je suis venu à Bayonne étudier le droit administratif et nous nous sommes perdus de vue. J'ai été embauché dans la société de messageries Dacharry où j'occupe aujourd'hui le poste de directeur adjoint. C'est là que nous nous sommes retrouvés. Par hasard. On avait besoin d'un gars pour diverses tâches. Un coursier en quelque sorte, et c'est Jérôme qui a eu le poste. Il faut dire que c'est moi qui suis chargé du recrutement, des entretiens d'embauche. »

Etcheverry esquissa un sourire embarrassé avant de poursuivre, comme pour se justifier.

« Je lui ai donné un coup de pouce pour ce poste, c'est vrai. Mais la boîte n'a pas eu à le regretter. C'était un mec super sérieux vous pouvez me croire. Il venait de perdre son père quelques mois plus tôt. Il n'allait pas très bien et je m'en suis un peu occupé. Je l'ai aidé à trouver un appartement et on allait voir les matchs de rugby ensemble. On est devenu de bons copains de virées nocturnes. Ensuite, il a rencontré Laura et s'est marié. J'ai été le témoin de son mariage. Il a quitté ma boîte pour prendre ce poste de réceptionniste de nuit à l'hôtel *Grand Adour* mais on a continué à se fréquenter. On sort environ une fois par mois entre hommes. Jessica, ma femme, et Laura s'entendent bien. On mange ensemble tous les quatre, ici ou chez eux, on va de temps en temps passer le week-end dans ma cabane. Un authentique cayolar basque que j'ai retapé et qui est un peu mon refuge aujourd'hui.

— Pour quelle raison a-t-il quitté votre société ? demanda Marie Legalet.

— Tout simplement parce que le poste à l'hôtel était mieux rémunéré.

— Parlez-nous de Jérôme, questionna Sanlucar.

— C'était un mec sympa et honnête.

— Pourquoi en parlez-vous au passé ?

— Pardonnez-moi, je ne sais pas pourquoi j'ai fait ça. C'est ridicule. Je suis assez inquiet, vous savez. Disparaître comme ça ne lui ressemble pas du tout. Lorsqu'on sort ensemble, il téléphone toujours à Laura pour la rassurer. Il lui téléphone ou bien lui envoie un SMS. Surtout depuis que leur petit est né.

— Vous le connaissez depuis longtemps, parlez-nous de son enfance, sa jeunesse. »

Jean-Christophe Etcheverry pinça les lèvres puis secoua lentement la tête avant de répondre. Il avait l'air affligé.

« Tout n'a pas été rose. Son père était dur avec lui. Il n'en parlait pas souvent. Mais ça ne devait pas rigoler tous les jours, si vous voyez ce que je veux dire.

— Et sa mère ?

— Une brave femme. J'allais chez eux lorsque son père était à son travail. Elle nous faisait des petits desserts. J'ai souvenir de fantastiques flancs à la vanille qu'elle nous servait avec des gâteaux secs. Des cigarettes russes. »

Etcheverry s'interrompit. Une émotion sincère se lisait dans son regard.

« Elle ne parlait pas beaucoup. Elle aimait Jérôme mais je pense qu'elle était soumise à son mari.

— Vous étiez ensemble au lycée ?

— Non. Après la troisième, il a été orienté en professionnel. Il a fait un BEP. Nous nous fréquentions moins souvent en dehors du club de rugby. Et puis, comme je vous l'ai dit, après mon bac, j'ai quitté les Landes.

— Quand l'avez-vous vu pour la dernière fois ?

— Ça fait plusieurs semaines, répondit-il sans hésiter. Je suis parti en vacances en Croatie avec ma femme mi-juillet. Ensuite les fêtes sont arrivées.

— Aucun contact téléphonique, ces derniers jours ?

— Je l'ai appelé le premier soir des fêtes pour savoir s'il voulait sortir, au moins pour la *Mascleta*. Il s'apprêtait à partir au travail et n'avait pas le temps de discuter.

— Comment qualifieriez-vous les Hargous ?

— C'est un joli couple. Il m'est difficile de les décrire autrement.

— Aucune incartade ?

— Absolument pas. »

Jean-Christophe Etcheverry avait répondu trop rapidement et Sanlucar s'en rendit compte immédiatement. Quelque chose avait sonné faux dans sa réponse. Il décida de profiter de cette faille.

« Quels endroits fréquentez-vous lors de vos sorties ?

— Ça dépend. Le plus souvent après les matchs, on va boire quelques bières au *Ranch*, le pub des supporters.

— Vous allez en boîte de nuit ? »

Etcheverry hésita. Il se sentait irrémédiablement entraîné vers un terrain qu'il aurait préféré éviter.

« Ça nous est arrivé par le passé.

— Cela ne se produit donc plus. Pour quelle raison ? »

Etcheverry se mordit la lèvre avant de répondre. Nouvel indice consolidant l'impression ressentie par Sanlucar.

« Jérôme n'y tenait plus », lâcha-t-il.

Sanlucar releva brusquement les sourcils indiquant du regard à Jean-Christophe Etcheverry qu'il devait donner davantage de détails.

« Il est marié comprenez-vous ?

— S'est-il passé quelque chose de spécial ?

— Non, répondit Etcheverry le regard fuyant.

— Monsieur Etcheverry, je tiens à vous rappeler que toute entrave à la justice est un délit grave. Préférez-vous que nous allions continuer notre conversation au commissariat ? Vos amis vous attendent. Ce serait dommage de les laisser seuls faire la fête ce soir. Le dernier soir en plus !

— Non ! Mais… Je…

— Que s'est-il passé en discothèque ? » insista Sanlucar.

Etcheverry hésita encore et débita rapidement :

« Jérôme a rencontré une femme avec qui il a eu une aventure.

— Tiens donc ! Et où cela s'est-il produit ?

— Nous étions au Bilboquet. C'était l'été dernier. On avait un peu trop bu. On a rencontré deux filles.

— Et ?

— On a flirté.

— On, dites-vous ? Je croyais que Jérôme Hargous était le seul concerné.

— Commandant, je suis marié, j'ai une petite fille et je ne tiens pas à briser mon mariage pour une aventure sans lendemain, marmonna Etcheverry entre ses dents.

— Votre vie privée ne m'intéresse pas monsieur Etcheverry. En tout cas pas pour le moment. Je vous invite donc à collaborer au mieux. J'aimerais par exemple que vous me disiez si pour Jérôme Hargous, selon vous, il s'agissait également d'une aventure sans lendemain ? »

L'homme hésita, nerveux. Il piétinait sur place, les points serrés dans les poches de son jean blanc.

« Et merde ! Il l'a revue une ou deux fois.

— Une, ou bien deux fois ?

— C'était une aventure sans conséquence, je vous le jure commandant ! Elles étaient venues en vacances à Anglet. Elles sont reparties chez elles au bout d'une ou deux semaines. On a plus eu de leurs nouvelles. C'était juste une amourette d'été, rien de sérieux.

— Quand cela est-il arrivé ?

— C'était l'an dernier. Au mois d'août.

— Laura Hargous était enceinte à cette époque, précisa Marie Legalet.

— Oui, je sais, c'est moche…

— Comment se nommaient ces deux touristes ? » interrogea Sanlucar.

Etcheverry sembla chercher au fond de sa mémoire.

« Stéphanie Lemaire et Viviane Duchemin, lâcha-t-il au bout de quelques secondes.

— Laquelle des deux était la conquête de Jérôme Hargous ?

— Stéphanie.

— D'où venaient-elles ?

— La Rochelle. »

Sanlucar marqua volontairement une pause. Il avait soutiré une information qui pouvait s'avérer capitale dans la disparition du veilleur de nuit de l'hôtel *Grand Adour*. Jean-Christophe Etcheverry accusait le coup. D'une voix plus douce, il reprit :

« Jérôme est votre ami, je vous sais inquiet. Il me faut cependant en savoir davantage sur cette aventure. Cela m'aidera peut-être à débrouiller le mystère qui entoure sa disparition. Comprenez-vous ?

— Que voulez-vous savoir ?

— Comment était-il à l'époque ?

— Laura était enceinte, c'est vrai. Mais il l'aime profondément, vous pouvez me croire. N'imaginez pas Jérôme en garçon coureur. Au contraire, il me faut souvent le traîner pour qu'il consente à sortir. Je ne tiens pas à lui trouver des circonstances atténuantes d'autant que je n'ai guère été plus brillant dans cette histoire. Mais depuis le début de sa grossesse, Laura ne voulait plus qu'il la touche. Ce soir-là, nous avions sans doute trop bu. Ces filles étaient venues pour s'amuser, pour s'éclater. Elles nous ont entraînés dans le jeu de la séduction. Je n'ai pas de dessin à vous faire. »

Il marqua une courte pause.

« Je suis beaucoup sorti dans ma jeunesse. J'en ai bien profité, comme on dit. Jérôme, lui, il n'avait jamais connu une expérience semblable. Il était profondément troublé par Stéphanie. Il n'est pas parvenu à faire la part des choses et n'a pas pu résister à la tentation.

— Combien de fois se sont-ils vus ?

— Je vous l'ai dit. Deux. Trois fois maximum. Elles sont reparties chez elles. Nous n'avons plus eu de nouvelles.

— À votre connaissance, Jérôme a-t-il essayé de prendre contact avec sa conquête ?

— Honnêtement ? Je ne pense pas. Il m'en aurait parlé. Il a beaucoup culpabilisé. Je vous le jure, il était très mal. C'est d'ailleurs pour cela que nous n'allons plus en boîte. Il m'a fait promettre de ne plus jamais l'y entraîner. Je lui ai donné ma parole.

— Avez-vous conservé les coordonnées de l'une de ces deux femmes ?

— Non !

— Ce n'est pas grave, nous nous débrouillerons.

— Je ne m'explique pas la disparition de Jérôme, Commandant. Honnêtement, je n'arrive pas à croire qu'il ait pu rejoindre Stéphanie sur un coup de tête. Le temps est passé. S'il avait gardé un quelconque lien avec elle, je suis persuadé qu'il m'en aurait parlé. Depuis la naissance de Jérémie, Il est vraiment très heureux. Et avec Laura également. Tout va bien pour lui. »

Etcheverry fixait Sanlucar avec le regard d'un chien battu. Clairement soucieux et oppressé, il n'avait jamais enduré pareil flot de questions. Les policiers continuèrent de le cuisiner un moment, sans obtenir de nouveaux éléments susceptibles de les aider dans leur commencement d'enquête. Il ne se sentit soulagé qu'au moment où Sanlucar mit un terme à l'audition, accepta volontiers de passer au commissariat signer sa déposition, une fois que celle-ci serait tapée par Marie Legalet.

Les policiers sortirent du jardin, laissant un Jean-Christophe Etcheverry quelque peu étourdi.

« J'ai trouvé bizarre qu'il se souvienne aussi facilement du nom de ces deux femmes, pas toi ? remarqua la jeune enquêtrice.

— Les hommes se rappellent aussi de leurs rencontres d'un soir, Marie. Vous, les femmes avez tendance à les zapper, non ? taquina Sanlucar.

— C'est malin, grogna la jeune inspectrice. Il faut dire que vous êtes d'une grande efficacité le premier soir », rajouta-t-elle moqueuse.

Sanlucar leva un sourcil en guise de réponse, ouvrit la portière de son Freelander avant de poursuivre plus sérieusement.

« Rien ne colle vraiment dans cette disparition. Un type banal. Une vie banale. On n'a rien.

— Et son aventure, c'est pas une piste ?

— Peut-être. On verra ça demain. J'y vais. Salut ! »

Sanlucar s'assit derrière son volant.

« Ah, Marie, fit-il, la main sur la poignée de la portière. Je ne voudrais pas paraître ignare mais… C'est quoi la *Mascleta* ?

— La *Mascleta* ? C'est la pétarade qui résonne dans toute la ville après le lancer des clés depuis le balcon de l'hôtel de ville.

— Ah ?

— Il va falloir que tu fasses un effort pour devenir un véritable bayonnais, dis donc.

— Sans doute… Et pourquoi lance-t-on cette clé ?

— Il y en a trois. Une par quartier. Elles signifient que pendant la durée des fêtes, la rue appartient à tout le monde. C'est une cérémonie vraiment sympa. Tous les gens se regroupent devant la mairie et lèvent leur foulard rouge au ciel. C'est magnifique. Ensuite, c'est le Roi Léon qui apparaît. Le Roi de Bayonne…

— Et celui des couillons… Je connais la chanson… »

Sanlucar fit quelques courses avant de rentrer chez lui. La soirée était douce. La journée de juillet s'étirait, la lumière du jour refusant de céder sa place à l'obscurité de la nuit. Il en profita pour faire une longue promenade sur la plage de Tarnos en compagnie de Rubio, essayant de se faire un résumé de l'enquête. Il repensa également à Gilles Ripoix. Il ne l'avait pas vraiment défendu face à Malard. Il aurait pu au moins essayer, mais en réalité, il n'en avait pas eu envie. Malard n'aurait pas compris, de toute manière. Sanlucar avait vécu de près les conséquences de l'alcoolisme, en avait souffert et en souffrait encore. Seuls ceux qui avaient directement été confrontés à ce fléau savaient qu'on ne pouvait pas s'en sortir d'un claquement de doigts. Mais peut-être la méthode dure donnerait-elle des résultats chez Ripoix. Lui, il avait toujours privilégié le dialogue, l'empathie et la douceur. Ça n'avait rien donné. Alors pourquoi pas la fermeté après tout. Et puis au fond de lui, il s'en fichait. Peut-être même éprouvait-il une sorte de sentiment malsain, de plaisir pervers. Il ne serait pas le seul à souffrir.

Au loin, au cœur de la ville, des dizaines de milliers de personnes s'amusaient. Sanlucar se sentait bien loin de cette effervescence. Les fêtes de Bayonne lui étaient encore étrangères. Il avait pourtant essayé lorsqu'il était sorti avec ses collègues un soir l'année passée. Qu'en avait-il retenu ? Il assimilait cette fête à un cabotage de bar en bar, consistant à remplir son estomac de multiples verres d'alcool de piètre qualité, pour atteindre l'ivresse, laisser libre cours à des délires plus ou moins débridés, oublier inhibitions et sens moral. Il avait cependant été le témoin d'animations conviviales à l'intérieur de certaines *peñas*, de tablées s'unissant dans le chant dans une authentique joie de vivre. Il aurait aimé partager cette liesse collective. Mais il s'était senti étranger aux traditions. Il n'avait pas été absorbé par l'allégresse et l'euphorie ambiantes. L'avait-il vraiment souhaité ?

Sanlucar se trouvait dans une grande salle. Une bonne centaine de personnes vêtues de blanc, un foulard rouge noué autour du cou avait pris place autour de trois longues tables disposées en « U ». L'ambiance était rieuse et bruyante. Quelques retardataires garnissaient les dernières places libres. Parmi eux, Lise. Elle s'avança vers lui et l'embrassa sur la joue en souriant. Il s'efforça de lui transmettre un tas de messages télépathiques durant le court instant où leurs regards se croisèrent. Il posa sa main contre son visage et caressa ses cheveux. Elle prit place à quelques mètres de lui, à une table perpendiculaire à la sienne. Un peu plus tard, la fête battait son plein. Les rires et les chants fusaient. Sanlucar n'y participait pas. Il observait Lise. Elle parlait, riait, mais ne le regardait pas, ne faisait pas attention à lui. Alors il se leva. Il prit appui sur le dossier de deux chaises positionnées dos à dos, poussa sur ses jambes et forma un équilibre parfait, les pieds pointés vers le plafond. Après avoir maintenu la position quelques instants, il s'élança en l'air dans un extraordinaire double saut périlleux arrière, exécuta encore une roue et une rondade avant de se stabiliser avec élégance. Tous les convives l'acclamaient. Tous saluaient sa prestation. Il se tourna vers Lise, certain d'avoir suscité son admiration. Mais Lise discutait toujours avec ses voisins de tablée, totalement indifférente à son acrobatie, franchement imperméable aux efforts qu'il avait déployés pour capter son attention. Elle ne l'avait même pas vu. Elle agissait comme s'il n'était pas là.

Sanlucar se réveilla brusquement. Son rêve était si réel qu'il mit de longues secondes à réaliser qu'il se trouvait dans son lit, au beau milieu de la nuit. Une demi-heure plus tard, comme il n'était pas parvenu à se rendormir, il décida de se lever. Il enfila un tee-shirt et un short, quitta sa chambre, traversa le salon et sortit de la maison. Rubio, allongé sur le tapis, ouvrit un œil distrait. Sanlucar s'assit au coin de sa terrasse, essayant de vider sa tête de toutes les pensées qui s'y agitaient. Rubio le bouscula de sa tête épaisse et de son museau humide, à la recherche de l'une de ses mains, d'un air de dire : « Arrête de penser tout le temps et caresse-moi plutôt ! » Qu'il était loin le temps où il s'était rendu dans cette ferme gersoise pour acheter une grosse balle de poils jaunes sable, dotée de deux yeux attendrissants, ronds et noirs, de deux petites oreilles tombantes et d'une grosse truffe curieuse. Il espérait que la présence envahissante et affectueuse d'un labrador pourrait changer les choses. Rubio s'était montré envahissant et terriblement affectueux, mais les choses ne changèrent pas.

12

Lundi 4 août.

Les fêtes de Bayonne étaient terminées et la ville se réveillait avec la gueule de bois. Dans les rues du centre, on entendait le claquement mat des tréteaux et des chaises que l'on repliait pour les ranger jusqu'à l'année suivante. Les services municipaux lavaient les rues à grande eau, balayaient des milliers de verres et bouteilles de plastique écrasés, des millions de confettis. La ville semblait plongée dans une sorte de léthargie invitant chacun au silence et au repos. Lentement, elle tentait de reprendre son rythme. Les rideaux des boutiques, restés fermés pendant cinq jours, se relevaient en grinçant. Les vitrines reprenaient peu à peu la lumière. Titubant au milieu de cette agitation singulière, les derniers *festayres*, la tenue blanche souillée de vin et de poussière rentraient chez eux l'air hagard. Même le ciel, si généreux ces derniers temps, s'était rempli de lourds nuages couleur de plomb, envoyés par les vents océaniques. Les dizaines de milliers de touristes, venus spécialement pour les fêtes, quittaient la ville en voiture, provoquant quelques copieux embouteillages. D'autres encore, tout aussi nombreux, attendaient sur les quais de la gare que leur train les reconduise dans leur région ou pays d'origine.

Dans le hall du commissariat, cinq personnes attendaient leur tour. À l'accueil, un homme fort irrité voulait déposer une plainte contre X. Il avait retrouvé sa voiture au petit matin, le capot et le toit enfoncés. Elle avait apparemment servi de trampoline à quelques facétieux loustics un peu trop avinés. Il fut invité à suivre un agent en civil dans l'un des bureaux du rez-de-chaussée. Deux hommes et une femme d'une quarantaine d'années, portant tee-shirts, bermudas et chaussures de marche, s'avancèrent jusqu'au guichet. Ils déposèrent leurs lourds sacs à dos sur les dalles noires du sol. Ils étaient italiens, ne parlaient pas un mot de français. Ils se rendaient à Saint-Jacques-de-Compostelle et avaient fait halte au camping municipal pour y passer la nuit. Grâce à un mélange subtil de français et d'espagnol, de gestes et de mimiques, le brigadier-chef Patrick Peyroutet réussit à comprendre qu'ils s'étaient fait détrousser pendant leur sommeil. Un de leurs sacs avait disparu. Il contenait tout leur argent et leurs papiers d'identité. Les pèlerins souhaitaient contacter leur consulat.

Sanlucar entra au même instant dans le hall. Le brigadier Peyroutet l'interpella.

« Commandant ! Excusez moi, mais savez-vous où se trouve le consulat d'Italie le plus proche ?

— À Bordeaux sans doute. Regarde sur Internet. Qu'est-ce qu'il t'arrive, tu pars en vacances ? » demanda-t-il en s'approchant du guichet d'accueil.

— Non, ce sont ces pauvres pèlerins ! Ils se sont fait voler leur pognon et leurs papiers. Vous ne parlez pas italien par hasard commandant ? »

Sanlucar ne répondit pas. Il considéra les trois marcheurs, dont le regard traduisait davantage le désarroi que la colère.

« Offre un café à ces pauvres malheureux, ça les détendra un peu, fit-il.

— Et ça leur donnera peut-être une meilleure image de notre région », rajouta Peyroutet.

Sanlucar haussa les épaules en s'éloignant. Une main lui agrippa le bras au moment où il atteignait la deuxième marche de l'escalier. Il se retourna. Deux jeunes femmes se tenaient au bas des marches. Leurs yeux fatigués exprimaient une profonde émotion. Sanlucar ne parvint pas exactement à établir s'il s'agissait de frayeur ou de désespoir.

« Monsieur, dit celle qui lui avait saisi le bras, nous voulons parler à un inspecteur s'il vous plaît. »

Sanlucar descendit les deux marches.

« Vous devriez vous asseoir et attendre votre tour à l'accueil, répondit-il calmement.

— Nous sommes très inquiètes, protesta la seconde femme.

— Notre amie a disparu depuis trois jours. Aidez-nous je vous en supplie. »

Sanlucar jeta un rapide coup d'œil à sa montre. Quelque chose dans l'attitude de ces deux jeunes femmes avait immédiatement aiguisé son attention. Il lui aurait bien été difficile d'expliquer l'étrange pressentiment qu'il avait eu lorsqu'il avait croisé leur regard. Son intuition peut-être, ou tout simplement son flair de policier expérimenté. Qu'importe. Il était convaincu que c'était sérieux.

« Suivez-moi. »

Il fit entrer les deux jeunes femmes dans son bureau et les pria de s'asseoir. Elles prirent place dans les deux fauteuils réservés aux visiteurs.

« Attendez-moi quelques minutes, je reviens. »

Il se rendit dans le bureau des inspecteurs du groupe dont il avait le commandement. Gilles Ripoix était de retour. Son nez était plongé dans un gobelet de café. Il but une longue gorgée puis jeta son gobelet vide dans sa corbeille. Trois autres y gisaient déjà.

« Tu fais une cure de caféine ? interrogea Sanlucar.

— J'en ai bu au moins un litre depuis que je suis debout. »

Sanlucar préféra ne pas répliquer. Il se retourna vers Marie Legalet.

« Marie, je voudrais que tu cherches les coordonnées des deux Rochelaises. Je souhaite les contacter dans la matinée.

— J'étais déjà dessus, répondit-elle. Je t'amène ça dès que j'ai les infos.

— Merci Marie. »

Sanlucar retourna dans son bureau où l'attendaient ses visiteuses. Il s'enfonça dans son fauteuil, les considéra quelques secondes. Elles ne devaient pas avoir trente ans. L'une avait le visage émacié, la bouche fine et bien dessinée. Sa chevelure décolorée et lisse était divisée en deux couettes lui donnant un air d'adolescente. Elle portait un débardeur rose, croisait et décroisait nerveusement ses bras maigres au-dessus de ses seins minuscules. La seconde avait les cheveux courts et ébouriffés, presque rouges. Sur son teint cuivré, au coin de sa lèvre supérieure, se détachait un grain de beauté d'un noir de jais. Elle se tenait très droite, mettant en évidence une poitrine généreuse, dissimulée sous un tee-shirt échancré à manches courtes. Toutes deux avaient le même regard mélangeant accablement et angoisse.

« Alors ? demanda-t-il après avoir ouvert un procès-verbal sur son ordinateur.

— Notre amie a disparu depuis trois jours.

— Commençons par le commencement, voulez-vous ? Déclinez-moi vos identités.

— Je m'appelle Carine Costemale, dit la rousse.

— Et moi Olivia Guiraudy, compléta la blonde.

— Vous habitez Bayonne ?

— J'ai un appartement au bas de la rue Maubec, indiqua Carine Costemale. Olivia et Suzy vivent à Bordeaux. Elles sont descendues chez moi pour les fêtes, comme chaque année.

— Suzy est donc votre amie disparue ?

— Oui. Elle se nomme Suzanne Lanton mais tout le monde l'appelle Suzy. »

Sanlucar exigea le pedigree complet de chaque protagoniste avant d'inviter ses visiteuses à relater les faits.

« Racontez-moi. »

Olivia Guiraudy prit la parole.

« Nous sommes arrivées pour l'ouverture mercredi. On s'est installées chez Carine et on est directement parties faire la fête. Nous venons chaque année faire les fêtes. On adore ça. On sort toute la nuit et on se repose pendant la journée.

— Quand votre amie a-t-elle disparu ? »

Carine Costemale répondit.

« C'était vendredi soir. »

Une lumière s'alluma dans l'esprit de Sanlucar. Ce n'était peut-être qu'une coïncidence mais d'expérience, il savait qu'il ne fallait jamais négliger le moindre détail, surtout lorsque ce dernier prenait l'apparence d'une coïncidence.

« Pendant la journée ? Le soir ? Demanda-t-il.

— L'après-midi. Elle est allée aux arènes avec un gars pour voir une corrida.

— Vous ne l'avez pas accompagnée ?

— En fait nous n'avions pas de place. Ça ne nous intéressait pas. Mais Suzy avait rencontré un mec passionné par ça. Il lui avait proposé de lui expliquer le déroulement de la corrida.

— Il lui avait procuré un billet ?

— Non, il nous a dit qu'il bossait aux arènes, comme placier. Il devait la faire rentrer.

— Comment s'appelle cet individu ? »

Les deux jeunes femmes se regardèrent en tordant les lèvres. Olivia Guiraudy répondit :

« On ne connaît que son prénom.

Dîtes toujours, fit Sanlucar en relevant un sourcil.

— Laurent.

— Pouvez-vous me le décrire ?

— C'est pas facile, répondit la bordelaise. C'est un gars plutôt normal, vous savez. Environ un mètre quatre-vingt, il a les cheveux courts, assez clairs, les yeux marron...

— Des signes distinctifs ? Lunettes ? Moustache ? Tatouage ? Boucle d'oreille ? Piercing ?

— Non. Rien de tout ça. Un mec assez banal.

— Quel âge ?

— Trente. Environ trente ans.

— Comment Suzy l'a-t-elle rencontré ?

— C'était le premier soir, dans une *peña*. Il était sympa. Il a accroché de suite sur Suzy. Le lendemain, ils se sont donnés rendez-vous. Ils ont passé l'après-midi ensemble.

— Où ça ?

— Chez lui je crois.

— C'est Suzy qui vous l'a dit ?

— Oui. Mais elle ne savait pas vraiment où c'était. Pas au centre-ville en tout cas. Dans une cité ou un truc comme ça.

— Ensuite ?

— Il a passé la soirée avec nous. Il était super collant. Suzy commençait à en avoir vraiment marre. On ne vient pas à Bayonne pour chercher le grand amour vous voyez ?

— Ah ? répondit Sanlucar, faisant semblant de ne pas comprendre.

— Bon, il peut y avoir des vaguelettes, mais nous, ce qu'on veut c'est s'éclater. Rigoler, danser, sauter partout, rencontrer plein de monde. En tout cas, on cherche pas un mec qui vous colle comme un mauvais chewing-gum.

— Et c'était le cas de ce Laurent ? traduisit Sanlucar.

— Trop collant le mec !

— Si je vous suis bien, nous en sommes à la deuxième nuit des fêtes, c'est-à-dire la nuit du jeudi au vendredi. Suzy a quand même suivi son pot de colle jusqu'aux arènes le lendemain.

— Ce jeudi soir, on est allé dans une autre *peña* qu'il connaissait. C'était super. La déco tout ça, les gens, l'ambiance. C'était une *peña* taurine, expliqua Olivia Guiraudy.

— Et c'est là qu'il a proposé à Suzy d'assister à une corrida, rajouta Carine Costemale.

— Où se trouve cette *peña* ?

— Dans le petit Bayonne, rue Bourgneuf, répondit la bayonnaise.

— Le vendredi après-midi, donc, Suzy et Laurent sont partis ensemble aux arènes, résuma Sanlucar. Vous ne les avez pas accompagnés ?

— Non. On devait se retrouver à la *peña* après la corrida vers vingt et une heures.

— Et ?

— Ni l'un ni l'autre ne sont venus.

— Qu'avez-vous fait ? »

Les deux jeunes femmes échangèrent un nouveau regard. L'une et l'autre hésitaient à répondre. Sanlucar attendait, pianotant légèrement sur son bureau. Olivia Guiraudy se décida.

« En réalité, on ne s'est pas inquiétées.

— Pour quelle raison ? »

La jeune femme hésita à nouveau quelques secondes avant de poursuivre.

« On est habituées.

— Comment ça habituées ?

— Oui, Suzy est… Enfin… Ça lui arrive de temps en temps d'en pincer pour un gars et de partir avec lui sans prévenir quelques jours. »

Sanlucar gonfla et agita ses joues. On aurait dit qu'il se rinçait la bouche après s'être brossé les dents.

« Elle est comme ça, c'est tout ! protesta sèchement Olivia Guiraudy, sans doute vexée par l'attitude équivoque de Sanlucar.

— Vous vous méprenez mademoiselle, corrigea calmement le policier. Vous venez me voir parce qu'elle a disparu et maintenant, vous me dites qu'il lui arrive de temps à autre de filer sans prévenir avec un gars qui lui plaît. Vous comprendrez que ça peut sembler contradictoire.

— Ça lui arrive, c'est vrai. Mais elle ne reste jamais plus de vingt-quatre heures sans donner de ses nouvelles. On pensait qu'elle allait réapparaître, nous. Le lendemain soir nous sommes reparties faire la fête toutes les deux. On se disait qu'on la croiserait quelque part. On est revenues plusieurs fois à la *peña* mais on n'a revu personne. Ni Suzy, ni Laurent.

— Hier, on l'a attendue toute la journée, renchérit Carine Costemale. On n'a pas bougé. Elle avait son portable sur elle. On a essayé de lui téléphoner. Ça sonnait mais on aboutissait systématiquement sur son répondeur. Aujourd'hui, on tombe directement sur la messagerie. Elle a dû éteindre son portable.

— Il est peut-être tout simplement déchargé, déduisit Sanlucar.

— Peut-être. On a passé la nuit à la chercher partout. On a demandé à la *peña* si Laurent était venu, mais personne ne l'avait vu.

— Les serveurs ou les membres de cette *peña* le connaissent ?

— Oui, c'est un habitué. On a ensuite essayé de chercher l'endroit où il habite.

— Et ?

— On n'a pas trouvé, on n'avait pas l'adresse.

— Vous ne l'aviez pas demandée à la *peña* puisqu'il y est connu ?

— On n'y a pas pensé, admit Olivia Guiraudy.

— Vous ne pouviez pas lui téléphoner ?

— À Laurent ? Mais on n'avait pas son numéro. Il l'avait donné à Suzy, mais pas à nous.

— Je comprends », fit Sanlucar, la mine perplexe.

Olivia Guiraudy était au bord d'une crise de larmes.

« Écoutez inspecteur, nous sommes d'accord, Suzy n'est pas une sainte. Elle aime les garçons et elle en profite. Mais jamais, vous m'entendez, jamais, elle n'est restée autant de temps sans me donner de ses nouvelles. On a imaginé qu'elle avait perdu son portable, qu'elle prenait du bon temps. On essayait de se convaincre qu'une fois les fêtes terminées, elle allait revenir. D'autant qu'on devait reprendre le TGV à sept heures et demi ce matin. On est même allé à la gare, pensant qu'elle nous y attendrait. Rien ! Personne ! »

Carine Costemale rajouta :

« Suzy est une débrouillarde. Même sans téléphone portable, elle aurait trouvé une solution pour nous appeler depuis un café ou depuis chez n'importe qui. Même perdue, elle aurait retrouvé son chemin jusqu'à chez moi. Elle avait une clé. Il lui suffisait de donner l'adresse. Tout le monde connaît la rue Maubec à Bayonne. »

Le silence se fit. Sanlucar se pinça le bout du nez.

« Est-il possible qu'elle soit rentrée à Bordeaux sans vous prévenir ? » demanda-t-il au bout d'un moment.

— Non, je suis certaine que non, répondit Olivia Guiraudy.

— On a téléphoné chez elle. On tombe sur son répondeur. On a appelé des amis communs. Personne ne l'a vue. Personne n'a de ses nouvelles.

— Sa famille ?

— On n'a pas osé. On ne voulait pas affoler sa mère pour rien. On a préféré venir vous voir et vous demander de l'aide.

— Où habitent ses parents ?

— Elle n'a plus que sa mère, qui habite tout près d'ici d'ailleurs. À Saint-André-de-Seignanx. Son frère vit du côté de Lyon. Ils sont brouillés depuis des années. »

On frappa à la porte. C'était Marie Legalet.

« Je te dérange ? demanda la jeune inspectrice en pénétrant dans le bureau, un Post-it à la main. J'ai leurs coordonnées. »

Sanlucar prit le bout de papier jaune et le colla sur son bureau.

« Merci Marie.

— Je file. À tout à l'heure.

— Où vas-tu ?

— Je vais aux nouvelles chez Laura Hargous. On ne sait jamais.

— D'accord. Tu viens me voir en revenant. »

Lorsque Marie Legalet fut sortie, Sanlucar reprit.

« Sa mère savait-elle que sa fille se trouvait à Bayonne cette semaine ?

— Je suppose que oui, répondit Olivia Guiraudy.

— Mais ?

— Mais elle n'avait pas prévu d'aller la voir.

— Pourquoi cela ?

— On venait juste pour les fêtes et on devait repartir directement pour Bordeaux ce matin. »

Sanlucar réfléchit quelques secondes avant de poursuivre.

« Son boulot. Où travaille-t-elle ?

— On bosse toutes les deux comme rédactrices à la mairie de Bordeaux, répondit Olivia Guiraudy. On devait reprendre à quatorze heures aujourd'hui. J'ai téléphoné pour dire qu'on serait en retard mais je vais devoir prendre un train cet après-midi. Je dois être au bureau demain matin au plus tard.

— Et vous mademoiselle ?

— Moi je vis ici. Je travaille au centre commercial du B.A.B dans une boutique de prêt à porter féminin mais je suis en congé toute la semaine. Vous pourrez me contacter si vous avez des nouvelles s'il vous plaît ?

— Évidemment, opina Sanlucar avant de rajouter : vous aussi, n'oubliez pas de me téléphoner si votre amie Suzy réapparaît. J'aimerais aussi que vous m'ameniez une photo récente d'elle, si vous en avez une.

— Je dois en avoir. Je reviendrai en début d'après midi.

— Pouvez-vous également m'apporter un vêtement qu'elle aurait porté récemment, un mouchoir qu'elle aurait utilisé ou sa brosse à cheveux ?

— Pour quoi faire ? demanda la jeune femme, l'air soucieux.

— Ne vous inquiétez pas, c'est la procédure habituelle. »

Sanlucar se leva et se dirigea vers la porte de son bureau, indiquant ainsi à ses visiteuses qu'il mettait un terme à l'entretien. Il leur donna une carte avec ses coordonnées.

« Vous allez la retrouver inspecteur ? », demanda Olivia Guiraudy avant de sortir.

La jeune femme paraissait réellement inquiète. Sanlucar s'efforça d'employer un ton rassurant.

« Nous allons la retrouver, je m'y engage. Je vous contacte dès que j'ai du nouveau. »

Trois minutes plus tard, après avoir complété le procès-verbal sur son ordinateur, la tête enfouie dans ses mains,

Sanlucar essayait d'éclaircir ses idées et de faire le point. Que se passait-il donc ? Les incidents n'étaient pas rares pendant les fêtes de Bayonne. Souvent dus à une absorption excessive d'alcool. Des rixes, des algarades plus bêtes que méchantes, pour une fille, à cause d'une bousculade ou d'un verre renversé. Parfois un coup de couteau. Souvent des accidents stupides provoqués par quelques paris inconscients. Mais cette fois, c'était différent. Il y avait d'abord eu la disparition du veilleur de nuit d'un hôtel situé dans un quartier excentré du cœur de la fête. Un type apparemment sans histoire, hormis une aventure d'été l'an passé. Il y avait maintenant cette seconde disparition. Une jeune femme venue de Bordeaux pour les fêtes.

13

Deux détails troublaient Sanlucar. C'était ces détails-là qui avaient interpellé le policier pendant l'audition des deux jeunes femmes. Il avait tout d'abord noté que Suzanne Lanton logeait chez une amie occupant un appartement situé au bas de la rue Maubec, à quelques pas de l'hôtel *Grand Adour*, puis un peu plus tard, il avait été alerté par le fait que Jérôme Hargous et Suzanne Lanton alias Suzy s'étaient évaporés la même nuit. Y avait-il un rapport? Se connaissaient-ils déjà ou avaient-ils fait connaissance pendant la semaine des fêtes? Pouvait-on imaginer un brutal coup de foudre et une fugue amoureuse? Peu probable. Le portrait de Suzy, dressé par ses deux amies, était incompatible avec cette hypothèse. Des amourettes sans lendemain oui, le grand amour non. C'était à peu près ce qu'elles avaient expliqué. Tout cela n'était-il qu'une double coïncidence? Sanlucar avait la curieuse prescience du contraire. Qui était donc ce Laurent, rencontré dans une *peña* par les trois jeunes femmes. Il faudrait mettre la main sur lui et l'interroger. Les deux visiteuses avaient déclaré qu'il habitait un quartier excentré. Peut-être l'une des cités HLM qui ceinturent la ville.

Sanlucar essaya de rassembler les éléments irréfutables déjà en sa possession. Ils étaient peu nombreux. En ce qui concernait Jérôme Hargous, il pouvait affirmer qu'il n'y avait pas eu de lutte dans la réception de l'hôtel. Tout était normal lorsque la réceptionniste, Maïtena Landaburu, était arrivée. Nulle trace de lui dans les services d'urgence de l'hôpital ou en salle de dégrisement. Ses amis les plus proches ne l'avaient pas croisé à la fête. Il avait quitté la ville au volant de sa voiture puisque sa Peugeot 206 restait introuvable. Il ne s'était pas servi de sa carte de crédit depuis la veille de sa disparition. Le dernier signe de vie connu de Jérôme Hargous remontait pour l'instant à une heure trente dans la nuit de vendredi à samedi, lorsque sa femme lui avait téléphoné. Il s'était par conséquent évaporé entre cet appel et l'arrivée de la réceptionniste. Tout cela était bien maigre et n'ouvrait pas de piste particulièrement sérieuse.

En ce qui concernait Suzy Lanton, c'était pire. Tout restait à faire et ce qui l'énervait à ce moment précis, c'était le manque d'effectif. Cinq officiers de police, dont un quasiment hors service à cause de ses problèmes d'alcool. Sanlucar se rendait compte qu'il perdait un temps précieux. Et dans le cadre d'une disparition, il était parfaitement conscient que les premières heures étaient les plus décisives.

Il décolla le Post-it sur lequel Marie Legalet avait noté les coordonnées postales et téléphoniques de deux jeunes femmes de la région de La Rochelle, venues l'année précédente passer leurs vacances sur la côte basque. L'une d'elles, Stéphanie Lemaire, avait eu une aventure avec Jérôme

Hargous. Ça au moins, c'était manifeste. Il décrocha son téléphone et composa le numéro de la jeune femme. Après cinq sonneries, il tomba sur un répondeur. Il renouvela trois fois l'opération sans plus de succès. Il jeta un œil à l'horloge suspendue au-dessus de la porte de son bureau. Neuf heures vingt-cinq. Elle devait être à son travail. Peut-être aurait-il plus de chance avec Viviane Duchemin. Il composa son numéro, on décrocha presque immédiatement.

« Allô ? fit une petite voix d'enfant.

— Bonjour. Sanlucar hésita un instant.

— Euh, je suis bien chez Viviane Duchemin ?

— C'est ma maman, fit la petite voix.

— Elle est là ? Je peux lui parler ? » demanda-t-il doucement.

Pas de réponse. Sanlucar se rendit compte que l'enfant avait posé le combiné et s'éloignait en appelant sa mère. Il dut attendre quelques longues secondes avant d'entendre la voix d'une femme dans l'écouteur.

« Oui, Allô ?

— Mademoiselle Viviane Duchemin ?

— C'est moi…

— Je suis le commandant Francis Sanlucar, du commissariat de police de Bayonne. Pourrais-je vous poser deux ou trois questions s'il vous plaît ?

— La police de Bayonne ? Mais à quel sujet ?

— J'ai juste quelques questions et j'aimerais que vous y répondiez le plus explicitement possible, s'il vous plaît.

— Oui, euh… Naturellement, fit la femme avec une voix trahissant un certain malaise.

— En réalité je voulais parler à votre amie Stéphanie Lemaire. Son téléphone ne répond pas.

— C'est tout à fait normal, elle ne se trouve pas en France en ce moment. Pourquoi désirez-vous lui parler ?

— Où est-elle ?

— En mer Noire probablement. Elle travaille pour un tour-opérateur et accompagne un groupe de touristes sur une croisière. Je l'ai eue au téléphone hier matin. Son groupe devait quitter Istanbul dans la soirée et se rendait à Odessa puis à Yalta.

— Depuis quand est-elle partie ?

— Deux semaines. Elle rentre dimanche prochain. Mais que se passe-t-il ? Nous étions dans votre région l'année dernière et...

— Je voudrais vous poser encore une ou deux questions si vous le permettez.

— Bien sûr, fit la voix avec davantage d'assurance.

— Votre amie Stéphanie a-t-elle quelqu'un dans sa vie en ce moment ?

— Ben... Oui... Mais...

— Connaissez-vous son compagnon ?

— Tout à fait. C'est son patron. Simon Cahan. Ils vivent ensemble depuis six mois. Mais Simon n'est pas à Bayonne, je ne comprends pas...

— Jérôme Hargous. Ce nom vous dit-il quelque chose ? »

Viviane Duchemin réfléchit quelques instants avant de s'esclaffer.

« Jérôme Hargous ? »

Cette fois, la voix de Viviane Duchemin sonnait avec ce que Sanlucar interpréta comme une totale spontanéité. La méfiance initiale de sa correspondante s'était évaporée.

« Oui, je me souviens, poursuivit-elle. L'an dernier dans une discothèque de Biarritz ou d'Anglet. On l'avait rencontré lui et son copain… Christophe… Christophe quelque chose.

— Jean-Christophe Etcheverry.

— Oui, c'est ça. On avait flirté. Stéphanie et Jérôme avaient eu une petite liaison de deux soirs. Rien de bien sérieux. Pas pour Stéphanie en tout cas, je peux vous l'assurer. Je crois par ailleurs me souvenir que Jérôme était marié…

— À votre connaissance, a-t-il cherché à la contacter depuis ?

— Jamais ! Je le saurais commandant.

— Comment pouvez-vous en être aussi sûre ?

— Stéphanie est ma meilleure amie depuis plus de vingt ans. Nous étions à l'école primaire ensemble. Nous n'avons aucun secret l'une pour l'autre. »

Sanlucar ne pouvait comme à l'accoutumée confirmer son impression en scrutant le visage de son interlocutrice, mais la voix de la jeune femme traduisait désormais une totale sincérité. Une piste s'arrêtait là à n'en point douter. Une question trouvait sa réponse. Il raccrocha après s'être excusé pour le dérangement, puis il quitta son bureau quelques instants, le temps d'aller se servir un verre d'eau fraîche à la fontaine. Un quart d'heure plus tard, Marie Legalet était de retour. Assise en face de lui. Elle sortit son carnet de notes.

« Quoi de neuf ? demanda Sanlucar en bâillant.

— T'as pas assez dormi toi », se moqua-t-elle.

Sanlucar ne répondit pas. Il se contenta de sourire, désabusé.

« Bon, commença la policière, il m'a semblé que Laura allait un peu mieux. Sa sœur est chez elle pour quelques jours. Elle la soutient. Elle m'a demandé où on en était, je lui ai répondu qu'on avançait. J'ai essayé de la rassurer comme j'ai pu.

— Aucun signe de son mari ?

— Non. Toujours rien. Elle a continué à faire le tour de tous ceux qui le connaissent un tant soit peu, mais personne n'a de nouvelle. Personne n'est au courant de rien. Il s'est subitement volatilisé. Sans raison apparente.

— OK. De mon côté, j'ai appelé Viviane Duchemin. On peut oublier l'hypothèse d'une fugue amoureuse en Charente-Maritime. Stéphanie Lemaire se trouve en mer Noire en ce moment. Ni Jérôme ni Jean-Christophe Etcheverry n'ont essayé de les contacter depuis l'été dernier.

— Qui étaient les deux jeunes femmes dans ton bureau tout à l'heure.

— Un nouveau problème ! »

Sanlucar se leva, Marie Legalet lui emboîta le pas.

« On a une seconde disparition sur les bras, Marie. La même nuit qui plus est. Je vais voir Malard pour lui faire un topo et je rentre chez moi déjeuner. On se retrouve à quatorze heures pour une réunion d'équipe, puis on part à la recherche d'un *aficionado*. »

Francis Sanlucar avait la flemme de se préparer à déjeuner. La grisaille matinale s'était dissipée, laissant place à un ciel sans nuage et un soleil généreux. Le thermomètre remontait peu à peu mais la température de ce milieu de journée restait encore fort supportable. Sanlucar avait envie de savourer un plat de poissons et de profiter de la légère brise océanique. Il fit monter Rubio à l'arrière de sa voiture et prit la direction de la plage de la Digue, un endroit peu fréquenté par les estivants. Pour y accéder, il fallait prendre la route de la zone industrielle longeant d'abord l'aciérie et son énorme cheminée, puis les réservoirs de produits chimiques et enfin les interminables entrepôts d'engrais. Sanlucar trouvait un certain charme à ce paysage industriel. Les immenses grues alignées le long du quai lui faisaient penser à d'inquiétants diplodocus à tête de ptéranodon. Il n'y avait qu'un bateau à quai. L'un des dinosaures d'acier balançait sa langue de caméléon dans ses cales, se gavait de phosphates qu'il recrachait ensuite dans la benne d'un camion, au travers d'une trémie.

Juste avant la digue, il y avait un parking et l'unique construction des lieux, un restaurant offrant quelques tables en extérieur, abritées sous des parasols. On y rencontrait surtout des habitués, des pêcheurs, des ouvriers, des surfeurs et quelques rares baigneurs. Sanlucar faisait partie de ces habitués. Rubio sur ses talons, il entra dans le restaurant, serra la main de deux pêcheurs partageant une bière au comptoir. Annie, la serveuse, le reconnut immédiatement.

« Bonjour Francis. Le plat du jour, une carafe d'eau et un café, comme d'habitude ?

— C'est quoi aujourd'hui ? demanda-t-il.

— De belles tranches de merlu à la plancha avec une pomme au four et quelques feuilles de salade.

— Génial. Rubio pourrait-il avoir une gamelle d'eau ? On s'installe en terrasse.

— Je vous apporte tout ça. »

Une fois son déjeuner terminé, sa note fort raisonnable réglée, Sanlucar prit le temps d'une petite promenade digestive sur la digue. Rubio y rencontra quelques congénères avec qui il échangea une communication typiquement canine. Sanlucar se sentait bien. Cette pause lui avait permis de s'isoler de son enquête pendant une heure. Il n'avait pensé à rien. Il s'était simplement laissé bercer par l'atmosphère paisible de l'endroit. Un vieil homme s'avança vers lui en souriant, un béret noir vissé sur son crâne chauve.

« Comment va la police ? demanda-t-il d'un ton jovial en tendant la main à Sanlucar.

— Bonjour Georges, ça va et vous ? »

Les deux hommes se serrèrent chaleureusement la main.

« Toujours de ce monde. Il va vous falloir attendre encore pour fêter mon enterrement, mon cher monsieur Sanlucar », répondit l'homme en partant d'un rire sonore.

Georges Moutard était âgé de soixante-quinze ans. Voilà vingt ans qu'il profitait paisiblement de sa retraite de capitaine au long cours dans la marine marchande. Sanlucar et lui avaient sympathisé l'année passée à l'endroit même où ils se trouvaient à cet instant. Descendant direct d'un amiral de la marine de Louis XIV, Georges Moutard avait raconté au policier sa vie d'homme de mer. Une vie remplie de souvenirs épiques qui auraient aisément trouvé leur place dans un roman d'aventures. Il avait plusieurs fois fait le tour du monde, commandé des cargos, des pétroliers et même des navires de croisière. Au milieu des années soixante-dix, âgé de quarante ans, il avait passé le concours de pilote de port. Une décision difficile à prendre puisqu'elle signifiait qu'il posait définitivement son sac à terre. Mais il ne pouvait pas laisser sa femme assurer seule l'éducation de leurs trois garçons, devenus adolescents. Il avait alors travaillé à la station des pilotes de l'Adour jusqu'à sa cinquante-cinquième année et sa mise à la retraite. Depuis vingt ans, quels que soient la météo et l'état de la mer, il venait chaque jour se promener sur la digue, suivait d'un œil faussement distrait le mouvement des navires et le travail de ceux qui lui avaient succédé dans la tour du sémaphore du port de Bayonne. Les deux hommes bavardèrent un moment.

« Au fait, fit tout à coup l'ancien marin en saisissant le bras de Sanlucar. Vous vous rappelez de ce cargo géorgien qu'on avait vu prendre la mer il y a quelques semaines ?

— Je m'en souviens oui. Que lui est-il arrivé ? Il a fait naufrage ?

— Oh non. Ils sont robustes ces vieux rafiots de l'ex URSS. C'est pas comme ces horribles boîtes de conserve flottantes fabriquées en Chine qu'on voit aujourd'hui. Par contre, on a retrouvé le corps de l'un de ses membres d'équipage.

— Ah merde, fit Sanlucar. Où ça ?

— À Montoir, dans un entrepôt du port.

— Et on sait ce qui lui est arrivé ?

— Apparemment, il n'est pas mort de mort naturelle. Un règlement de compte a été évoqué. La gendarmerie locale enquête mais l'hebdomadaire *Le Marin*, auquel je suis toujours abonné n'en dit pas davantage. Son corps a été découvert vendredi et il y avait juste un entrefilet dans le canard de ce matin. »

Sanlucar se demanda si l'infortuné marin était l'un de ceux qu'il avait aperçus sur le gaillard d'avant du navire lorsque celui-ci avait quitté le port. Que lui était-il arrivé ? Mieux valait ne pas trop se poser la question. Ce n'était pas son enquête. Il avait déjà fort à faire avec ses deux mystérieuses disparitions des fêtes.

De retour à sa voiture, il prit son portable et rechercha dans son carnet d'adresse le numéro de téléphone de Lise. Elle n'était pas chez elle. Il laissa sur son répondeur un court message, lui proposant un repas et une promenade en bord de mer le dimanche suivant. Si elle était d'accord, elle n'aurait qu'à le rappeler ou lui laisser à son tour un message.

Il ramena Rubio à son garage, lui versa une grosse poignée de croquettes. Comme à son habitude lorsqu'il sentait qu'il devait rester seul, le chien adressa à son maître un regard empreint de ce que Sanlucar interprétait comme une infinie tristesse. Sanlucar s'accroupit, caressa le large crâne et flatta la poitrine puissante de son chien.

« Tant de gentillesse dans un corps aussi mastoc, lui dit-il. Allez le chien, à ce soir. »

14

Gilles Ripoix devait bien en être à son vingtième café de la journée. Il appela Sanlucar lorsque celui-ci passa devant le bureau des inspecteurs.

« Commandant ! »

Francis Sanlucar revint sur ses pas et entra. Ripoix avait de nouveau son teint rosé et les yeux légèrement vitreux. Sanlucar le considéra un instant, se demandant comment son estomac pouvait supporter le régime auquel il le soumettait. Café, alcool, cigarette, café, alcool, cigarette.

« Tu veux me voir ? demanda Sanlucar.

— Tu viens de manquer tes nénettes de ce matin. Elles ont laissé pour toi deux photos de leur copine qu'a disparu, ainsi que sa brosse à cheveux. C'est là, sur le bureau de Marie. »

Sanlucar examina les deux clichés. Le premier, de qualité moyenne représentait Suzy posant avec un collier de piments rouges autour du cou. Sans doute avait-il été pris lors des fêtes d'Espelette. Le deuxième, était un bon portrait. Celui d'une belle jeune femme semblant respirer la joie de vivre. Il s'empara ensuite de la brosse. Une belle moisson de cheveux bruns étaient restés accrochés aux picots. Ce serait parfait pour une identification d'ADN escompta-t-il.

« Elles t'ont précisé si c'était des photos récentes ? demanda-t-il.

— Elles datent de l'an dernier, qu'elle m'a dit.

— Rien d'autre ?

— Elles allaient à la gare. L'une des deux devait repartir à Bordeaux je crois. »

Sanlucar hésita un instant avant de quitter le bureau. Il ne pouvait pas directement reprocher à Ripoix de boire pendant sa journée au commissariat. Il n'en avait pas la preuve, même s'il en était convaincu au fond de lui-même. De plus, la qualité de son travail ne s'en ressentait pas véritablement. Ripoix restait consciencieux et professionnel. Il préféra lui faire remarquer qu'il était désormais interdit de fumer dans les locaux du commissariat.

« Putain, s'énerva Ripoix, je m'en grille juste une petite puisqu'il y a personne dans le bureau, c'est tout !

— Il y a trois mégots dans ton cendrier, observa Sanlucar le plus calmement possible.

— Et merde, je vais ouvrir les fenêtres et l'aérer ton bureau ! Tu vas pas devenir aussi chiant que Malard, nom de Dieu. »

Sanlucar sentit la colère monter en lui. Il dut faire un effort considérable pour ne pas exploser. Il inspira longuement avant de rétorquer.

« Il est interdit de fumer dans les bureaux, c'est tout. Il n'y a pas de Malard ici. Il n'y a que toi et moi ! Et bientôt tes collègues, qui vont devoir supporter la fumée de tes clopes. Tu peux les respecter non ? C'est pas compliqué ce que je te demande ! Et t'es pas obligé de monter sur tes grands chevaux chaque fois qu'on te fait une remarque, merde ! »

Ripoix ne répondit pas. Il se leva, ouvrit la fenêtre en grand puis sortit du bureau en emportant son cendrier.

« Fais chier ! » marmonna-t-il en franchissant la porte.

Sanlucar ne désarma pas. Il rattrapa son collègue, le saisit par l'épaule, l'obligeant à lui faire face. Lui, d'habitude si calme, semblait ne pas pouvoir ou vouloir se contenir, tout au moins en rester là.

« Quoi, je fais chier ? C'est quoi ton problème ? Car visiblement t'as un problème depuis quelque temps.

— Je, j'ai pas de problème, bégaya Ripoix, soufflé par la réaction inhabituelle de Sanlucar.

— Si, tu as un problème Gilles ! »

Ripoix se mordillait nerveusement la lèvre supérieure.

« C'est rien. Je dors pas. Je passe des nuits sans fermer l'œil une minute. Je suis crevé, geignit-il.

— Et tu te gaves de café et sans doute d'autres boissons pour compenser. »

Les yeux de Ripoix s'humidifièrent d'un coup. Sa mâchoire inférieure se mit brusquement à trembler. Il était au bord des larmes. Il essaya d'articuler une réplique, puis se ravisa. Il renifla bruyamment avant de s'éloigner et de disparaître. Sanlucar était confus, déconcerté par l'expression de détresse de son collaborateur. Que devait-il faire ? Que pouvait-il dire ? Ripoix souffrait, c'était évident. Il se murait dans le silence depuis plusieurs semaines dès qu'on essayait d'en savoir un peu plus. Sanlucar retrouva son collègue dans le bureau des inspecteurs. Ripoix était à la fenêtre, appuyé sur le rebord. Il avait allumé une nouvelle cigarette. Sanlucar s'arrêta à deux mètres de lui.

« Gilles, commença-t-il maladroitement, je tiens quand même à te dire que personne ici n'est insensible à ce qu'il t'arrive. Tu ne nous parles pas. On ne sait pas comment t'aider. Tu devrais prendre rendez-vous avec ton médecin, faire quelque chose en tout cas.

— Ça va aller, t'occupe pas de moi.

— T'es crevé, tu es à cran, insista Sanlucar. Fais-toi arrêter quelques jours. Le temps d'aller un peu mieux.

— Ce serait pire », rétorqua Ripoix en balançant d'une pichenette son mégot à plusieurs mètres dans la cour.

Sanlucar pinça les lèvres. Il se sentait impuissant. Comme il l'avait été par le passé dans d'autres circonstances aboutissant sensiblement au même résultat. Ripoix n'était pas dans son état normal. Il ne pouvait pas compter sur lui sur le terrain. Il devrait par conséquent trouver une autre option.

« On se réunit dans mon bureau dans une demi-heure pour faire un point. Si on me cherche, je suis au troisième chez les techniciens. »

Sanlucar quitta le bureau des inspecteurs et retrouva Marie Legalet dans le couloir. Elle riait des dernières blagues du comique troupier du commissariat, le brigadier-chef Peyroutet.

« Il est vraiment trop marrant ce Patrick ! Il mange du clown à chacun de ses repas, c'est pas possible, fit la jeune inspectrice en secouant la tête.

— Il y en a d'autres qui devraient en manger un peu plus souvent, répondit Sanlucar, désabusé.

— Ça va pas ?

— Moi, ça va. Mais c'est Gilles qui m'inquiète.

— Qu'est-ce qu'il a fait encore ?

— Tu le demandes ? Bon, je monte au troisième voir si Zonsoni en a terminé avec l'ordinateur des Hargous. Tu viens avec moi ?

— Je te suis. »

Les techniciens du SLPT occupaient une partie du dernier étage du commissariat. On y trouvait plusieurs laboratoires où ils analysaient les prélèvements effectués sur les scènes de crimes ou de délits, vols, effractions, dégradations. Ils avaient accès aux fichiers d'identité judiciaire comme CANONGE[8] et TAJ[9] ainsi qu'au FAED[10] et au FNAEG[11], où étaient stockées les empreintes digitales et génétiques. Ils avaient à leur disposition un labo photo, équipé des meilleurs logiciels de traitement d'images. Ils n'étaient par contre pas équipés pour pratiquer les analyses les plus pointues, comme les recherches d'ADN, qui étaient effectuées au laboratoire de police scientifique de Bordeaux. Les techniciens exerçaient leurs activités sur le terrain et dans les laboratoires, mais comme pour l'ensemble des officiers de police, la rédaction de rapports en tout genre occupait une grande partie de leur temps de travail.

---

8 CANONGE : Fichier de police contenant les photographies et les signalements des mis en cause, ou des auteurs de crimes et délits.

9 TAJ (Traitement d'Antécédents Judiciaires) : Fichier contenant les données saisies par les personnels de la gendarmerie et de la police nationale concernant les victimes et les personnes (physiques et morales) mises en cause.

10 FAED : Fichier Automatisé des Empreintes Digitales créé par le décret du 8 avril 1987. Il intègre également les empreintes palmaires (des paumes de main).

11 FNAEG : Fichier National Automatisé des Empreintes Génétiques créé par la loi du 17 juin 1998. Y sont enregistrés les profils des auteurs de toutes les infractions contre les biens et les personnes.

Sanlucar et Marie Legalet se rendirent directement dans le bureau de Frédéric Zonsoni, l'expert informatique du commissariat. La principale tâche de Zonsoni consistait à faire parler les ordinateurs ou les téléphones portables appartenant aux suspects ou aux victimes, même lorsque tout avait été fait pour les rendre muets. C'était également à lui que l'on faisait appel chaque fois qu'un appareil informatique ou électronique plantait et accessoirement pour télécharger et cracker la licence de logiciels et de jeux, dont l'utilisation n'avait pas grand-chose à voir avec les missions de la police nationale. Son bureau, éclairé par deux grandes fenêtres, était un véritable capharnaüm de tours d'ordinateurs souvent démontées qui s'entassaient dans un total désordre, de câbles qui s'entremêlaient dans des bacs, d'abscons appareils électroniques de toutes tailles, de chariots contenant des disques durs en pièces détachées, de souris éparpillées çà et là, de claviers et d'écrans brisés, de vestiges de cartes électroniques, d'ordinateurs et d'imprimantes destinés à la casse. Frédéric Zonsoni passait là le plus clair de son temps. Il se tenait assis à un large bureau qui, au contraire de la pièce, était étonnamment bien rangé. Deux claviers et trois écrans allumés devant lui affichaient différentes arborescences de fichiers. L'expert salua ses deux collègues de la crim[12] d'un mouvement de tête.

— Tu en as terminé avec l'ordinateur des Hargous ? demanda Sanlucar.

— Ça m'a pris un peu plus de temps que je le pensais au départ, mais c'est bon. J'ai fini. Je suis également passé à l'hôtel pour fouiller le PC qui se trouve à la réception.

---

12 Crim : Apocope désignant le Brigade Criminelle de la Police Judiciaire

— T'as pas eu de souci avec le directeur ?

— Il est resté avec moi mais il ne m'a pas fait de difficulté. Il voulait juste s'assurer que je ne contrôlais pas ses comptes. Je lui ai dit que je n'avais rien à voir avec la brigade financière. Pas certain que ça l'ait tranquillisé.

— Alors, qu'est-ce que ça donne ?

— D'abord, j'ai commencé par celui de leur domicile. J'ai fouillé le disque dur. J'y ai trouvé quantité de photos, la majorité de leur bébé, des musiques et des clips, quelques films téléchargés sur des plateformes plus ou moins légales, leur comptabilité personnelle, divers documents administratifs. L'ordinateur de Monsieur et Madame « Tout le monde ». Côté Internet, la femme surfe sur Facebook, sur des sites d'achats en ligne, d'actualité. Elle est abonnée à un service de flux musical. Lui, c'est surtout les sites sportifs. Bref, rien d'excitant de prime abord. Mais tu me connais, je me méfie toujours. Tout le monde a ses petits secrets et il est fréquent que certaines adresses soient supprimées de l'historique de navigation par leur utilisateur. On a toujours un ou deux trucs à cacher. Je le sais bien, j'en suis le parfait exemple. C'est pour ça que j'ai un petit programme qui me permet de faire remonter tout ça à la surface.

— Tu y as trouvé quelque chose d'intéressant ?

— Ça dépend.

— Qu'est-ce que tu veux dire ?

— Sur l'ordi de la maison, j'ai d'abord trouvé quelques petites connexions vers des sites de cul. Je suppose que c'est lui qui s'y connecte, vu le contenu. Rien d'anormal pour un homme normal, non ? Mais lors des mêmes cessions, il a également supprimé des adresses de sites de voyagistes qui proposent des billets de bus en Espagne, à partir d'Irun vers Madrid, puis de Madrid vers l'Andalousie. Au départ, ça n'a pas attiré mon attention plus que ça. Mais lorsque j'ai utilisé mon petit programme sur l'ordinateur de l'hôtel, j'ai de nouveau fait remonter des connexions non seulement sur des sites de voyages en Espagne, mais aussi au Maroc.

— Peut-être envisageait-il d'emmener sa famille en vacances, proposa Sanlucar, sans grande conviction.

— Laura m'a parlé de leur désir commun de visiter l'Afrique, confirma Marie Legalet. Mais au vu de leur situation financière, c'était pas pour tout de suite. Et puis, s'il programmait un voyage en Espagne ou au Maroc, je ne vois pas pourquoi il aurait supprimé ses connexions. Ça n'a rien de honteux ou de glauque.

— D'autant que je ne pense pas que ce soit ce qu'il cherchait à faire. J'ai trouvé des connexions vers des forums contenant des témoignages de personnes ayant réussi à quitter clandestinement l'Europe pour le Maroc ou la Tunisie à partir d'Algésiras.

— Qu'est-ce que ça signifie, questionna Marie Legalet, contrariée. Il voulait se faire la malle tout seul ?

— À quand remontent ces connexions ? s'enquit Sanlucar.

— Les premières datent du 26 juillet. Mais elles se sont intensifiées jusqu'au soir de sa disparition.

— Faut-il en conclure qu'à l'heure où l'on se parle, notre veilleur de nuit se promène de l'autre côté de la Méditerranée ?

— Je n'en sais rien Marie.

Sanlucar s'efforça de réfléchir aux conséquences possibles des révélations faites par Zonsoni.

« Ce qu'on peut affirmer, c'est qu'il étudiait les possibilités de traverser l'Espagne et de rejoindre l'Afrique du Nord. Seul ou en famille, on n'en sait rien. Ce qui m'ennuie dans tout ça c'est sa volonté de quitter l'Europe discrètement et même clandestinement. Qu'avait-il donc à cacher ? Je n'en sais rien. »

Sanlucar et Marie Legalet abandonnèrent Frédéric Zonsoni à ses trois écrans d'ordinateurs et redescendirent au premier. Sanlucar s'installa dans le fauteuil de son bureau pour mener la réunion qu'il avait programmée. Marie Legalet prit place en face de lui. Ripoix et Lapègue arrivèrent ensemble dans la minute qui suivit. Lapègue s'assit lourdement à côté de Marie tandis que Ripoix resta en retrait, appuyé contre une cloison. Seul Beñat Etcheto manquait à l'appel, occupé sur le terrain à propos des cambriolages de la zone d'activités Saint-Frédéric. Une fois tout le monde concentré, Sanlucar prit la parole :

« Bon, Je voudrais en préambule vous dire qu'on va avoir du pain sur la planche, vu les effectifs actuels et les enquêtes en cours. On ne va pas chômer. »

Puis s'adressant à Lapègue :

« Vous en êtes où sur les cambriolages des entrepôts de Saint-Frédéric ?

— Ça avance », répondit sèchement Lapègue.

Sanlucar n'en saurait pas davantage. Consterné, il fixa un instant son collègue, puis, préférant ne rien dire, il changea de sujet. Il fit un résumé des événements survenus depuis les derniers jours autour de la volatilisation du veilleur de nuit de l'hôtel *Grand Adour*. Il relata ensuite l'entretien qu'il avait eu au cours de la matinée avec Carine Costemale et Olivia Guiraudy. Il termina sur les révélations que Zonsoni venait de faire à propos des sites Internet visités puis supprimés par Jérôme Hargous dans les jours qui avaient précédé sa disparition. Il sonda son équipe afin de construire une théorie à même d'expliquer ce qui avait pu motiver un homme sans histoire, qui menait jusqu'alors une vie on ne peut plus banale, à brusquement vouloir prendre la tangente en abandonnant sa famille. Personne ne fut en mesure de proposer une théorie solide. Lapègue, qui se montra pour une fois loquace, demanda s'il était bien nécessaire de dépenser autant d'énergie pour retrouver un homme majeur, qui avait complètement le droit de tout laisser tomber pour aller vivre une nouvelle vie aux antipodes. « S'il fallait se lancer à la recherche de toutes les personnes qui disparaissaient volontairement et sans préavis, rajouta-t-il, il faudrait multiplier les effectifs de la police et de la gendarmerie par dix. » Sanlucar le remercia, non sans une pointe d'ironie, pour son exceptionnelle performance verbale, puis lui expliqua que cette disparition peu ordinaire était tout aussi prioritaire que celle de Suzanne Lanton. Et surtout, il avait donné sa parole à Laura Hargous. Lapègue n'insista pas.

Sanlucar pointa du doigt l'un des portraits de la jeune disparue des fêtes, posé sur son bureau.

« Deux détails me chiffonnent. D'abord, le veilleur de nuit et Suzanne Lanton ont disparu la même nuit. Ensuite, la jeune femme logeait chez une amie qui réside à deux pas de l'hôtel.

— Tu sous-entends qu'il peut exister un lien entre les deux disparitions ? interrogea Marie Legalet.

— Je ne sais pas. Si lien il y a, c'est à nous de le découvrir. »

Sanlucar marqua une courte pause, la mine perplexe, puis enchaîna.

« Il faut déjà qu'on soit plus précis qu'on ne l'est sur l'heure de la disparition de Jérôme Hargous. On sait qu'il a parlé à sa femme aux alentours d'une heure trente et qu'à six heures trente, lorsque la réceptionniste Maïtena Landaburu est arrivée, il n'était plus là. Cinq heures, c'est beaucoup trop long. Il va falloir contacter les clients qui logeaient à l'hôtel cette nuit-là. Peut-être certains l'ont-ils vu derrière son comptoir dans ce laps de temps.

— J'imagine qu'ils ont quitté l'établissement maintenant. La plupart d'entre eux en tout cas, intervint Marie Legalet.

— Les fêtes sont terminées, il y a de grandes chances qu'ils aient quitté la ville, en effet », consentit Sanlucar.

Puis, se retournant vers Lapègue :

« Christian, je sais que tu es occupé sur cette série de cambriolages, mais j'aimerais que toi et Beñat, dès que vous aurez cinq minutes, vous vous chargiez de contacter tous les clients qui avaient loué une chambre la nuit du 1er au 2 août. Il nous faut leurs dépositions. Marie va vous donner la liste. »

Comme à son habitude, Lapègue répondit par une onomatopée incompréhensible.

« Mais avant ça, poursuivit Sanlucar, j'aimerais que tu contactes la mère de Suzanne Lanton. Peut-être serait-il même préférable que tu passes chez elle dès qu'on en a terminé avec cette réunion.

— Pour lui dire quoi, que sa fille a disparu ? Tu ne crois pas que c'est un peu prématuré ?

— Tu as raison. Inutile de l'affoler pour le moment. Suzy n'avait *a priori* pas prévu de passer voir sa mère, mais sait-on jamais. Elle s'y est peut-être tout de même rendue sans prévenir ses copines. Dis-lui qu'on la recherche comme témoin dans le cadre d'une enquête quelconque concernant les fêtes. Tu n'as pas besoin de rentrer dans les détails. Tu as l'habitude, je te fais confiance. Il nous faut savoir si cette femme a des nouvelles récentes de sa fille. D'accord ?

— Mouais, t'as raison, grogna Lapègue.

— Gilles, tu donnes un coup de main à Beñat et à Christian, OK ? »

Ripoix releva la tête et lança un regard brumeux vers son supérieur. Avait-il seulement accordé ne serait-ce qu'une seconde d'attention à cette réunion ? Sanlucar en doutait. Le policier aux cheveux roux tourna les talons et sortit sans dire un mot.

« Marie, tu viens avec moi, souffla Sanlucar dépité. On va faire un tour dans une *peña* du Petit Bayonne. »

15

La rue Bourgneuf se situait dans le quartier du Petit Bayonne, entre la Nive et l'Adour. Un quartier ancien, très populaire, avec son labyrinthe de ruelles, ses petits commerces à l'ancienne. Un quartier qui s'accrochait à ses coutumes ancestrales et aux traditions basques. Le local de la *peña* était ouvert. Deux hommes démontaient le bar de planches en contre-plaqué, provisoirement installé sur le trottoir pendant les fêtes. Sanlucar sortit sa carte. Les deux hommes interrompirent leur tâche. L'un d'eux, la cinquantaine, le regard clair s'approcha. Il avait le visage long, les pommettes saillantes et le maxillaire inférieur développé. Il arborait unc moustache que n'aurait pas reniée Salvador Dali.

« Vous êtes l'un des responsables de la *peña* ? demanda Sanlucar en serrant la main que l'homme lui avait tendue.

— Le trésorier.

— Votre nom ?

— Paul Bastien.

— Nous recherchons un habitué de votre *peña*. Peut-être l'un de vos membres.

— Comment s'appelle-t-il ?

— Nous ne connaissons que son prénom. Laurent. C'est un homme d'une trentaine d'années, un mètre quatre-vingt. Il est placier aux arènes. Il vient souvent ici les soirs de fête. »

Paul Bastien fronça les sourcils quelques secondes avant de proposer d'un ton sceptique.

« Laurent Lacoste ?

— Vous paraissez surpris, interrogea Sanlucar.

— Il semble correspondre à votre description. Ce qui m'étonne, c'est qu'il puisse être recherché par la police.

— Pourquoi ?

— Je ne sais pas... Mais si vous le connaissiez, vous seriez aussi surpris que moi. C'est un gars vraiment sympa. Bien sous tout rapport comme on dit.

— Est-il membre de votre *peña* ?

— Tout à fait.

— L'avez-vous vu dernièrement ?

— Il est venu chaque soir ou presque. Il nous a donné un coup de main à l'intérieur.

— Était-il seul ?

— Écoutez, je n'ai pas bien fait attention avec l'effervescence des fêtes. Tout le monde discute avec tout le monde. Moi, je vais d'un côté à l'autre, je monte à l'étage dans le bureau, je... »

Le deuxième homme, de taille moyenne, les cheveux gris bien peignés, le visage parcouru de multiples rides mais le regard de ceux qui n'ont pas perdu leur âme d'enfant, intervint en soufflant la fumée de la cigarette qu'il venait d'allumer.

« Il était avec des nanas. Il sortait même avec l'une d'elles.

— Ah oui, c'est vrai, confirma le trésorier. Maintenant que tu en parles, ça me dit quelque chose.

— Pouvez-vous nous en dire davantage? demanda Sanlucar à l'homme aux cheveux gris.

— Il les a amenées ici. Vous savez, je sers au bar à l'intérieur. Je vois bien qui entre et qui sort. Mais ensuite, seules deux des filles sont revenues. Elles le cherchaient, lui et aussi leur copine.

— Quand cela s'est-il produit?

— Le vendredi. Je m'en souviens bien parce que c'était le soir de la première corrida. Je bosse aussi comme placier aux arènes. Au même escalier que Laurent.

— Vous avez donc pu voir Laurent Lacoste et cette jeune femme pendant la corrida, le vendredi après midi. »

L'homme émit un léger ricanement.

« Excusez-moi mais je rigole parce que la veille de cette corrida, il avait déployé des trésors de patience et de passion pour la convaincre. Elle n'y connaissait rien et pour être tout à fait franc, elle était franchement hostile à la corrida. Mais Laurent lui avait parlé de l'élevage du taureau, de la sélection, du déroulement de la course, des passes. J'étais même intervenu à deux ou trois reprises.

— S'est-il passé quelque chose de particulier pendant la corrida?

— Oui, répondit l'homme, la bouche tordue par un nouveau rictus. Elle n'a pas du tout aimé. À la mort du deuxième taureau, elle s'est barrée. Laurent a bien essayé de la retenir mais elle était furieuse.

— Furieuse?

— Oui, absolument. Elle était remontée contre lui. Il lui gâchait ses fêtes. Il était lourd, trop sérieux et de surcroît complice d'une abominable boucherie anachronique. Elle gueulait même. J'étais juste à côté. Je leur ai demandé de se taire ou de descendre s'expliquer en bas.

— L'ont-ils fait ?

— Il valait mieux. Le troisième taureau venait d'entrer en piste et certains spectateurs commençaient à ronchonner. Ils sont descendus et Laurent est remonté seul au bout d'une dizaine de minutes.

— Vous a-t-il dit ce qu'il s'était passé ?

— Rapidement, en quelques mots. Elle en avait marre de lui, elle était partie. Il était extrêmement ému. Je me suis même demandé s'il n'allait pas se mettre à chialer. Je pense qu'il était tombé amoureux de cette fille. Elle, par contre, elle n'avait pas du tout accroché. Ni à Laurent, ni à sa passion pour les taureaux.

— Et ensuite ?

— J'aime bien Laurent vous savez. J'ai essayé de lui parler, de lui dire ce qu'on dit toujours dans ces moments-là. Une de perdue... Vous connaissez la chanson. Il voulait partir, courir après elle, mais je l'ai persuadé de laisser tomber. Il n'y avait rien à faire. Ce n'était pas une fille pour lui. À la fin de la corrida, je lui ai proposé de venir boire un coup à la *peña* mais il a refusé. Il préférait rentrer chez lui.

— L'avez-vous revu après cette corrida ?

— Le lendemain aux arènes. Et le dimanche aussi. Il est venu bosser.

— Comment allait-il ?

— Il est au contrôle en bas de l'escalier 13. Moi, je place les spectateurs en haut. On se retrouve lorsque tous les gens sont assis au début du *paseo*. Il ne parlait pas beaucoup. Il était triste. Mais c'est normal non ?

— Est-il revenu à la *peña* depuis vendredi ?

— Non, on ne l'y a pas revu. C'est ce que j'ai plusieurs fois expliqué aux deux autres filles qui cherchaient à comprendre pourquoi leur amie n'avait pas donné signe de vie depuis ce vendredi après-midi. Je peux vous dire que la nuit dernière, elles étaient fichtrement inquiètes.

— En avez-vous parlé à Laurent ?

— De quoi ? Savoir s'il l'avait revue ? »

Sanlucar opina.

« Je lui en ai touché deux mots lors de la corrida de dimanche vu que les filles étaient revenues le samedi soir. Je lui ai dit qu'elles les cherchaient, lui et Suzy.

— Qu'a-t-il répondu ?

— Qu'il s'en foutait. Enfin, c'est ce qu'il disait.

— Et vous, qu'en pensez-vous ? »

L'homme haussa les épaules.

« Il était blessé. Cette fille lui avait fait du mal. Il s'était entiché d'elle un peu trop rapidement. Il ne voulait plus parler d'elle. Mais je le sentais ailleurs. Pas vraiment concentré sur la corrida. Pourtant hier, le spectacle était au rendez-vous.

— Pouvez-vous nous communiquer votre identité et vos coordonnées ? Vous devrez sans doute venir déposer au commissariat. »

L'homme s'appelait Jean-Michel Pangalos. Marie Legalet nota son adresse et son numéro de téléphone dans son carnet.

« Avez-vous son adresse ? demanda-t-elle.

— J'ai ça dans le fichier des membres, répondit Paul Bastien en pénétrant dans le local. Je monte au bureau.

Les policiers suivirent le trésorier de la *peña* dans une pièce de taille moyenne, aux murs peints en blanc, au plafond traversé par de multiples poutres de chêne. Le sol carrelé venait d'être lavé. Sur la droite, un bar. À gauche, une galerie de photos taurines parmi lesquelles Sanlucar reconnut quelques illustres matadors des décennies passées. Trois longues tables étaient disposées en « U ». Un bref instant, Sanlucar se dit qu'il avait déjà vu cet endroit. Était-ce dans la réalité ou plutôt dans un rêve ? Préférant se concentrer sur l'enquête, il chassa cette pensée de son esprit. Deux femmes et un homme empilaient des chaises de plastique les unes sur les autres, pliaient des tréteaux, rangeaient divers cartons. Sanlucar et Marie Legalet les saluèrent d'un mouvement de tête. Paul Bastien gravit un escalier situé tout au fond du local, fait du même bois que les poutres. L'homme aux cheveux d'argent s'approcha de Sanlucar.

« Je vois que vous regardez les photos. Vous êtes aficionado ?

— Je n'irai pas jusqu'à prétendre ça. Mais disons que ça m'intéresse. Lorsque j'étais jeune, mon père nous amenait à Béziers et à Nîmes, ma sœur et moi. Cela remonte au début des années quatre-vingt. »

Jean-Michel Pangalos se tourna vers Marie Legalet.

« Et vous mademoiselle ?

— Moi c'est plutôt le rugby. Mais quand on vit dans la région, on ne peut pas ignorer complètement la corrida. J'en ai vu quelques-unes. Ça ne me fait ni chaud ni froid. Je respecte.

— L'*afición* est un art de vivre, une sensibilité, avec une dimension philosophique, spirituelle et artistique.

Contrairement à ce que certains affirment, il n'y a pas d'agressivité sur le sable de la piste et d'esprit sanguinaire sur les gradins des arènes.

— J'avoue ne pas vraiment comprendre la corrida, concéda Marie Legalet.

— Cela m'étonne d'une jolie femme comme vous. La corrida c'est du sentiment. La faena est pareille à un acte d'amour... »

Paul Bastien rejoignit Sanlucar qui admirait une affiche de corrida datant de 1910.

« Voici commandant, je vous ai noté ses coordonnées sur un *post-it* mais je ne pense pas que vous le trouverez chez lui à cette heure.

— Où travaille-t-il ? » demanda Sanlucar qui avait compris le sens de la remarque du trésorier de la *peña*.

— Au port. Au lamanage[13]. »

Sanlucar consulta sa montre, serra la main de Paul Bastien et sortit.

« Marie, on y va », appela-t-il une fois sur le trottoir. Tu prendras un cours de tauromachie une autre fois. »

La jeune femme rattrapa Sanlucar un peu plus loin.

« Où va-t-on ? demanda-t-elle.

— Au lamanage. On devrait y trouver Laurent Lacoste.

— Tu comptes l'interroger sur place ?

— Non, on va le ramener au central. Son témoignage est de toute évidence très important. »

Francis Sanlucar et Marie Legalet prirent la direction du port par le chemin de Saint-Bernard puis le quai du Bazé à

13 Lamanage : service qui assure dans les ports toutes les opérations d'amarrage ou de largage d'amarres à l'arrivée ou au départ d'un navire.

Boucau. La jeune inspectrice repensait au plaidoyer de Jean-Michel Pangalos sur la tauromachie.

« Sympa ce type. Passionné et passionnant. Il parle comme dans un livre. Il m'a comparé la *faena* du torero à l'acte d'amour, figure-toi.

— Ah ? demanda distraitement Sanlucar.

— Et bien… Te moque pas. Je ne suis pas certaine de te retranscrire ses mots, mais c'était bien vu. Un peu machiste comme vision je trouve, mais bien vu. »

Marie Legalet considéra son collègue un instant. Sanlucar fixait la route, semblait perdu dans ses pensées.

Ils étaient arrivés. Les deux pick-up de l'équipe du lamanage étaient garés devant leur bureau. Par la porte vitrée, on distinguait quatre hommes. L'un d'entre eux pianotait sur le clavier d'un ordinateur, les trois autres, assis autour d'une table, partageaient un café en bavardant. Sanlucar frappa à la vitre et ouvrit la porte.

« Bonjour, nous sommes de la police. Laurent Lacoste est-il ici ?

— C'est moi, répondit l'homme assis devant l'ordinateur.

— Pouvons-nous parler en privé ? » proposa Sanlucar en montrant sa carte professionnelle.

L'homme s'adossa à sa chaise et laissa son regard dériver vers la porte vitrée. On aurait dit qu'il cherchait un point invisible dans le ciel. Sanlucar eut la sensation qu'il avait compris l'objet de leur présence. Il se leva en silence et sortit, suivi par le regard médusé de ses collègues. De haute stature, le teint cireux, les cheveux en désordre, Laurent Lacoste était large d'épaules. Pourtant, on aurait pu lui conseiller de prendre quelques kilos. Sanlucar et Marie

Legalet le rejoignirent. Il s'était adossé contre l'un des deux pick-up.

« Nous voudrions vous poser quelques questions au sujet d'une affaire en cours, indiqua Sanlucar.

— Je vous écoute, souffla-t-il, l'air abattu.

— Nous préférerions que vous veniez avec nous, intervint Marie Legalet.

— On a un bateau qui rentre vers vingt heures, protesta le lamaneur sans grande conviction.

— Nous sommes désolés, mais vous allez devoir nous suivre, insista Sanlucar.

— C'est à quel sujet ?

— Vous n'avez pas à vous inquiéter, rajouta Marie Legalet d'un ton qui se voulait rassurant. Votre témoignage peut nous être très utile dans une affaire de disparition. »

Le visage de Laurent Lacoste blêmit. Son regard exprimait la détresse et l'appréhension. Il savait. Peut-être même attendait-il la venue des policiers.

« Je rentre me changer dit-il. J'explique à mes collègues que je dois m'absenter. Je prends ma voiture ?

— Vous montez avec nous, répondit Sanlucar. Je vous raccompagnerai lorsque nous en aurons terminé. »

Laurent Lacoste était assis sur une chaise dans le bureau des inspecteurs. Sanlucar en face de lui. Marie Legalet se tenait appuyée contre le chambranle de la porte. Christian Lapègue, qui était revenu de Saint-André-de-Seignanx, tournait lentement autour du bureau, comme un vautour autour de sa proie. Comme Gilles Ripoix avait quitté le commissariat, le brigadier-chef Peyroutet, assis devant un ordinateur, tapait la déposition. Le jeune homme était nerveux. Son regard naviguait d'un inspecteur à l'autre. Marie Legalet tenta de le rassurer et surtout de le mettre en confiance. Il n'était pas question de garde à vue. Il s'agissait d'une simple audition à titre de témoin, dans le cadre d'une enquête préliminaire. Elle lui conseilla de collaborer afin d'en finir au plus vite. Le lamaneur promit de répondre à chaque question posée et n'exigea pas comme c'est souvent le cas, la présence d'un avocat. À tour de rôle, les policiers l'interrogèrent. Lorsque Sanlucar lui fit part de la disparition de Suzy Lanton, Laurent Lacoste fut sur le point de se mettre à pleurer. Depuis la veille au soir, il appréhendait de plus en plus cette possibilité. L'anxiété avait grandi peu à peu. Pendant la corrida du dimanche, Jean-Michel Pangalos l'avait avisé que Carine et Olivia n'avaient pas revu leur amie depuis le vendredi après-midi et qu'elles le cherchaient. Il ne cacha pas qu'au début, ses sentiments avaient été partagés entre haine et délectation. L'idée que Suzy reçoive une bonne leçon, fasse une mauvaise rencontre et regrette d'avoir rompu avec lui, ne lui avait pas déplu. Au fond de lui, il était jaloux. Il l'imaginait dans les bras d'un autre type avec qui elle se serait sentie si bien qu'elle en aurait oublié ses deux copines. Il confessa n'avoir pas essayé d'entrer en contact avec Carine et Olivia. De plus, il n'avait pas leurs numéros de téléphone, pas plus qu'elles le sien. Il aurait pu se rendre au domicile de Carine, rue Maubec, mais il n'en avait rien fait. Il répondit à chacune des questions posées sans aucune hésitation, sans jamais se contredire. Il confirma que Suzy avait quitté les arènes à la mort du deuxième taureau le vendredi après midi. Il avait essayé de la retenir, lui avait proposé de l'accompagner loin des arènes ou de rejoindre Carine et Olivia. Elle avait refusé et l'avait repoussé. Elle ne voulait plus le voir. Il la fatiguait. Elle le trouvait sympathique et gentil mais collant et étouffant. Elle ne souhaitait pas vivre une histoire sérieuse. Il fallait qu'il le comprenne. Elle l'avait sommé de remonter sur les gradins et de la laisser tranquille. Elle était alors partie sans se retourner. Resté seul, il avait fait les cent pas un instant et avait finalement assisté à la fin de la corrida. Après avoir aidé les derniers spectateurs à quitter les arènes, il avait décliné l'invitation de Jean-Michel Pangalos qui lui avait proposé de venir boire un coup à la *peña*. Il avait préféré fuir l'agitation et l'ivresse de la fête qui évoquaient cruellement à ses yeux l'allégresse de Suzy. Il était rentré chez lui, ne voulait voir personne. Aucun témoin n'était en mesure, à sa connaissance, de confirmer cette affirmation. Peut-être l'un de ses voisins l'avait-il entendu, mais il ne pouvait pas être catégorique sur ce point. Il n'était plus revenu à la fête. Ni le samedi, ni la veille. Il s'était simplement rendu aux arènes pour la corrida mais il était chaque fois rentré chez lui à la fin du spectacle. Il avait suivi les programmes de la télévision, avait surfé sur Internet. Lorsque Lapègue lui demanda de préciser le titre des émissions ou des films qu'il avait regardés, il répondit sans tergiverser. Il déclara avoir plusieurs fois essayé de joindre Suzy dans la soirée du vendredi. La jeune femme avait fini par répondre un peu avant vingt-deux heures, mais le bruit ambiant avait pourri la communication. Il avait distingué dans un vacarme de cris, de rires et de musique quelques rares bribes de phrases. Elle s'amusait, il devait lui ficher la paix, elle s'éclatait. Elle avait rapidement coupé la conversation. Il avait renouvelé sa tentative plusieurs fois le dimanche soir, au fur et à mesure que son inquiétude s'intensifiait, mais avait systématiquement échoué sur le répondeur de son téléphone portable. Sa colère avait alors disparu et s'était changée en malaise puis en anxiété. Il se sentait coupable de l'avoir laissée partir, redoutait qu'il lui fût arrivé quelque chose. Lorsque la police était venue le cueillir à son travail, il n'avait pas vraiment été surpris.

L'audition avait duré un peu plus de deux heures. Sanlucar, comme à son habitude, avait observé chaque geste, guetté chaque regard, s'efforçant de détecter un signe trahissant le lamaneur, comme l'aurait fait un joueur de poker professionnel chez son adversaire. Il serait nécessaire de vérifier ses déclarations, interroger ses voisins, contrôler les appels passés depuis son téléphone portable vers celui de Suzy Lanton, mais il en était quasiment certain, Laurent Lacoste avait dit la vérité. Il se leva, invita Lapègue et Marie à le suivre dans le couloir.

« Fais-lui relire et signer sa déposition », lança-t-il à Peyroutet.

Il referma la porte et s'adossa à la cloison vitrée.

« Qu'en pensez-vous ? demanda-t-il à ses collaborateurs.

— Il me semble sincère », proposa Marie Legalet.

Lapègue acquiesça d'un mouvement de tête.

« Il est en phase avec les déclarations de Carine Costemale, d'Olivia Guiraudy et des membres de la *peña*, appuya Marie. Il a parlé avec Suzy au téléphone vers vingt-deux heures, rajouta-t-elle. C'est important. Tout semblait normal à cette heure-là. Elle s'amusait, n'avait pas de problème particulier.

— On doit quand même vérifier les appels qu'il a passés depuis son téléphone pour le confirmer. Tu t'en occuperas Christian ? »

Lapègue répondit d'un nouveau hochement de tête. Sanlucar eut un instant envie de lui demander s'il était uniquement capable de s'adresser à ses collègues par des gestes et des grognements. Il n'en fit rien.

« OK. Je vais le raccompagner en rentrant chez moi, conclut-il au bout d'un instant. J'en ai ma claque. Au fait Christian, comment ça s'est passé avec la mère de Suzy ?

— Rien de particulier. Elle savait que sa fille serait là pour les fêtes, mais elle m'a confirmé qu'elles ne devaient pas se voir avant septembre, lorsqu'elle prendrait une nouvelle semaine de congés.

— Elle t'a fait quel effet ?

— C'est une femme malade. Je veux dire qui souffre. Elle reste pratiquement cloîtrée chez elle et s'appuie sur une béquille. J'ai essayé de ne pas l'effrayer. Je lui ai dit que le témoignage de sa fille pouvait nous être utile dans le cadre d'une enquête sur un acte de violence dont elle aurait pu être témoin.

— T'as bien fait. »

Lapègue alla jusqu'à son bureau et en revint avec un papier qu'il tendit à Sanlucar.

« T'as une copie du rapport si tu veux.

— Merci.

— Ah, il y a une chose qui peut avoir son importance, rajouta Lapègue. Elle n'en est pas à sa première disparition.

— C'est-à-dire ?

— Elle a fait une fugue à l'âge de dix-huit ans. Aucune nouvelle d'elle pendant plus de trois ans. Il y avait même eu un avis de recherche, mais on ne l'avait pas retrouvée. Et puis, un beau matin, elle réapparaît comme ça, sans rien dire. »

Sanlucar considéra son collègue quelques secondes, réfléchissant à ce qu'il venait d'entendre.

« Pourquoi était-elle partie ?

— Elle avait suivi un groupe de marginaux sur Paris. Des musiciens.

— D'accord, fit Sanlucar. Je lis ton rapport, on en reparle demain. »

Sanlucar consulta sa montre. Dix-neuf heures quarante-cinq. Il avait raccompagné Laurent Lacoste juste à temps. Le lamaneur avait rejoint ses coéquipiers au moment où ces derniers grimpaient dans leurs 4x4 pour rejoindre le quai où un navire viendrait s'amarrer. Le policier fit demi-tour et rentra chez lui. Rubio était enfermé dans son garage depuis près de six heures maintenant. Sanlucar se sentait honteux et coupable. Rubio ne méritait pas sa vie de prisonnier, enfermé les trois quarts du temps, tout juste autorisé à gambader dans le petit jardin de la maison quelques heures par jour ou sur la plage lorsque son maître avait le temps de l'y accompagner. Au début, Sanlucar le laissait à l'intérieur de la maison, mais le labrador supportait mal la solitude. Il passait ses nerfs sur les chaussures, les habits et parfois sur les objets de décoration, que Sanlucar retrouvait en piteux état en rentrant chez lui. Du coup, Rubio avait atterri au garage. La pièce était vaste, bien éclairée grâce aux trois fenêtres percées dans le mur extérieur. Rubio disposait d'un seau d'eau, de croquettes et de jouets spécialement conçus pour lui et ses congénères. Il lui était arrivé de faire ses besoins sur le sol en béton. Ce n'était pas bien grave. Un coup de jet d'eau et de lave-pont, et tout rentrait dans l'ordre.

Le labrador avait reconnu le ronronnement du Freelander. Il piaffait derrière la porte du garage. Lorsque Sanlucar ouvrit le battant pour le libérer, l'animal ne lui adressa pas le moindre signe de reproche ou même d'irritation. Au contraire, il manifesta une joie impétueuse, s'attardant quelques secondes entre les jambes de son maître, avant d'aller vider sa vessie contre les hortensias.

Tard dans la soirée, Sanlucar était affalé sur son canapé. Il avait allumé la télévision, mais aucun des programmes proposés n'avait attiré son attention. Il avait donc éteint le poste et s'était planté devant ses deux colonnes de CD. Il possédait une belle collection d'albums de rock, enregistrés au cours de la première moitié des seventies, dont il appréciait la mégalomanie et les épiques improvisations instrumentales. Comme à cette heure il n'avait pas spécialement envie de riffs et de solos de guitare, il choisit parmi ses disques de classique, une version peu connue de la huitième symphonie de Dvořák, interprétée par l'orchestre de chambre de Stuttgart et dirigée par Martin Sieghart. Sanlucar ne se considérait pas comme un mélomane. Comme chez la plupart des gens, sa discothèque se limitait aux œuvres majeures de Vivaldi, Bach, Mozart et Beethoven. Il était cependant particulièrement sensible à la musique d'Anton Dvorak et possédait plusieurs versions de la huitième et surtout de la neuvième symphonie qui avait la particularité de le vider de toute tension par son étonnante succession de thèmes plus mélodieux les uns que les autres.

Au commencement de l'*Allegro con brio*, il jeta un coup d'œil à son téléphone portable qu'il avait mis en charge un peu plus tôt. Il y avait un message sur sa boîte vocale. C'était sa sœur Sylvie. Elle lui reprochait de ne jamais téléphoner pour demander des nouvelles. Il n'appelait pas davantage son père qui vivait seul à Gruissan et s'inquiétait pour lui. Sanlucar sentit une boule se former au fond de sa gorge. Il s'allongea dans le canapé, les mains jointes derrière la tête, se promit d'appeler son père le lendemain. Mais en réalité, c'était autre chose qui le bouleversait. Le ton que sa sœur avait employé. Il y avait décelé plus qu'un simple reproche. Il y avait de la résignation dans sa voix. De toute évidence, elle n'allait pas bien. Quinze mois à peine séparaient Sylvie et Francis Sanlucar. Sylvie était l'aînée et s'était toujours sentie responsable de son petit frère. Elle avait toujours posé sur lui davantage le regard d'une mère que celui d'une sœur, ce qui l'avait toujours profondément agacé. Pourquoi s'était-elle positionnée de la sorte ? Sans doute à cause de la disparition prématurée de leur mère. Sanlucar avait neuf ans lorsque sa mère fut emportée par un cancer foudroyant, contre lequel la médecine de l'époque ne put rien faire.

Sanlucar arrêta la symphonie à la fin du *Larghetto*, entra dans sa chambre, se déshabilla et se glissa sous sa couette sans éteindre la lumière. Les yeux clos, il essaya de réunir ses souvenirs d'enfance. Si les traits du visage de sa mère étaient devenus imprécis au fil des années, il avait toujours en mémoire son rire éclatant, lorsque son père la taquinait le soir en rentrant de la pêche. Frère et sœur étaient invariablement emportés par la bonne humeur communicative de leurs parents.

Il s'en voulait cruellement de négliger sa famille. Son père surtout. Au bout d'un moment, il se rendit compte qu'il lui ressemblait beaucoup. Le même regard à la fois triste et profond sous d'épais sourcils, la même gueule taillée à la serpe. Ni l'un ni l'autre n'étaient des causeurs. Peut-être se ressemblaient-ils trop finalement, ce qui faisait obstacle à la communication.

Sanlucar se releva pour prendre dans sa bibliothèque l'un de ses romans préférés de Simenon. Il aimait cette histoire qui conduit un couple traqué depuis Dieppe jusqu'aux forêts humides de la Colombie, puis finalement jusqu'à Tahiti. Une histoire avec des personnages forts, qui vont au bout d'eux-mêmes dans la passion, la trahison, l'espoir et la mort. Mais sa fatigue était telle qu'il s'endormit au bout de deux pages. Charlotte et Mittel couraient dans les ruelles des faubourgs de Dieppe.

16

Dimanche 10 août.

La Renault 4L aux suspensions fatiguées de Louis Bourdious avançait mollement, se balançant de droite et de gauche, au rythme des irrégularités d'une route étroite et rectiligne qui s'enfonçait au cœur du massif forestier. Dans le coffre de la vieille voiture, un magnifique setter anglais haletait bruyamment. Louis Bourdious tourna soudainement à droite sur un chemin de terre sableuse bordé de massifs de bruyères et de genêts, longea un interminable champ de maïs aux pieds hauts de plus de deux mètres et aux feuilles qui jaunissaient lentement au soleil de l'été. Le vieil homme ressentait de l'indignation contre tous ceux qui ne voyaient en ces lieux qu'un alignement austère de pins maritimes et un paysage d'une triste uniformité. « Tous des ignorants », répétait-il. « Si au moins ces imbéciles se donnaient vraiment la peine de pénétrer la forêt et de se laisser emporter par sa tranquille atmosphère, son calme et sa solitude apaisante, s'ils savaient écouter le léger souffle du vent au sommet de la canopée, le chant d'une cigale ou celui d'un coucou, s'ils s'aventuraient au hasard d'un sentier sinueux bordé d'ajoncs, de fougères ou d'onagres, au lieu de s'arrêter à quelques mètres de la route pour pique-niquer en salopant le chemin, ces mécréants découvriraient de petits ruisseaux d'eau limpide, de paisibles clairières pour s'asseoir à l'ombre, adossé contre un tronc, et au creux d'une dune de sable, des lagunes pittoresques et luxuriantes, vestiges d'un passé où les Landes n'étaient qu'un vaste et hostile marécage. »

Louis Bourdious arrêta sa guimbarde dans un empiétement défriché en lisière de forêt. Cet espace permettrait dans quelques semaines aux engins agricoles de manœuvrer pendant la récolte. Il descendit de voiture et libéra son chien. Il connaissait les lieux par cœur. À deux cents mètres sur la gauche, il retrouva au pied d'un grand pin septuagénaire, les vestiges du guet fait de branches et de fougères qu'il utiliserait de nouveau à la fin de l'automne, pendant la saison de la chasse à la palombe. Un peu plus loin, il y avait la souche d'un vieux pin qui n'avait pas résisté aux tempêtes de l'hiver 1999. L'arbre, couché dans le champ, avait été débité et emmené ailleurs, mais les bûcherons avaient abandonné les racines qui ne gênaient pas l'exploitation agricole. Louis Bourdious s'arrêta, son chien sur ses talons. La souche n'était pas à sa place habituelle. Elle était bien là, mais c'était comme si elle s'était déplacée de quelques mètres. Comment cela était-il possible ? Elle n'avait pas fait ça toute seule. Elle s'était enfoncée dans la forêt d'une dizaine de pas. Il s'approcha. Le setter se mit à flairer avec insistance. Louis Bourdious n'aimait pas les énigmes et les mystères. Il essaya de faire bouger la souche en tirant et en poussant de toute la force de ses bras. Impossible, elle était bien trop grosse et trop lourde. Tout juste était-il parvenu à la remuer sur place. Le chien s'était mis à gratter la terre meuble sous les racines. Louis Bourdious se redressa en grimaçant. Son dos lui rappela douloureusement qu'à soixante-douze ans, il n'était plus tout à fait le jeune homme qui poussait ardemment en mêlée, cinquante ans plus tôt, dans l'équipe de rugby de son village.

« Allez, laisse ça ! Viens ici ! » ordonna-t-il en chassant de sa main quelques grosses mouches qui virevoltaient autour de lui.

Le chien s'arrêta de creuser, regarda son maître d'un œil circonspect, presque suppliant. Louis Bourdious revint vers le chemin en sifflant son quadrupède. L'animal, la truffe noire de terre, le rejoignit en jappant. Puis après quelques dizaines de mètres, il retourna d'où il venait. Le vieil homme continua sur le chemin un moment puis s'arrêta pour envoyer son chien renifler une trace en avant. Mais point de chien ! Il jeta un regard circulaire, pinça ses lèvres et siffla brièvement. La réponse ne se fit point attendre : deux aboiements brefs. Nouveau sifflet plus long et plus autoritaire. Même réponse. Louis Bourdious fit demi-tour et retrouva son setter, noir de terre au milieu du chemin, à hauteur de la vieille souche de pin.

« Viens ici ! ordonna-t-il. Que tu es sale mon pauvre chien ! »

Au lieu de lui obéir, l'animal bondit dans le sous-bois en piaffant.

« Qu'est-ce qu'il y a là-bas ? Qu'as-tu donc trouvé ? Athos ! Viens ici ! »

Le setter anglais avait repris son œuvre excavatrice sous la base du vieux pin déchu. Soit en projetant des gerbes de terre vers l'arrière par de rapides pédalages des pattes avant, soit en forant et en fouillant avec son long et fin museau. Pourquoi Athos creusait-il ainsi avec tant d'insistance ? Qu'y avait-il là-dessous ? Quelque animal crevé ? Un chien peut-être, la souche faisant office de pierre tombale ? Louis Bourdious agrippa son chien par le collier et le tira en arrière.

« Laisse-ça bon sang ! »

Mais la curiosité envahissait petit à petit l'esprit du vieux chasseur. Il ne pouvait s'agir d'une sépulture canine. Il s'agenouilla devant l'énorme bûche, balaya la terre avec ses mains, là où son setter et sans doute quelques renards avaient eux-mêmes creusé. Des mouches vertes et noires tournoyaient autour de lui en bourdonnant, comme si elles voulaient défendre leur territoire. Les insectes étaient nombreux, les larves aussi. Cette faune souterraine le répugnait. Une odeur forte et nauséabonde remontait du sol. Des effluves de sueur plantaire, de viande pourrie et même d'excrément. Il allait abandonner écœuré lorsqu'il lui sembla distinguer quelque chose. Du tissu peut-être. C'était vraiment curieux. Il fallait qu'il sache. Il continua de dégager la terre humide, aidé par Athos qui semblait ravi d'avoir reçu de l'aide. Soudain Louis Bourdious interrompit son labeur. Il se redressa hagard, comprenant avec effroi la nature de ce qui gisait là, sous la vieille souche de pin. Il fit un pas en arrière, trébucha, essaya d'articuler un mot, mais ne parvint pas à émettre le moindre son. Il se couvrit le nez et la bouche de sa main terreuse, sentit la nausée l'envahir. Enveloppé dans un linceul crasseux, il y avait là le cadavre d'un être humain. Il ferma les yeux un instant pour reprendre ses esprits et réfléchir à ce qu'il convenait de faire. Il recouvrit grossièrement la dépouille avec de la terre et des branches mortes. Hors de question qu'un promeneur ou un animal sauvage tombe sur cette abomination. Il considéra son travail avec scepticisme, puis jeta un regard circulaire dans le sous-bois. Il n'y avait personne. Il agrippa Athos par le collier, lui passa une laisse et courut aussi vite qu'il le put jusqu'à sa voiture. Après avoir fait monter son chien dans la malle, il démarra, manœuvra nerveusement et fonça cahin-caha en direction de la route. Il fallait prévenir les gendarmes mais il n'avait pas de téléphone portable. Sa femme lui en avait pourtant acheté un, l'exhortant à le prendre avec lui chaque fois qu'il s'aventurait au milieu de la forêt. Mais le vieux chasseur était têtu et farouchement hermétique aux nouvelles technologies. À cet instant précis, il regrettait son choix. Le bourg le plus proche était distant de huit kilomètres. Louis Bourdious écrasa la pédale de l'accélérateur, poussa les rapports de vitesse au-delà du raisonnable pour sa vieille voiture. Quelques minutes plus tard, il freinait brutalement devant l'unique restaurant du village de Pouymartet, avec ses maisons à colombages apparents et briquettes en fougère. Il sauta de sa voiture et poussa la porte du bistrot. Il n'y avait aucun client. Une femme d'une cinquantaine d'années, portant un tablier gris à fleurs mauves, astiquait à la cire les pieds d'une longue table en chêne.

« Je peux téléphoner ? demanda nerveusement le chasseur.

— Sur le comptoir », répondit la femme en se redressant, les mains sur les hanches, suivant du regard l'excité qui tentait de repérer l'appareil, posé près de la pompe à bière.

Louis Bourdious décrocha le combiné, faisant teinter une sonnette dans un angle du plafond.

« C'est quoi déjà le numéro de la gendarmerie ? »

Troisième partie :

Course contre la montre

17

Lundi 11 août.

Cela faisait maintenant onze jours que Jérôme Hargous, le veilleur de nuit et Suzy Lanton, la jeune fêtarde bordelaise, avaient disparu. Ni l'un ni l'autre n'avait donné le moindre signe de vie. Les investigations menées par la brigade criminelle de la police judiciaire de Bayonne étaient quasiment au point mort. Des dizaines de personnes avaient été entendues. L'entourage, le voisinage auditionné. Sanlucar s'était rendu à Bordeaux à deux reprises pour interroger les proches de la jeune femme. Il avait rencontré Gisèle Lanton, la mère de Suzy dans sa petite maison au cœur du village de Saint-André-de-Seignanx. Marie Legalet se rendait régulièrement chez Laura Hargous. La jeune femme était toujours sans nouvelle de son époux et tentait de faire face, comme elle le pouvait. Elle restait le plus souvent cloîtrée chez elle, sortait le moins possible. Elle recevait la visite régulière de sa sœur. Les enquêteurs s'étaient intéressés un moment à une voiture bleue de marque Ford, qu'un témoin aurait vu démarrer en trombe non loin de l'hôtel *Grand Adour* le soir de la disparition du veilleur de nuit. La piste avait fini par être abandonnée. L'homme, insomniaque, passait le plus clair de ses nuits appuyé contre la balustrade de son balcon, fumant et observant les noctambules de sa rue. Il n'était pas catégorique à propos de la date de cet incident. C'était pendant les fêtes, avait-il expliqué, mais quel soir exactement, il ne s'en souvenait plus très bien. L'hypothèse d'un enlèvement, évoquée un instant fut rapidement écartée. Aucune rançon n'avait été réclamée mais surtout, ni le veilleur de nuit ni la jeune bordelaise n'était fortuné au point d'aiguiser l'appétit d'un gang de preneurs d'otages. Les plongeurs de la brigade fluviale avaient fouillé les deux rives de l'Adour et de la Nive, son dernier affluent. Chaque ponton avait été examiné, chaque conduit d'eau usée scruté, chaque rocher et épave explorés. En vain. Les douanes, la police aux frontières avaient été mises à contribution. Si Jérôme Hargous avait quitté l'Europe, il était passé entre les mailles du filet. Un numéro vert avait été mis en place par les autorités, des portraits publiés dans la presse. La crim avait reçu des dizaines d'appels de prétendus témoins, affirmant avoir aperçu l'un ou l'autre des disparus depuis la fin des fêtes, parfois en deux endroits différents au même moment. Même si certaines étaient de toute évidence farfelues, toutes les déclarations devaient être vérifiées.

Le témoignage beaucoup plus fiable des musiciens d'un orchestre local, avait permis d'établir la présence de Suzy, place Saint-André, vers deux heures du matin la nuit de sa disparition. Le groupe *Los Pimientos*, avait l'habitude d'inviter quelques jolies filles à danser sur scène, lors des derniers morceaux de leurs concerts. Le guitariste avait formellement reconnu la jeune femme. Elle avait virevolté autour de lui, lascive et tentatrice. Il aurait bien aimé passer un moment plus intime avec elle, mais il fallait démonter le matériel. Elle ne voulait pas attendre et s'était évaporée dans la foule.

À l'hôtel, le placard personnel de Jérôme Hargous avait été forcé mais mis à part un roman policier scandinave et quelques rares papiers sans intérêt, il était vide. La brigade avait essayé de joindre les clients présents au moment de sa disparition, mais pour l'heure, aucun témoignage n'avait été retenu comme significatif. Certains n'ayant pas pu être contactés, tout espoir était encore permis. Afin d'éviter le déplacement des policiers de Bayonne aux quatre coins de l'hexagone, les clients avaient été invités par convocation à déposer leur témoignage au commissariat ou à la gendarmerie la plus proche de chez eux. Maïtena Landaburu, la réceptionniste, collabora de bon cœur pour compléter ou confirmer les informations collectées. Chaque client faisait l'objet d'une fiche format A4, punaisée dans le bureau de Sanlucar. Leurs photos d'identité et leurs témoignages y figuraient. Quatre fiches demeuraient vierges. Il était capital de les compléter avant de se faire une idée précise des événements de cette mystérieuse nuit.

Sanlucar s'apprêtait à ouvrir son bureau lorsque Marie Legalet vint à sa rencontre.

« Au fait Francis, t'as vu les infos régionales hier soir ?

— Quelles infos ? demanda Sanlucar, sur ses gardes.

— Ben, à propos du cadavre retrouvé enterré dans les Landes.

— Le cadavre ? Quel cadavre ? De quoi parles-tu ?

— T'étais pas chez toi hier soir ?

— Non, j'étais sorti toute la journée d'hier. J'ai une vie en dehors du commissariat très chère et je n'ai pas allumé ma télé en rentrant.

— On a retrouvé le corps d'une femme enterré dans la forêt, avant-hier. À cent kilomètres d'ici. »

Sanlucar entrouvrit la bouche mais aucun son n'en sortit. Ce qu'il redoutait au fond de lui depuis plusieurs jours était peut-être bien en train de se réaliser.

« On sait qui c'est ? demanda-t-il, s'efforçant de rester pragmatique.

— Ils n'ont pas donné beaucoup d'explications. Ils ont dit qu'elle était sans doute jeune et qu'elle avait été retrouvée nue.

— Tu aurais dû m'appeler immédiatement, fit Sanlucar, irrité.

— Je pensais que tu étais au courant, s'excusa Marie Legalet.

— Qu'ont-ils dit d'autre ?

— Les circonstances de son décès n'ont pas été précisées. Tu crois que…

— À qui l'enquête a-t-elle été confiée ? coupa Sanlucar impatient.

— À la Gendarmerie nationale.

— Bon sang, j'appelle tout de suite. Viens avec moi. »

Sanlucar se précipita dans son bureau et composa le numéro de la gendarmerie de Bayonne. De là, il fut mis en relation avec la section de recherche de Mont-de-Marsan et en particulier le capitaine Bally, en charge de l'enquête.

Après une conversation d'une dizaine de minutes riche d'enseignements, il appela les locaux de la police scientifique de Bordeaux. Quelqu'un décrocha.

« Allô ? Ici le commandant Sanlucar, OPJ à Bayonne. Je souhaite parler à Ivan Sergievsky.

— Ne quittez pas, fit une voix enrouée. Je regarde s'il est ici. »

Sanlucar patienta deux minutes avant d'apprendre que l'ingénieur de la police scientifique en charge de l'analyse des prélèvements effectués sur le terrain et de l'autopsie de la femme retrouvée ensevelie, s'était rendu au laboratoire de médecine légale de l'hôpital Pellegrin.

« Merci, je l'appelle sur son portable. »

Ivan Sergievsky, l'un des meilleurs professionnels de la police scientifique de Bordeaux, était plusieurs fois intervenu lors d'enquêtes menées par Sanlucar. Titulaire d'un master en sciences forensiques mention criminalistique chimique, obtenu à l'École des sciences criminelles de Lausanne, complété par un second master, en bio-informatique, biochimie structurale et génomique, décroché à l'université d'Aix-Marseille, il était considéré comme une sommité dans son domaine, mais n'en demeurait pas moins un homme simple, doté d'un humour décapant. Les deux hommes s'appréciaient et avaient pris l'habitude de plaisanter à propos de leurs origines respectives. Le Ruskov prit rapidement la communication.

« Salut, c'est Sanlucar à Bayonne.

— Tiens, l'Ibère, comment va la vie ? Je m'apprêtais à te téléphoner figure-toi.

— À propos de cette fille retrouvée enterrée dans la forêt landaise ?

— Absolument. Je suis justement au labo de Pellegrin avec le légiste et un officier de la gendarmerie de Mont-de-Marsan. Et j'ai devant moi ce qui reste du magnifique foie d'une jeune femme d'environ vingt-huit ans. Je t'en garde une tranche ? »

Le technicien se mit à rire de sa propre blague.

« Arrête Ruskov, avec ton humour à deux balles. Donne-moi plutôt tes conclusions.

— On travaille encore dessus. L'autopsie est pratiquement terminée et j'ai déjà fait pas mal d'analyses. Je ne peux donc pas être tout à fait formel, scientifiquement parlant, continua Sergievsky sur un ton plus grave, mais il se pourrait bien qu'il s'agisse de ta disparue des fêtes de Bayonne.

— J'ai eu le capitaine Bally de la gendarmerie de Mont-de-Marsan à l'instant. Il tient le même discours mais il attendait tes conclusions. Alors, qu'est-ce qui te fait dire ça ?

— D'abord, il faut que tu saches que le corps est en assez bon état de conservation. On peut en déduire qu'il a passé peu de temps en terre. Moins d'un mois en tout cas. On a commencé par évaluer son âge. Comme je te l'ai dit, elle a entre vingt-cinq et trente ans. Pas plus. Les échantillons de l'entomofaune prélevés sur le cadavre et à proximité, étaient pour la plupart au stade de développement. On a procédé par méthode directe pour déterminer l'âge des larves et des pupes. Bref, je te passe les détails techniques, la mesure de l'intervalle *post mortem* correspond avec la date de la disparition. Dix jours. Pas plus de douze. Tu me suis ?

— Je te suis, fit Sanlucar, quelque peu perplexe.

— Alors je continue. L'examen toxicologique a démontré qu'elle avait beaucoup bu avant de mourir. J'ai consulté le fichier des personnes déclarées disparues dans la région au cours des deux dernières semaines. Il y en a deux dont l'âge correspond. Une femme de vingt-neuf ans sur Bordeaux et ta disparue des fêtes de Bayonne. Comme celle de Bordeaux était de forte corpulence, ça ne pouvait pas être elle. Bien entendu il se pourrait que ce soit quelqu'un d'autre mais je mettrais presque ta main à couper que c'est bien elle.

— Je garde ma main sur moi si tu permets. Dis-moi plutôt pourquoi tu n'es pas plus formel ? Je pige pas. La presse a diffusé sa photo. Si le corps est en bon état de conservation comme tu dis, tu aurais dû la reconnaître, non ?

— J'aurais pu. Tu as raison. Mais là, c'était pas possible.

— Je comprends toujours pas.

— Tu vas comprendre. Tu sais sans doute déjà qu'elle était nue. Les infos en ont parlé. La forêt a été fouillée autour de la sépulture par les gendarmes qui ont fait venir des chiens spécialisés dans la détection des restes humains et des traces de sang. À l'heure où l'on se parle, ils élargissent leur périmètre de recherche mais ils n'ont encore rien trouvé. Ses vêtements, ses papiers et autres effets personnels ont sans doute été détruits ou enterrés ailleurs. Mais ce n'est pas tout. Il y a un détail qui n'a pas été révélé aux journalistes. »

Sergievsky marqua une pause, comme pour prendre de l'élan avant de révéler un détail qui avait du mal à sortir.

« Elle avait le visage en bouillie. Le nez écrasé. Des dégâts tels qu'il n'est plus possible de l'identifier à partir d'une simple photo. Le type a massacré son visage en frappant à plusieurs reprises avec quelque chose de lourd. Une quinzaine de coups. Probablement avec le dos de la pelle qui lui a servi à creuser le trou. Tu comprends maintenant pourquoi je ne peux pas être catégorique ? »

Sanlucar ne trouva rien à répondre. Les sordides révélations de Sergievsky étaient en train de l'entraîner vers les bas-fonds de l'âme humaine. Pour quelle abominable raison l'assassin de Suzanne Lanton, si tant est qu'il s'agisse bien d'elle, avait-il agi de la sorte ?

« C'est comme ça qu'elle a été tuée ? demanda-t-il.

— Non, ça n'a rien à voir. Les coups ont été donnés *post mortem*. Le corps était enveloppé dans des draps et il a tapé par-dessus. J'ai ma petite idée sur ce qui l'a motivé. À mon avis, il a d'abord creusé la tombe, y a placé le corps et il a frappé après. Il a tout fait pour qu'on ne puisse pas l'identifier rapidement. Il l'a dénudée, s'est débarrassé de ce qu'elle portait loin du lieu où il l'a enterrée et il l'a défigurée. Il espérait vraisemblablement que si le corps était retrouvé, disons dans quelques années, l'idée d'établir un lien avec ta disparue des fêtes de Bayonne n'effleure même pas l'esprit des policiers ou des gendarmes. Mais ce n'est que mon interprétation.

— Ça tient debout en tout cas. Frapper son visage au travers du drap rendait son labeur moins difficile, évidemment.

— C'est ça. Tu comprends mieux maintenant pourquoi j'allais t'appeler. Je voulais savoir si tu as dans tes scellés quelque chose qui me permettrait de l'identifier formellement par analyse génétique.

— J'ai une brosse avec quelques dizaines de cheveux accrochés.

— Ça devrait aller à condition qu'on ait un bulbe. S'il n'y en a pas, on n'extraira que de l'ADN mitochondrial qui, comme tu le sais, a un pouvoir de discrimination beaucoup plus faible que l'ADN nucléaire. Envoie-moi ça au plus vite, on verra bien.

— Dans combien de temps tu auras les résultats ?

— Tu sais comme moi qu'on manque de moyens à la PS et surtout d'effectif. Logiquement, je devrais t'annoncer un délai minimum d'une semaine. Et encore. Mais bon, je vais m'y mettre en priorité. Parce que c'est toi ! Quarante-huit heures. Peut-être moins. Ça t'ira j'espère ?

— Si tu peux pas faire mieux...

— T'as du toupet dis donc !

— As-tu pu établir la cause de sa mort, alors ?

— Un violent coup derrière la tête.

— Elle a été frappée ?

— Non. L'examen de la plaie et l'angle d'attaque nous démontrent que le coup a été porté du bas vers le haut. Je pense tout simplement qu'elle est partie en arrière. Elle a glissé ou a été poussée. Sa tête a heurté l'arête d'une table ou d'une commode. Quelque chose de suffisamment saillant et dur en tout cas, pour provoquer la fracture du rachis cervical et la mort quasi instantanée par lésion du bulbe.

— Elle n'a donc pas été tuée dans cette forêt.

— Non, ça, j'en étais convaincu dès les premières constatations. Et je peux même t'informer que plusieurs heures se sont écoulées entre la mort et l'ensevelissement.

— Qu'est-ce qui te fait dire ça ?

— Je vais pas te faire un cours d'entomologie mais tu sais que les insectes pondeurs diffèrent selon le milieu et l'heure. Chaque mouche a un cycle de développement qui lui est spécifique, mais ce n'est pas tout. Certaines mouches ne pondent qu'à l'air libre, d'autres rampent sous terre. Dans le cas de notre victime, on a des larves de diptères typiques du jour, et d'autres typiques de la nuit. On a bien sûr des larves de mouches rampantes.

— Elle a donc été tuée dans la nuit et enterrée le lendemain.

— Ou vice-versa, mais je penche aussi comme toi. Surtout que le chemin qui mène à l'endroit isolé où le corps a été enseveli n'est pas facile d'accès. L'emprunter au milieu de la nuit était plutôt risqué. Le conducteur se serait à coup sûr planté dans un trou.

— Le capitaine Bally m'a dit la même chose tout à l'heure. Accident ou homicide ?

— Pas la moindre idée. De toute façon, même s'il s'agit d'une mort accidentelle, quelqu'un a voulu faire disparaître le corps pour ne pas attirer l'attention sur lui.

— Qui l'a retrouvée au milieu de la forêt ?

— Un vieil homme et son chien au nez délicat. On a eu de la chance. »

Sanlucar réfléchit un instant avant de demander prudemment :

« A-t-elle subi d'autres violences ?

— Tu veux parler de violences sexuelles j'imagine ? Ce que je peux te dire c'est qu'elle a effectivement eu un rapport sexuel, mais qu'il s'agissait d'un acte consenti. Et puis, le plus important, c'est qu'il a eu lieu la veille, voire deux jours avant sa mort.

— Tu es catégorique là dessus ?

— *Si señor* ! Les prélèvements effectués le démontrent. »

Sanlucar ressentit un soulagement au plus profond de lui. Ce qu'il venait d'apprendre était déjà suffisamment nauséabond. Annoncer à Gisèle Lanton la mort de sa fille serait déjà assez difficile, il n'aurait pas à rajouter que la jeune femme avait été abusée sexuellement avant de mourir.

« D'autres traces de violence physiques ? demanda-t-il.

— Non. Rien de significatif. Rien non plus sous les ongles qui permette d'imaginer qu'elle se soit défendue contre son agresseur. Juste un petit hématome à la cuisse. Le genre de bleu que l'on se fait lorsqu'on se cogne à un coin de table, tu vois ? Je pense même qu'elle s'est fait ça un ou deux jours avant de mourir. Pas de cicatrice ni de tatouage.

— Tu m'as bien dit que le corps avait été enveloppé dans des draps.

— Oui, c'est ce que j'ai dit.

— As-tu remarqué une inscription, un logo sur ces draps, qui permette d'en faciliter la provenance ?

— Il n'y a rien. Des draps blancs. Classiques. À quoi penses-tu ?

— Il y a eu deux disparitions cette nuit-là. Celle de Suzanne Lanton, mais également celle de Jérôme Hargous, veilleur de nuit de l'hôtel *Grand Adour*, ici à Bayonne. La victime enroulée dans des draps. La disparition du veilleur de nuit d'un hôtel. Tout cela me paraît bien louche. As-tu la possibilité de déterminer si ce linge provient de l'hôtel ?

— Bien sûr. Procure-t'en une paire et envoie-la moi en urgence avec la brosse à cheveux. Je ferai une analyse comparative des fibres.

— Le tueur a laissé des empreintes ? Des traces d'ADN ?

— On n'a rien trouvé. Tu sais que c'est compliqué de détecter des traces papillaires sur le textile. Il existe une technique appelée métallisation sous vide, mais on n'est pas équipé ici. C'est assez expérimental en fait.

— Bon, je t'envoie les scellés immédiatement. En attendant la confirmation, pas un mot à la presse. On est d'accord ?

— T'inquiète pas. Tu seras le premier informé.

— Merci Ivan. Je ne tiens pas à ce que sa pauvre mère apprenne tout ça par voie de presse.

— Je comprends. Te fais pas de souci. Je t'envoie le rapport d'autopsie dès qu'on en a terminé. Mais, sauf miracle, ne t'attends pas à y découvrir la signature de son assassin.

— OK. Je vais…

— Attends, interrompit Sergievsky. J'ai un autre truc à te dire.

— Tu as découvert autre chose ? demanda Sanlucar, intrigué.

— Ça n'a rien à voir avec ton enquête. Je me suis acheté un bateau. Ça faisait des années que j'en avais envie. Un bon petit voilier. Il est sur le bassin, à Arès. Et si ça te dit, il y a encore quelques travaux à faire et un peu de main-d'œuvre me serait bien utile. Si tu veux faire le tour de l'île aux oiseaux…

— Ça serait super.

— Et il est taillé pour affronter l'Atlantique !

— Alors là, tu m'intéresses. J'ai toujours eu envie de jouer les navigateurs.

— J'y vais tous les dimanches. Tu es le bienvenu.

— C'est promis. On t'envoie les pièces que tu m'as demandées dans la journée. Tu m'appelles dès que t'as les résultats.

— Nickel. Salut l'Ibère !

— *Hasta luego.* »

Sanlucar raccrocha.

« Alors ? demanda Marie Legalet qui n'avait pas pu suivre toute la communication.

— D'après Sergievsky, il y a de grandes chances qu'il s'agisse de Suzanne Lanton. Tu t'en doutais probablement non ?

— C'est ce que je craignais, en effet, admit la jeune policière. On prévient sa mère ?

— Pas dans l'immédiat. Même s'il est sûr de lui, Sergievsky doit faire une comparaison d'ADN. Tu vas lui envoyer en urgence la brosse à cheveux qu'on a aux scellés. Mais avant, tu vas passer à l'hôtel récupérer une paire de draps que tu enregistreras et lui enverras aussi.

— Tu restes convaincu que Jérôme Hargous est mêlé à la disparition de Suzy ? »

Sanlucar s'enfonça dans son fauteuil, les mains derrière la nuque.

« Je ne suis sûr de rien, Marie. Mais on se doit de tout vérifier. »

Francis Sanlucar occupa le reste de la matinée à relire les différents procès-verbaux et documents recueillis au sujet de l'enquête, s'efforçant de se concentrer sur les faits établis. Peu avant midi, il alla trouver Malard dans son bureau. Le divisionnaire, mis au courant des derniers rebondissements, s'engagea à contacter le procureur dès que le rapport d'autopsie tomberait et que l'identité de Suzanne Lanton serait confirmée. La gendarmerie était sur le coup depuis la découverte du cadavre enterré, mais la police de Bayonne devait conserver la responsabilité de l'enquête. Bien que la dualité entre police et gendarmerie s'était atténuée au fil des ans, elle était encore bien réelle. Un juge d'instruction serait saisi par le procureur. Ce serait à lui de coordonner les deux services d'investigation. Si les draps dans lesquels le corps était enroulé provenaient bien de l'hôtel *Grand Adour*, Jérôme Hargous deviendrait le suspect numéro un. Un avis de recherche national serait lancé contre le veilleur de nuit afin de procéder à sa capture. À l'issue de leur entretien, le commissaire conseilla à son chef de brigade de rentrer chez lui jusqu'au lendemain. Il avait travaillé pratiquement non-stop sur cette affaire depuis le début du mois et méritait bien un peu de repos.

18

Les quelques nuages qui s'étaient massés le long de la côte en début de matinée s'étaient totalement dissipés et avaient cédé la place à un ciel limpide. Il faisait chaud. Après avoir englouti un frugal déjeuner, Sanlucar décida de se rendre au bord de la mer. Avec Rubio, il était obligé de s'écarter des plages surveillées, ce qui ne le dérangeait pas. Au contraire, il préférait la tranquillité des plages sauvages, même si elles n'étaient pas toujours très propres et que la baignade y était dangereuse. Il gara sa voiture le long de l'avenue de l'océan à Ondres. Après s'être équipé d'un sac à dos et d'une housse de toile contenant deux parasols, il s'enfonça dans le massif forestier par un chemin qui le conduisit jusqu'à la dune. Rubio haletait bruyamment sur ses talons. Sanlucar s'efforça de ne penser à rien, de se laisser happer par la sérénité des lieux, par le vent léger qui animait doucement une végétation composée de pins de tous âges, de chênes-lièges aux troncs tortueux, de fragons petits houx garnis de grappes de boules rouges, de cistes roses ou blanches, de bouquets de genêts et de belles fougères aigles. Il régnait dans le sous-bois une douce quiétude à peine perturbée par le chant obstiné des invisibles cigales. Plus il avançait, plus le grondement de la mer se précisait. Au sommet de la dune, le sable était brûlant. Il s'arrêta pour contempler, du sud au nord, l'interminable ruban de sable doré qui interdisait aux incessants rouleaux de l'océan Atlantique d'atteindre de leur dentelle d'écume un autre océan de verdure, fait de pins maritimes dressés au garde à vous. Il planta les deux parasols côte à côte à cent mètres de l'eau. Sous le sien, Rubio déblaya le sable cuisant pour se constituer une couche supportable. Son maître vida le contenu d'une bouteille d'eau dans une gamelle en plastique.

« Désolé, cher monsieur, je n'ai pas apporté les glaçons. »

Rubio ne manifesta aucun reproche à l'égard de Sanlucar. On aurait dit qu'il souriait. Tout allait bien pour lui.

Éparpillés ça et là, des hommes et des femmes brunissaient sous le soleil mordant. La majorité était nue. Un an plus tôt, Lise avait initié Francis au naturisme, mais là, seul, il ne se résolvait pas à enlever son short de bain. Il n'aurait su dire pourquoi. Il s'étendit sur une serviette à l'ombre du second parasol. Les yeux clos, il repensa à la journée de dimanche. Lise était venue déjeuner chez lui. Il avait préparé un repas original. Il voulait la surprendre mais elle avait à peine touché à son assiette de poisson cru mariné dans un jus de citron vert et parfumé à la vanille. Une recette d'origine tahitienne récupérée dans un magazine. Le plat était accompagné de riz cuit dans du lait de coco et arrosé d'un Sancerre bien frais. Ils avaient parlé de tout et de rien. Elle de son travail à l'hôpital, lui de son enquête en cours. Ils avaient ri. Après manger, ils avaient fait une longue promenade au bord de la plage. Le ciel avait pris une teinte grisâtre. La température était agréable. Rubio gambadait joyeusement, se roulait dans le sable, jouait avec les rouleaux océaniques. Sanlucar avait posé sa main autour de la taille de Lise et puis il s'était lancé.

« Crois-tu que toi et moi on ait encore une chance ?

— Toi et moi ? avait-elle demandé, amusée. »

Dès cet instant, il avait compris. Il s'était trompé. Il avait encore mal interprété le regard et les sourires de Lise. Elle lui expliqua qu'elle ne revenait jamais en arrière. C'était une question de principe. Leur relation avait été très sympa, mais ne pouvait pas recommencer. Si ça n'avait pas marché avant, il n'y avait aucune raison pour que cela fonctionne à présent. Elle l'appréciait beaucoup, il avait du charme et tout un tas de qualités. Elle souhaitait construire avec lui une relation durable. Mais uniquement fondée sur l'amitié. Il devait le comprendre et s'y résoudre. Elle serait sincèrement déçue s'il n'y parvenait pas. Au bout d'un moment, il se rendit compte qu'il ne l'écoutait plus. Elle continuait à expliquer et à justifier poliment qu'elle n'était plus amoureuse de lui et qu'elle ne le désirait plus. Il chercha lui aussi à analyser ce qu'il ressentait. Rien n'était clair dans sa tête. Il était vexé, bien sûr, se sentait un peu ridicule, mais il n'éprouvait pas de peine majeure. Comment aurait-il réagi si elle avait répondu favorablement ? Il n'y avait même pas pensé. Il la regardait, détaillait sa silhouette. Il la désirait, lui. Il avait faim de sa peau, de son corps. Il avait envie d'y goûter à nouveau, de la prendre là, sur le sable. Il avait envie qu'elle pose ses mains et sa bouche sur sa peau, qu'elle enfonce ses ongles dans son dos à l'instant où le plaisir l'emporterait. Cela faisait des mois qu'il n'avait plus fait l'amour. Lise lui plaisait. Ne confondait-il pas le désir et les sentiments ? N'avait-il pas finalement pris le risque de la faire souffrir une nouvelle fois ? Il n'était pas certain du tout d'avoir envie de construire une relation durable avec elle. Lise l'avait repoussé. Finalement, c'était peut-être mieux comme ça.

Pour chasser le souvenir de ce dimanche raté, il décida d'aller piquer une tête dans les vagues. Rubio bondit derrière lui puis partit gambader en avant. L'homme et son chien jouèrent un long moment ensemble. Rubio ramena un bout de bois flotté à son maître puis aboya brièvement, semblant dire :

« Allez, lance-le moi ! »

Vingt fois, cinquante fois, Sanlucar envoya la petite branche morte dans les vagues. À chaque reprise, faisant honneur à ses caractéristiques de chien de rapport et d'eau, le labrador plongeait dans l'écume des vagues, nageait puissamment grâce à ses pattes palmées, se saisissait de son jouet qu'il ramenait sur le sable. Sanlucar faisait parfois mine d'ignorer son chien et partait nager dans la direction opposée. Rubio se lançait alors à sa poursuite, le rattrapait sans peine et le bousculait de sa grosse truffe pour exiger qu'il revienne au bord jouer encore. Au bout d'une vingtaine de minutes, exténué, Rubio sortit de l'eau, se roula dans le sable humide puis s'allongea la langue pendante pour attendre son maître, son bâton entre les pattes. Sanlucar s'accroupit devant le chien et caressa son crâne rond.

« T'as vraiment le chic pour me faire oublier mes soucis, toi. »

Il repensa alors au jour où il s'était rendu chez cet éleveur gersois. Il espérait justement que la présence chaleureuse du labrador permettrait à celle qu'il aimait d'oublier ses tourments, de se défaire de sa dépendance. Il était convaincu que Rubio serait son meilleur assistant pour la soustraire des ténèbres dans lesquelles elle s'enfonçait jour après jour. Mais ni lui, ni le chien n'avait pu éviter l'issue fatale.

Dans la soirée, le vent s'était levé. Francis Sanlucar fut tenté d'appeler Lise. Mais il se ravisa.

Après dîner, il s'assit un moment au coin de sa terrasse, laissant Rubio se promener librement hors du jardin. La maison était située au fond d'une impasse. Aucun danger pour le labrador. En face, il y avait un terrain pentu, inconstructible, tapissé d'une herbe grasse et planté de quelques pommiers. Il suffisait à Rubio de sauter l'étroite clôture pour y retrouver l'un de ses terrains de jeu préférés. Le ciel s'était chargé de lourds nuages venus du large. L'orage était imminent. Sanlucar profita de ce moment de calme pour se repasser le film de son enquête et essayer de reconstituer le puzzle de cette tragique nuit de fête. Il était de plus en plus persuadé que le destin de Jérôme Hargous et celui de Suzanne Lanton s'étaient rejoints cette nuit-là. Même si le Ruskov ne l'avait pas formellement identifié, il était convaincu que c'était bien le corps de Suzy qui avait été fortuitement découvert par un chasseur et son chien au milieu de la forêt landaise. Il se remémora les circonstances de la disparition du cadavre, évoquées par Sergievsky. Il fallait être doté d'un sacré sang froid pour déshabiller un cadavre, le transporter dans sa voiture, chercher un lieu suffisamment isolé pour l'y ensevelir et surtout frapper à plusieurs reprises sur son visage. Ivan Sergievsky estimait que l'auteur des faits était un homme. Une femme n'aurait pas eu la force physique nécessaire pour accomplir cette sinistre besogne. Le technicien supposait que l'homme avait été motivé par la volonté de brouiller les pistes. Mais cet acte odieux pouvait-il être guidé par des émotions plus psychiques ? Cet homme avait-il estimé qu'il était inconcevable d'endosser la responsabilité de son acte, d'en accepter les conséquences pour lui-même et pour son entourage ? Et dans cette forêt, avait-il été animé par la colère, le besoin de punir et de détruire l'image de celle qu'il jugeait responsable de la situation ? Les psychiatres essaieraient de répondre à cette question. Encore fallait-il mettre la main sur ce mystérieux individu.

Il était tard. L'heure d'essayer de dormir. Sanlucar siffla Rubio qui fit la sourde oreille quelques minutes. Et lorsqu'il daigna rentrer, ce fut pour se faufiler par la porte entrouverte de la cuisine et simuler une énorme fatigue, affalé sur le canapé du salon. Sanlucar se laissa attendrir par le regard de son chien.

« Tu vas être bien, là ? T'es sûr ? »

Rubio répondit en relevant une oreille, tandis que son fouet battait en rythme l'accoudoir du canapé.

« Tu veux que j'appelle la SPA peut-être, le service des chiens martyrisés ? »

Le labrador leva la tête et bailla à s'en décrocher la mâchoire.

« Monsieur préfère l'obscurité pour dormir je suppose ? »

Sanlucar appuya sur l'interrupteur du salon et partit se coucher. Il se déshabilla, s'allongea et ramassa aux pieds de son lit le roman de Joseph Conrad commencé la veille, mais ne parvint pas à se concentrer sur sa lecture. Il éteignit sa lampe de chevet et s'enfonça sous son drap. Le tonnerre se rapprochait. De longs éclairs illuminaient régulièrement la chambre. La pluie se mit à tomber, doucement au début, puis de plus en plus fort jusqu'au déluge de grêle. La ville fut, une heure durant, la cible d'un orage dantesque. Et puis tout redevint calme. La tourmente s'en alla aussi vite qu'elle était venue. Sanlucar ferma les yeux, mais le sommeil ne vint pas. Il pensa de nouveau à Jérôme Hargous et à Suzy Lanton. Il les imaginait tour à tour, la jeune femme, débordante de vie, un brin exaltée, extravertie et indépendante ; le veilleur de nuit, calme, scrupuleux, attentif et prévenant. Que s'était-il passé ? Pourquoi la vie, somme toute banale et sans histoire, de ces deux êtres, avait-elle brutalement basculé cette nuit-là ? Sanlucar s'efforça de visualiser les heures précédant le drame. Il vit Suzy danser sur la scène du groupe *Los Pimientos*, elle virevoltait, embrasant les hommes autour d'elle. Elle s'amusait, elle riait. Dans le même temps, à l'hôtel, Jérôme Hargous était assis derrière le comptoir de la réception. Il lisait calmement son journal, un roman policier peut-être. Il saluait les clients qui rentraient au compte-gouttes, se levait pour ouvrir à ceux qui avaient perdu leur badge au milieu de la fête. Pour lui, c'était une nuit comme une autre. Il y avait juste un peu plus de travail, un peu plus de bruit dans la rue. Sanlucar gambergeait. Quelque chose le taraudait mais il ne parvenait pas à saisir ce dont il s'agissait. Suzy et Jérôme se connaissaient-ils avant cette nuit tragique ? Après tout, elle passait chaque soir devant l'hôtel. Peut-être s'étaient-ils déjà parlés, peut-être avaient-ils même sympathisé. Jérôme s'était-il laissé séduire par la jeune femme ? Un an plus tôt, il avait eu une courte liaison avec une touriste de La Rochelle. D'après son ami Jean-Christophe Etcheverry, il culpabilisait encore. Une nouvelle aventure ? Sanlucar imagina Suzy rentrant seule et faisant halte à l'hôtel pour retrouver le concierge. Les choses avaient-elles alors mal tourné ? Le veilleur de nuit n'avait pas le passé d'un homme violent. Pouvait-il être capable de se transformer en un être calculateur et déterminé au point de mettre en œuvre un scénario aussi abject que celui que Sergievsky avait décrit ? Plus Sanlucar y songeait, moins il trouvait cette hypothèse concevable. Mais si le concierge de l'hôtel était innocent, pourquoi avait-il fui ? Pouvait-on imaginer une autre solution ? Pouvait-il s'agir d'un client de l'hôtel ? Les premiers témoignages recueillis n'avaient pas donné de crédit à cette solution. Lapègue et Marie Legalet continuaient d'examiner et de vérifier l'alibi de chacun, croisaient les dépositions. Tant que Jérôme Hargous ne serait pas retrouvé, il leur faudrait poursuivre leurs investigations. Les idées se bousculaient dans l'esprit de Sanlucar. L'une d'elles se détachait parfois, commençait à prendre forme, puis elle s'évanouissait faute de consistance, laissant place à une nouvelle tout aussi précaire.

La nuit avançait. Il avait chaud. Il repoussa son drap et essaya d'oublier l'enquête. Il devait dormir un peu.

Il se perdit dans les souvenirs de l'été passé. Lise était près de lui, sur la même plage que celle où il s'était rendu avec Rubio en début d'après-midi. Son corps nu sentait le monoï. Ses longs cheveux noirs balayaient son visage au gré du vent. De fines gouttes de sueur perlaient sur sa peau dorée. De temps en temps, elle ouvrait ses grands yeux et lui souriait.

Elle ne disait rien. Pourquoi n'avait-il pas été capable de se laisser absorber par le bonheur simple et paisible que cette femme lui proposait ? Pourquoi s'était-il lassé ? Avec Lise, tout était tellement différent de ce qu'il avait connu avant. Jamais un mot plus haut que l'autre. De longs silences qui n'avaient rien à voir avec l'ennui. Tout était simple, doux, langoureux, facile. Trop simple. Trop facile. Il s'était trompé. Il n'avait pas compris. Il avait cru que Lise s'ennuyait avec lui. Il avait pensé que leur relation ne pourrait pas durer parce qu'elle manquait de piquant, de désordre et de turbulence. Sa vie d'avant n'était que stress, pulsions, bouillonnement, excès, frénésie, colère, lutte, révolte, violence, douleur. Non, il n'avait pas compris que Lise avait été sa chance. Elle lui avait offert la possibilité de voir la vie autrement. Elle avait la clé pour l'aider à remonter à la surface et lui faire voir la lumière. Il lui suffisait de laisser faire le temps, calmement, et de se régénérer dans son regard et son sourire. Il n'avait rien compris. Ou alors il n'était pas prêt. Et maintenant, c'était trop tard.

Recentrant son esprit sur son enquête, il se demanda si Jérôme Hargous n'avait pas eu, comme lui deux jours plus tôt sur la plage, une pulsion soudaine. Une envie irrépressible de posséder Suzanne Lanton. Peut-être le veilleur de nuit n'avait-il pas pu contrôler son désir, lui. La jeune femme s'était peut-être débattue et était partie à la renverse. Sanlucar sentait la solution à portée de main, mais chaque fois qu'il croyait l'avoir saisie, elle lui échappait. Aucune hypothèse ne parvenait à le convaincre tout à fait.

Il ne dormait toujours pas, il alluma sa lampe de chevet et regarda son réveil. Deux heures cinquante. Il se leva pour boire de l'eau fraîche. Il s'en passa aussi sur la nuque. La chaleur était étouffante. Dans le salon, Rubio ronflait.

« Sacré veinard », soupira Sanlucar.

Il se coucha de nouveau, repoussa sa couette au pied du lit mais n'éteignit pas. Les yeux grands ouverts, il pensa un instant à Gisèle Lanton, la mère de Suzy, seule et inconsolable dans sa petite maison au cœur du village de Saint-André-de-Seignanx, à deux pas de l'église et du fronton. Son père aussi vivait seul dans une autre petite maison de village, à Gruissan. Comment le vieil homme appréhendait-il sa fin de vie, de plus en plus proche ? Il était encore en bonne santé. Sa vie était réglée comme du papier à musique. Ses amis, la pêche, le sport à la télé. Souffrait-il de sa solitude ? Apparemment pas. Sanlucar ne savait pas vraiment. Il ne lui avait jamais demandé d'ailleurs. Depuis combien de temps n'avait-il pas parlé avec son père ? Il ne téléphonait jamais à personne de toute manière. Son travail l'étouffait, ne lui laissait aucun répit. Lorsqu'il rentrait chez lui, il aspirait uniquement au calme. Son chien, des balades vers l'embouchure du fleuve, au bord de l'océan, dans la forêt. La solitude. Il négligeait délibérément ses amis, sa famille. Sa sœur lui téléphonait régulièrement, lui laissait des messages sur son répondeur. Elle avait souvent besoin de lui parler, de se confier à lui, de lui raconter ses soucis. Il l'écoutait, mais se rendait compte qu'il ne cherchait pas vraiment à l'aider ou lui prodiguer les conseils qu'elle attendait de sa part. Quelque chose s'était brisé en lui vingt-deux mois plus tôt, un soir d'hiver, sur une route de campagne. Ça l'étouffait, ça l'empêchait de penser à lui ou à ses proches.

Sanlucar éteignit. Le réveil indiquait trois heures trente-six.

Il se réveilla au milieu d'un cauchemar érotique mélangeant son rendez-vous raté avec Lise et le destin funeste de Suzy Lanton. Au début de son rêve, il marchait sur la plage avec Lise. Rapidement, le sable avait fait place à la forêt. Lise riait, jouait avec ses longs cheveux sombres. Le plus étrange, c'était que Sanlucar avait pleinement conscience de son rêve. Alors, puisque ce n'était qu'un rêve, tout lui était permis. Rien ne pouvait l'empêcher de laisser libre court à ses fantasmes et ses désirs. Il avait bondi sur Lise, lui avait arraché sa robe et l'avait fait tomber dans la terre sableuse et chaude. Il avait plongé sa bouche et sa langue entre ses cuisses avant de la pénétrer sans ménagement. L'instant d'après, la scène n'était plus la même. Il faisait nuit. La forêt était éclairée par un puissant projecteur. Il était penché sur une tombe creusée dans le sol. Une femme nue à la peau grise était couchée dans le trou. Sa figure était recouverte de terre. Il la balaya de sa main et reconnut le visage. C'était Lise.

Lorsqu'il ouvrit brusquement les yeux, Il prit conscience de son érection. Encore abruti par son rêve, il porta la main à son sexe. Il haletait, sa bouche était sèche. Il se détestait de faire ça, mais il en éprouvait un besoin irrépressible.

Sanlucar éteignit. Le réveil indiquait cinq heures dix. La nuit était foutue. Il le savait et ça le mettait en rage.

19

Francis Sanlucar et Marie Legalet roulaient en direction du quartier Saint-Esprit au volant d'une voiture de service banalisée. Le ciel avait pris une teinte gris clair. Même si la température avait baissé de quelques degrés par rapport à la veille, l'atmosphère demeurait toujours aussi irrespirable. Dans la matinée, Sanlucar avait reçu un appel de Lise. Les premières secondes, il avait pensé qu'elle revenait sur sa décision et qu'elle l'appelait pour lui proposer une invitation quelconque. Mais le ton austère de l'infirmière lui fit rapidement comprendre qu'il s'illusionnait et que l'objet de son appel était tout ce qu'il y avait de plus grave. Elle se trouvait à l'hôpital et souhaitait lui parler d'une patiente qui s'était présentée aux urgences la veille, en début de soirée. Lise s'était rendue aux services des admissions pour y consulter un dossier et était tombée sur une fiche dont le nom ne lui était pas inconnu.

Les Hargous habitaient un immeuble de cinq étages sans ascenseur, construit au milieu des années soixante. La porte d'entrée n'était pas dotée d'interphone. Les policiers grimpèrent jusqu'au troisième. Il y avait deux appartements par étage et ils sonnèrent au numéro 31. La porte s'entrouvrit sur la sœur de Laura Hargous, une femme d'une belle quarantaine de printemps, le teint halé, les cheveux auburn coupés courts et le regard vert olive. De prime abord, physiquement en tout cas, elle n'avait rien en commun avec sa jeune sœur. Lorsqu'elle reconnut Marie Legalet, son visage se ferma. De toute évidence, les policiers n'étaient pas les bienvenus.

« Laura est là ? demanda Marie. Nous souhaitons nous entretenir avec elle. »

Comme à contrecœur, la porte s'ouvrit en grand sur une petite entrée donnant sur un salon séjour bien éclairé, meublé et décoré simplement, mais avec goût. Sanlucar y reconnut les masques de cérémonie africains dont Marie lui avait parlé. Son regard fut attiré par la reproduction d'un tableau aux tonalités chaudes, représentant deux femmes noires, minces et de haute stature. La première portait une tunique verte et deux paniers de provisions, la seconde, qui tenait un enfant par la main, n'était vêtue que d'un simple paréo bleu tenu par une large ceinture rouge. Les deux femmes, dont on ne distinguait pas les traits, étaient coiffées d'un même turban safran.

« Dans la cuisine, à gauche », indiqua la femme, d'un ton affecté.

Laura était assise à une petite table en formica blanc. Les épaules affaissées, elle tournait le dos à la fenêtre et serrait dans ses mains un mug fumant, décoré d'une croix basque rouge. Marie Legalet et Francis Sanlucar faillirent ne pas reconnaître la jeune femme. Elle avait le visage tuméfié. La lèvre supérieure était coupée. Une croûte s'était formée à la base de son nez. Un pansement avait été posé au-dessus de son œil gauche boursouflé, qu'elle ne pouvait plus ouvrir complètement et dont l'orbite avait pris une vilaine couleur violacée. Plusieurs vaisseaux sanguins avaient éclaté. On aurait dit qu'elle avait été bombardée de coups de poings multiples, assénés par un boxeur dément. Les deux policiers échangèrent un regard consterné. Sanlucar laissa Marie Legalet entamer la conversation.

« Que vous est-il arrivé Laura ? » fit-elle en s'accroupissant et en posant doucement sa main sur l'épaule de la jeune femme.

Laura se mit immédiatement à sangloter.

« Je, je suis tombée dans l'escalier hier soir, bégaya-t-elle d'une voix qui manquait totalement de conviction.

— Laura, nous avons eu le service des urgences de l'hôpital, où vous vous êtes rendue avec votre sœur Émilie en début de soirée. Il ne peut s'agir d'une simple chute, objecta Marie Legalet. Les médecins et les infirmières savent très bien reconnaître les stigmates caractéristiques de la violence physique », poursuivit la policière.

Laura Hargous se leva brusquement, quitta la pièce d'un pas nerveux. Marie voulut la retenir mais Émilie s'interposa :

« Vous feriez mieux de la laisser tranquille, lança-t-elle, hostile.

— Nous ne sommes pas venus pour la laisser tranquille, intervint Sanlucar péremptoire, mais pour lui venir en aide. Alors, laissez-nous faire notre travail. C'est bien compris ? »

Après lui avoir laissé quelques secondes pour bien assimiler son injonction, Sanlucar demanda sur un ton plus mesuré.

« Quel est votre nom. Madame ?

— Iribarne. Émilie Iribarne. Je suis la sœur de Laura.

— D'accord. Pouvez-vous nous dire ce qui s'est passé hier en fin d'après-midi ? »

Émilie ne répondit pas. Elle se contenta de baisser les yeux.

« Ces blessures sont celles d'une femme battue, insista Marie Legalet. Qui a frappé Laura de la sorte ?

— Jérôme est-il rentré ? proposa Sanlucar.

— Il ne s'agit pas de Jérôme ! » annonça Laura Hargous.

La jeune femme était revenue et se tenait dans l'encadrement de la porte de la cuisine. Elle ne pleurait plus et serrait son petit garçon contre sa poitrine.

« Alors, de qui s'agit-il ? demanda doucement Marie.

— C'était des jeunes de la ZUP. Ils voulaient me voler mon sac », répondit fébrilement Laura en tournant les talons pour gagner le salon.

Les deux policiers la retrouvèrent assise au milieu du canapé, berçant Jérémie qui suçait son pouce gloutonnement, les yeux clos. Émilie vint s'asseoir à droite de sa jeune sœur. Sanlucar attendit un instant puis s'accroupit face à Laura.

« Écoutez-moi, fit-il en s'efforçant de composer entre fermeté et douceur. Vous avez été battue. Longuement. On vous a frappée à plusieurs reprises. C'était des individus qui voulaient vous faire du mal. Les voyous des quartiers, aussi violents soient-ils, ne procèdent pas comme ça. Ils vous auraient peut-être bousculée. Ils vous auraient sans doute frappée une fois, pour vous faire lâcher prise. Ils vous auraient arraché votre sac et seraient partis le plus vite possible. Ne nous racontez pas de bêtises Laura s'il vous plaît. »

La jeune femme s'était remise à pleurer.

« Ils m'ont dit qu'il fallait rien dire à la police, hoqueta-t-elle.

— Qui ça, ils ? demanda Marie Legalet qui s'était assise à gauche de Laura.

— Je sais pas qui c'est. Ils étaient trois. Mais ils m'ont dit que si je parlais, ils reviendraient. »

De grosses larmes perlaient sur son visage meurtri.

« Et ils m'ont dit aussi qu'ils allaient tuer Jérôme, rajouta-t-elle dans un long sanglot.

— Qu'est-ce que Jérôme vient faire dans cette histoire ? interrogea Sanlucar. Vous a-t-il contacté ? Est-il revenu ?

— Non, je sais pas où il est. Je ne sais pas pourquoi il a disparu. Arrêtez de m'embêter avec ça ! »

La jeune femme hurlait à présent et Jérémie, brusquement tiré de son demi-sommeil, se mit à pleurer à son tour. Émilie se leva, prit le petit garçon des bras de sa sœur et s'éloigna pour essayer de le calmer. Marie Legalet et Francis Sanlucar échangèrent un regard entendu. Que fallait-il faire ? Lorsque Sergievsky rendrait son verdict, la presse serait vite informée et ferait immédiatement le lien entre la disparition de Jérôme Hargous et l'homicide de Suzanne Lanton. Tous les journaux allaient publier la photo de son mari. Mieux valait anticiper et lui en parler, en utilisant, autant que possible, des mots choisis.

Une demi-heure plus tard, les deux policiers quittaient l'immeuble où logeaient les Hargous. Ils avaient laissé Laura anéantie. Trois inconnus s'étaient introduits chez elle, s'en étaient pris à elle. Il y en avait un très grand. Probablement le chef. Il avait les cheveux épais, taillés en brosse, les yeux bleus. Les deux autres étaient plus petits. Le premier était chauve. Il mastiquait toujours un chewing-gum à la fraise. Le dernier avait une vraie face de brute, de petits yeux inexpressifs et des épaules de bûcheron. Son haleine empestait la mauvaise bière. Elle s'en souvenait parce qu'ils avaient collé leur front contre le sien, à plusieurs reprises. Ils l'avaient d'abord menacée, puis bousculée, frappée, avec une violence inouïe. L'autre, le grand, il ne bronchait pas. Il posait juste les questions. Il voulait savoir où se planquait Jérôme, son mari. Il n'avait pas dit pourquoi ils le cherchaient. Elle leur avait répété qu'elle n'en savait rien. Et c'était vrai. Elle ignorait où son mari était parti et pour quelle raison il avait disparu. Les coups pleuvaient sur elle. Elle avait peur qu'ils abusent d'elle. Elle était persuadée qu'elle allait mourir, avec son fils qui criait dans la pièce à côté. Grâce à Dieu, ils ne s'en étaient pas pris à Jérémie. Et puis le grand avait dit : « Ça suffit. » Il la croyait. Quelques minutes plus tard, ils étaient repartis, non sans l'avoir menacée de revenir lui faire sa fête si elle s'amusait à raconter à la police ce qui s'était passé.

Et voilà maintenant que la police justement, prétendait que Jérôme était un meurtrier, qu'il avait tué une fille venue à Bayonne faire les fêtes. C'était peut-être un accident, mais qu'est-ce que ça changeait ? Tout s'effondrait autour d'elle. Elle vivait un cauchemar éveillé. Elle ne comprenait pas. Jérôme était un gentil. Comment et pourquoi aurait-il tué cette fille ? Tout ça n'était que des accusations sans fondement. Jérôme ne l'avait jamais touchée. Il était doux, attentionné avec elle. Il était incapable de faire du mal à qui que ce soit. La police faisait erreur.

En quittant l'appartement, Sanlucar demanda à Émilie Iribarne, de rester auprès de sa sœur. De veiller sur elle. Émilie avait répondu qu'elle ferait ce qu'elle pourrait mais qu'elle avait un restaurant à faire tourner. Elle ne pourrait pas rester indéfiniment là. Elle avait proposé de conduire sa jeune sœur chez leurs parents, agriculteurs à Saint-Palais. Elle y serait plus en sécurité qu'à Bayonne, seule dans son appartement. Sanlucar estima qu'il s'agissait d'une bonne idée. Il contacta le central pour demander une surveillance étroite de l'immeuble où logeaient les Hargous. Les truands qui recherchaient son mari ne devaient pas être très loin. La patrouille serait chargée d'escorter les deux sœurs jusqu'à destination, dès qu'elles se décideraient à partir.

Lorsque Sanlucar enfonça la clé de contact de la voiture et démarra pour rentrer au commissariat, il ne remarqua pas la BMW noire, garée sur le trottoir d'en face à cent cinquante mètres de lui. À l'intérieur de la grosse berline, trois hommes. Derrière le volant, il y avait Bernard Palay, alias *Pâquerette* le meilleur ami de feu Franck Marchado. Palay et Marchado étaient originaires de Saint-Vincent-de-Tyrosse, un gros village situé dans les Landes, à une vingtaine de kilomètres de Bayonne. Ils avaient toujours traîné ensemble, dans les bons comme dans les mauvais coups. Joueurs de rugby prometteurs, surtout Bernard Palay à cause de son physique impressionnant, les deux acolytes s'étaient faits virer de leur club après le vol raté d'une Porsche 911 Carrera sur le parking du golf de Biarritz qui avait défrayé la chronique locale. L'aventure s'était terminée en cabane pour Francky et *Pâquerette*, et à l'hôpital pour deux des policiers qui avaient essayé de les interpeller. De mauvais coups en mauvais coups, de séjours en prison en séjours en prison, ils avaient atterri dans le gang de Gordy, un parrain de la drogue qui contrôlait une grande partie du trafic de cocaïne et de cannabis sur le sud du pays. *Pâquerette* avait été très affecté par la mort de son poteau Francky. Gordy lui avait passé le savon de sa vie lorsqu'il lui avait expliqué qu'il avait accepté que Franck se rende seul au rendez-vous pris avec le marin du *Nikolay Zankov*. Son boss lui avait fait comprendre que s'il ne voulait pas rejoindre son camarade six pieds sous terre avant la fin du mois d'août, il avait tout intérêt à ce que les choses rentrent prestement dans l'ordre. Alors Bernard Palay avait recruté deux lascars de la bande pour lui prêter main-forte. Assis à la place du passager, Éric Cipriani, dit *Tête d'œuf* parce qu'on ne l'avait jamais vu autrement qu'avec la boule à zéro, mâchouillait son éternel chewing-gum. Né à Bastia, il avait grandi dans les quartiers nord de Marseille où il s'était rapidement illustré dans la cambriole, le trafic d'herbe et les larcins de tout poil. Il s'était récemment installé sur la côte basque, pas simplement parce qu'il rêvait de se mettre au surf, mais surtout parce qu'il était urgent qu'il se fasse oublier du côté de la Canebière. À l'arrière, affalé sur la banquette en cuir de la BMW série 5 de Bernard Palay, il y avait Serge Marchin. Lui, on l'appelait surtout *Machin*. Et *Machin*, c'était une brute épaisse. Un bon à rien, mais surtout un prêt à tout. Surtout à casser la figure de qui le regarderait avec un peu trop d'insistance.

Peu avant onze heures, Sergievsky appela enfin. Le Ruskov avait travaillé comme un forcené et l'ADN avait parlé. Le technicien s'était en priorité attaqué à l'identification du corps de la jeune femme qui ne laissait désormais aucun doute. Il allait maintenant passer à l'analyse des draps et téléphonerait dès qu'il aurait les résultats. Ce serait rapide. Une fois qu'il eût raccroché, Sanlucar quitta promptement son bureau en enfilant sa saharienne. Il retrouva Marie Legalet dans le bureau des inspecteurs.

« Marie, viens s'il te plaît, lança-t-il. Je viens d'avoir la confirmation de Sergievsky. On va annoncer la bonne nouvelle à la mère de Suzanne Lanton.

— J'adore ces moments-là, ronchonna la policière en se levant pesamment du fauteuil de son bureau. Tu penses qu'elle est chez elle ?

— Elle n'en sort que pour faire ses courses à l'épicerie du village. »

20

Marie Legalet et Francis Sanlucar prirent la route nationale qui relie Bayonne et Toulouse. Il leur fallut près d'une demi-heure pour parcourir les seize kilomètres qui séparaient le commissariat de la petite maison de village, où vivait Gisèle Lanton, la mère de Suzy. Ce fut un moment éprouvant. Rien n'était plus pénible que d'annoncer le décès brutal d'un proche. Sanlucar détestait endosser la sinistre panoplie du messager de la tragédie. Quelle était la meilleure méthode ? Rester concis ? Un minimum d'empathie ? Ne pas rentrer dans les détails ? User de délicatesse ? Il n'y avait pas de règle. Il se demandait toujours ce qui se passait une fois qu'il était parti, lorsque la famille, la veuve ou les parents restaient seuls avec leur douleur. Comment avait-il réagi lui, lorsqu'on lui avait appris le drame qui l'empêchait encore régulièrement de dormir ? C'était comme dans un mauvais film. Il tombait des cordes, il faisait nuit. Un de ces soirs d'hiver où le froid et l'humidité vous pénètrent jusqu'aux os. Le téléphone avait sonné. Une voix monocorde dans le combiné puis le vide, l'insondable gouffre. L'incompréhension mêlée de colère. Un sentiment d'injustice extrême. Ça n'arrivait pas qu'aux autres. Saloperie de roue de l'infortune. Des morts, des suicides, des accidents, des meurtres, il y en avait chaque jour et puis un soir, la roue s'arrêtait sur votre numéro et le téléphone sonnait. Le téléphone ou bien la porte d'entrée. Le messager et sa triste besogne étaient là.

Gisèle Lanton ouvrit aux policiers le sourire aux lèvres, espérant sans doute une bonne nouvelle. Lorsque Sanlucar l'avait rencontrée, elle lui avait parlé de Suzy, petite fille espiègle mais tendre et aimante, adolescente intelligente et douée, mais rebelle et difficile. Suzy avait abandonné ses études dès l'obtention de son baccalauréat pour suivre à Paris un musicien aux cheveux longs et aux fréquentations douteuses. Pendant plusieurs années, elle avait quasiment perdu tout contact avec sa fille. Suzy n'était même pas venue pour l'enterrement de son père. Et puis un beau matin, elle était réapparue, avait posé sa petite valise au milieu de la cuisine. Elle n'avait pas tellement changé. Peut-être un peu plus maigre, mais toujours ses grands yeux noirs, son immense sourire et son air mutin. Elle avait embrassé sa mère, qui l'avait accueillie comme l'enfant prodigue. Cela n'avait pas été le cas de Benoît. Le frère aîné de Suzy vivait et travaillait à L'Isle-d'Abeau, près de Lyon. Il n'avait jamais admis la fugue de sa sœur et surtout son absence lors des obsèques de leur père. Il avait juré ne plus jamais lui adresser la parole. Il était hors de question qu'elle soit dans la maison lorsqu'il y viendrait avec sa femme et ses deux filles. Suzy n'avait pas donné beaucoup d'explications sur sa disparition et ce qu'elle avait fait durant ces trois années. Elle n'avait pas demandé pardon, mais n'avait jamais cherché d'excuses. Elle avait tiré un trait sur cette période de sa vie et n'était pas du genre à regarder derrière elle. Pour sa mère, elle était revenue et c'était ça le plus important. Elle s'était replongée dans ses livres et ses cahiers puis avait passé des concours. Elle sortait rarement. C'est à cette époque qu'elle avait fait la connaissance de Carine Costemale. Les deux jeunes femmes étaient devenues inséparables. Suzy emménageait dans l'appartement de Carine à Bayonne lorsque Benoît venait rendre visite à sa mère, deux fois par an. Des centaines de fois, Gisèle Lanton avait essayé de réconcilier le frère et la sœur. En vain. Suzy avait été reçue à un concours d'entrée à la mairie de Bordeaux. Elle vivait dans la préfecture girondine depuis trois ans.

Gisèle Lanton était une femme encore séduisante pour son âge. Elle avait les mêmes grands yeux que sa fille, la silhouette fine, mais elle marchait avec difficulté, s'appuyant sur une canne anglaise. Sanlucar ne tergiversa pas et lui annonça la découverte d'un corps formellement identifié comme étant celui de sa fille. Gisèle Lanton resta interdite un moment, inexpressive et incrédule. Puis ses yeux se remplirent de larmes. Elle chancela. Marie Legalet la soutint et la fit s'asseoir dans un fauteuil du salon. Sanlucar lui parla doucement. Il était désolé. Il avait espéré trouver une explication rationnelle et surtout naturelle à la disparition de sa fille. Elle quitta son fauteuil et s'éloigna un moment avant de revenir, le visage décomposé par une rage soudaine. En proie à une véritable crise de nerfs, elle bombarda les policiers de multiples questions. Elle voulait voir sa fille. Elle voulait l'embrasser. Elle voulait savoir comment Suzy était morte et si elle avait souffert. Elle ne comprenait pas. Qui l'avait tué? Pourquoi? Sanlucar ne répondit pas à toutes ses interrogations. L'enquête n'était pas terminée. Il promit de retrouver le coupable mais elle refusa de le croire. Comment pouvait-il y avoir un coupable, puisque Suzy n'avait pas d'ennemi, n'avait aucune raison d'être assassinée. Même Benoît, ce grand imbécile, l'aimait sans vouloir le reconnaître. Elle le savait. Une mère sait toujours ce genre de choses. Benoît n'était qu'un grand cabochard, stupide et obstiné. Lorsqu'elle lui avait appris la nouvelle disparition de sa sœur, il avait d'abord ricané, répété qu'il savait qu'elle recommencerait tôt ou tard, mais il avait ensuite régulièrement téléphoné pour avoir des nouvelles. Il était véritablement inquiet. Il serait inconsolable, ne se pardonnerait jamais d'avoir rejeté sa sœur. C'était trop tard maintenant. Il paierait cher sa stupide rancœur. Elle se remit à pleurer puis demanda à récupérer le corps et les effets de sa fille. Sanlucar lui conseilla de ne pas rester seule, puis se leva pour prendre congé. Les deux policiers quittèrent la maison.

« Je te remercie pour ton aide, maugréa Sanlucar.

— Tu te débrouilles très bien. Je n'ai pas ton expérience dans ce genre de situation.

— Dans vingt ans je détesterai toujours autant jouer ce rôle. »

Ils marchèrent un moment en silence.

« C'est dégueulasse, soupira la jeune inspectrice au bout d'une minute.

— À quoi penses-tu ?

— À ce qui est arrivé. Cette pauvre fille.

— Quelle est ton idée ?

— J'en sais rien. Elle avait même pas trente ans. C'est dégueulasse c'est tout. »

Marie Legalet était très émue. Suzanne Lanton et elle avaient le même âge ou presque. C'était une fille moderne, pleine de vie. Un peu comme elle.

« J'en ai parlé avec Beñat et tu sais ce qu'il m'a dit ? poursuivit l'inspectrice.

— Non…

— Que Suzy Lanton l'avait bien cherché ! Que quand on se met en string et les seins à l'air à trois heures du matin, il fallait pas crier au viol après.

— Tu connais Etcheto, tempéra Sanlucar. Il n'est pas très fin mais il n'est pas méchant.

— Attends Francis. Je ne suis pas d'accord. Je ne veux pas jouer les féministes mal baisées, mais ce sont des propos sexistes et incitatifs. Aux fêtes, les mecs dansent à poil sur les tables tous les soirs et ils ne se font pas violer pour autant. Tous les délires leur sont autorisés. Mais dès que les filles en font autant, dès qu'elles revendiquent le droit de partager les mêmes jeux ou dès qu'elles portent une jupe courte, on les traite de putes. Pour certains, ça justifie presque les agressions sexuelles dont elles sont victimes. Tu trouves ça normal toi ?

— Non. Tu as raison, admit Sanlucar

— Suzy Lanton était une fille de son temps. Libre et libérée. Un peu délurée peut-être, mais ça ne fait pas d'elle une femme méprisable.

— Je suis d'accord avec toi Marie. Les choses n'évoluent pas rapidement dans la mentalité des gens. Un type qui collectionne les aventures est toujours considéré comme un héros. Si une femme en fait autant, c'est une salope. Pendant les fêtes de Bayonne, pas mal d'abrutis dépassent les bornes. L'alcool n'arrange rien. Les filles boivent autant que les garçons aujourd'hui. Elles deviennent alors des proies faciles. Si tu ne veux pas te faire flasher sur l'autoroute tu ne dépasses pas la limite de vitesse autorisée, t'es d'accord ?

— Oui et alors, où veux tu en venir ? interrogea Marie, sur la défensive.

— C'est un peu la même chose, poursuivit Sanlucar, peu convaincu par ses propres arguments et se sentant attiré dans une impasse. Les filles doivent savoir à quoi elles s'exposent si elles dépassent une certaine limite. C'est regrettable, je suis d'accord, mais que pouvons-nous y faire ? Dans un rassemblement aussi important, comment veux-tu éviter les débordements ?

— Tu tiens le même discours que Beñat, l'interrompit Marie Legalet, irritée par la remarque de Sanlucar.

— Mais non, calme-toi. Je sais parfaitement faire la distinction entre les victimes et les coupables, je te rassure.

— On doit punir plus sévèrement les auteurs de viols.

— Évidemment. Mais on ne peut pas mettre un flic à chaque carrefour et dans chaque bar pendant les fêtes. Tu le sais bien. »

Marie Legalet monta dans la voiture et claqua la portière sèchement. Sanlucar ne fit aucune remarque. Il démarra et reprit la route en direction de Bayonne. Les deux policiers restèrent silencieux un bon moment. Marie Legalet avait besoin de recouvrer son calme et Sanlucar hésitait à engager la conversation, sur quelque sujet que ce soit. La sonnerie du téléphone retentit brusquement. C'était Ivan Sergievsky. La communication fut brève. Lorsqu'il eut raccroché, Sanlucar souffla longuement avant d'annoncer d'une voix presque contrainte :

« Les affaires se compliquent pour le veilleur de nuit. »

Marie Legalet ne répondit pas. Elle avait compris que le résultat de l'analyse comparative des fibres des draps allait donner un sens nauséabond à l'enquête.

21

Peu après treize heures, comme souvent, Sanlucar rentra chez lui chercher son chien, puis il se rendit à sa guinguette préférée, au pied de la longue digue qui marque l'entrée du port de Bayonne. Après avoir mangé un faux-filet, des frites maison et une salade verte, le tout arrosé d'un verre de Madiran et clôturé par un café serré, il s'octroya sa petite promenade digestive habituelle sur la digue. Il en avait besoin pour se repasser le fil des événements qui s'étaient emballés ces derniers jours. Il doutait. Une petite voix lui disait qu'il avait négligé un détail. Mais lequel ? Il avait beau reprendre un à un les éléments de l'enquête, il ne voyait pas. Il n'arrivait pas à comprendre la raison pour laquelle ces trois types, assurément des professionnels, avaient débarqué chez Laura Hargous. Dans quel sinistre pétrin Jérôme son mari, s'était-il fourré? Était-ce la raison pour laquelle il s'était enfui ? Quel était le lien qui reliait ces trois mystérieux types, Jérôme Hargous et Suzanne Lanton ? Il avait fouillé minutieusement dans la vie privée du veilleur de nuit et celle de la jeune bordelaise. Il n'y avait rien trouvé. Hormis peut-être la fugue parisienne de Suzy, quelques années plus tôt. Avait-elle alors fricoté avec la pègre locale ? Tissé des liens avec des voyous qui voulaient la venger ? Encore une nouvelle piste à laquelle il n'avait pas pensé.

Alors qu'il faisait monter Rubio dans sa voiture, quelqu'un l'appela dans son dos :

« Monsieur Sanlucar ! Comment allez-vous ? »

Georges Moutard, l'ancien pilote du port vint à sa rencontre. Les deux hommes se serrèrent la main.

« Bonjour Georges, content de vous voir. Toujours la forme de vos vingt ans !

— J'aimerais bien mon cher ami, mais hélas, à mon âge, il serait suicidaire de courir aussi vite que je le faisais lorsque j'avais vingt ans. Surtout pour attraper de jolies filles comme on en voit sur la plage l'été. Hein ? »

Le vieux marin avait donné un coup de coude complice à Sanlucar tout en partant d'un rire communicatif.

« Georges, fit Sanlucar taquin, si votre femme vous entendait.

— Ma femme ? répondit Georges Moutard, un brin nostalgique. Elle ne risque plus grand-chose aujourd'hui. Et puis, rajouta-t-il, même lorsque j'étais, disons en meilleure forme physique, elle ne risquait rien non plus. Vous savez, c'est une femme extraordinaire. Elle a toujours été pour moi la plus belle. Je n'aurais jamais pu aller avec une autre.

— Assurément, admit Sanlucar qui ne connaissait pas l'épouse de l'ancien marin.

— Et vous savez, rajouta Georges Moutard, être une femme de marin, c'est quelque chose. »

Les deux hommes gardèrent un instant le silence, observant un voilier qui peinait à remonter dans le lit de l'Adour, marée descendante.

« En fait, cher ami, reprit Georges Moutard, ce n'est pas pour vous parler de mes amours que je vous ai appelé. Vous vous souvenez de notre discussion de la dernière fois au sujet de ce marin russe trouvé mort à Montoir ? »

Une lumière s'alluma instantanément dans le cerveau du policier. Quelque chose qui lui disait que Georges Moutard allait lui donner une information capitale. Rétrospectivement, il n'aurait pas pu expliquer la sensation qu'il avait éprouvée à ce moment-là, mais la révélation que lui fit le vieux marin lui permit de s'engager sur une piste inédite, celle de la vérité.

De retour à son bureau, Sanlucar contacta la gendarmerie de Nantes. Il fut mis en relation avec le chef d'escadron Frédéric Le Gall, responsable de l'enquête sur la mort d'un marin russe, nommé Oleg Korzhev. Un homme avait été retrouvé nu dans un entrepôt du port de commerce de Montoir-de-Bretagne, pieds et poings liés, une balle 9 mm Parabellum dans la tête. Avant d'être abattu, il avait été longuement passé à tabac. Son visage et son corps étaient couverts d'ecchymoses et de plaies diverses. Certains coups, reçus au ventre, avaient causé de sérieuses lésions à ses organes internes. L'homme avait vécu l'enfer avant de mourir. Il était facile de reconnaître là les sales méthodes du grand banditisme et en particulier celles des gangs opérant dans le trafic de drogue. Quels types de renseignements avait-on voulu lui soutirer ? Le commandant Le Gall l'ignorait. S'agissait-il d'un règlement de compte ? Probablement. L'individu, inconnu des services de police, ne fut identifié qu'après que le commandant russe d'un cargo battant pavillon géorgien eût contacté les autorités de police locale. Il s'apprêtait à lever l'ancre et souhaitait recevoir des nouvelles de l'un de ses hommes d'équipage, qui avait été emmené deux jours plus tôt par des policiers afin d'être interrogé. Pourrait-il repartir avec le bateau ou resterait-il incarcéré à Nantes ? C'est à ce moment que l'enquête avait vraiment démarré. Et pour cause. Aucun marin n'avait jamais été arrêté à bord de ce cargo par les autorités françaises.

La gendarmerie ayant été saisie, les hommes de Le Gall se rendirent en priorité à bord du *Nikolay Zankov*. Le commandant du navire fut auditionné. Il raconta comment trois hommes en civil, se présentant comme des policiers, cartes professionnelles à l'appui, avaient embarqué son matelot *manu militari*. Deux d'entre eux avaient présenté une fausse commission rogatoire, grossièrement imitée. Le plus drôle dans cette sordide affaire, était le nom que ces lascars avaient inscrit sur le registre du navire lorsqu'ils étaient montés à bord. Le premier avait noté Gabin, et l'autre Delon. Sanlucar remercia le commandant Le Gall pour les informations qu'il avait eu l'amabilité de lui communiquer et lui annonça qu'il n'était pas impossible que, d'ici quelques jours, il reçoive un coup de téléphone de Bayonne, qui lui permettrait de clôturer son enquête.

Après avoir raccroché, Sanlucar sentit la colère monter en lui. Pourquoi n'avait-il pas fait plus tôt le rapprochement ? Il avait pris quelques jours de congés lorsque le *Nikolay Zankov* avait fait escale à Bayonne et n'avait repris le travail que le mercredi, premier jour des fêtes. Il avait distraitement suivi l'affaire du truand retrouvé mort dans sa voiture non loin de la gare avec deux sacs de cocaïne dans son coffre. C'était une affaire pour les Stups, pas pour la Crim. Il n'entretenait pas d'excellentes relations avec son homologue Jacques Camiade. Il y avait une explication à cela. Les différents services de la PJ étaient beaucoup trop cloisonnés et c'était Malard le responsable. Malard qui voulait tout contrôler au commissariat et qui verrouillait le partage d'informations et de renseignements. La perte d'efficacité était énorme. Ça ne pouvait plus durer. Il fallait que les choses changent. Il se promit d'en parler sérieusement avec son patron avant la fin de la journée.

Sanlucar se leva brutalement, quitta promptement son bureau et monta à l'étage supérieur d'un pas décidé. Il toqua à la porte vitrée du bureau de Jacques Camiade, responsable des Stups au commissariat de Bayonne. Il avait quelques questions urgentes à lui poser.

22

Jeudi 14 août.

Depuis l'aube, une vaste opération d'interpellations mobilisait une grande partie des effectifs du commissariat de la ville, auxquels une unité de l'antenne locale de la BRI[14] était venue prêter main-forte. Une quarantaine de policiers en tout s'était déployée sur plusieurs communes de la conurbation bayonnaise, de Biarritz à Ondres. La veille en fin d'après-midi, à la suite d'une importante réunion d'équipe, Malard avait donné le feu vert pour lancer l'opération. Les investigations menées par Beñat Etcheto et Christian Lapègue avaient permis d'identifier formellement plusieurs membres du gang, soupçonnés d'être les auteurs des cambriolages de la zone d'activité Saint-Frédéric. Lapègue, Etcheto et même Marie Legalet étaient sur la brèche. Ils seraient indisponibles toute la journée, entre perquisitions

14 Brigade de recherche et d'intervention: communément appelée brigade antigang ou simplement l'Antigang, est une unité d'enquête et d'intervention de la police judiciaire française.

aux domiciles des suspects et gardes à vue à mener dans les locaux de la police judiciaire. Malard lui-même avait pour une fois déserté son bureau pour coordonner l'opération sur le terrain. Et sans doute aussi pour s'en attribuer tout le mérite devant la presse. Seul Ripoix manquait à l'appel. Lorsque Marie Legalet avait téléphoné chez lui, sa femme, avait déclaré qu'il n'était pas rentré de la nuit. Il avait simplement répondu à son appel, vers deux heures du matin. Elle avait eu l'impression qu'il était ivre. Il lui avait dit que sa vie était finie. Craignant le pire, elle avait essayé de le raisonner, l'avait supplié de rentrer, pour elle et surtout pour leur fils qui avait besoin de son père. Mais il avait raccroché. Elle était morte d'inquiétude. Il ne répondait plus à aucun appel. Marie Legalet avait essayé de la rassurer sans grand succès en lui disant qu'il n'avait pas son arme de service sur lui et qu'il ne tarderait pas à revenir, puis avait été obligée de mettre un terme à la conversation. Malard décida de faire sans lui. C'était déjà arrivé, mais cette fois, promit-il, il serait sévèrement sanctionné. Le commissaire demanda à Sanlucar d'assurer la permanence au central. La une du jour du quotidien régional *Sud Ouest* avait titré en première page : « *Le veilleur de nuit d'un hôtel de Bayonne soupçonné de meurtre et d'acte de cruauté.* » Le portrait de Jérôme Hargous et celui de Suzanne Lanton illustraient un long article, détaillant et interprétant la conférence de presse que le divisionnaire avait donnée la veille, en fin de journée. Malard était convaincu que Jérôme Hargous allait sortir de sa planque pour entrer en contact avec sa femme. Dès que celle-ci essaierait de rejoindre son mari il suffirait de la prendre en filature. Près du domicile des Hargous, deux agents assuraient une surveillance aussi étroite que discrète. Malard était serein. Il suffisait d'attendre. Sanlucar devait donc rester sur place au cas où le veilleur de nuit se déciderait à montrer le bout de son nez. Les ordres du commissaire étaient logiques mais Sanlucar se sentait malgré tout laissé sur la touche. Peut-être Malard avait-il voulu marquer son territoire après que Sanlucar lui avait reproché sa mauvaise coordination des unités dont il avait la direction. Trop de temps avait été perdu selon lui. Les informations et procès-verbaux détenus par les Stups auraient pu éviter à son enquête de s'enliser s'il en avait eu connaissance. Malard n'avait pas apprécié le ton de Sanlucar et le lui avait fait savoir. Les deux hommes avaient eu une discussion tendue à l'issue de la réunion d'équipe.

Sanlucar n'eut pas le temps de gamberger très longtemps. Le téléphone de son bureau se mit à sonner. C'était le brigadier-chef Peyroutet.

« Commandant, on s'est fait piéger comme des bleus. »

Sanlucar sentit une très mauvaise intuition s'emparer de lui.

« Qu'est-ce qui s'est passé ? demanda-t-il.

— C'est à cause de la sœur. Elle nous a baisés. Elle a quitté l'immeuble. J'ai pas vu le coup venir. On était garé sur le trottoir d'en face, dans le mauvais sens et...

— Je comprends rien, sois plus précis, nom d'un chien !

— Elle est sortie en courant. On s'est demandé qu'est-ce qui lui arrivait. Richard qui était avec moi l'a suivie pour savoir où elle allait. Moi je suis resté dans la voiture. J'ai continué de surveiller l'entrée, comme le patron l'a demandé.

— Et alors ? Accouche, bordel.

— Un gros SUV est arrivé. Il s'est garé devant l'entrée. Un type est monté. Cinq minutes plus tard, il est ressorti avec un bébé dans les bras. Une femme derrière lui dont j'ai pas pu voir le visage. Elle avait les cheveux sur la figure, la tête baissée. Et elle tenait un parapluie. Je pouvais pas la voir commandant. »

Sanlucar commençait à comprendre. Peyroutet continua, penaud.

« Il a installé le petit dans un siège auto. La femme est montée et il a démarré. Je me disais que c'était normal, quoi. Je me suis pas méfié. Un type qui vient chercher sa femme et leur enfant. Je voyais pas le visage de la femme. J'ai pas pensé que… »

Peyroutet hésitait, terriblement mal à l'aise.

« Continue, putain ! ordonna Sanlucar plus qu'impatient.

— Ils ont démarré. Il a fait demi-tour à cinquante mètres puis ils sont passés devant moi. Et c'est là que je l'ai reconnue. J'ai vu son visage avec les blessures et les bleus. C'était elle…

— Qu'est-ce que t'as fait, tu les as suivis ? interrompit Sanlucar, excédé.

— J'ai pas pu. Il fallait que je démarre, que je fasse demi-tour moi aussi. Et puis Richard n'était pas revenu. J'ai essayé de voir par où ils partaient. Ils ont tourné au bout de la rue. C'était trop tard. Ils ont disparu. »

Tout s'effondrait autour de Sanlucar. Cette enquête tournait au fiasco complet. Plusieurs jours stupidement perdus, et là, une surveillance sabordée à cause de deux amateurs qui s'étaient fait piéger par une ruse de collégien.

« Qu'est-ce que c'était comme modèle de voiture ? » demanda-t-il.

La réponse du brigadier Peyroutet généra comme une décharge électrique dans l'esprit de Sanlucar. Il avait compris. Les pièces du puzzle s'imbriquaient enfin les unes dans les autres. Il savait qui était le conducteur du gros SUV. Il savait où Jérôme Hargous se cachait. Il savait, mais il ignorait l'endroit exact. Il raccrocha brutalement, fouilla dans ses notes puis composa le numéro de téléphone du propriétaire de la voiture. Il y avait peu de chance que quelqu'un réponde mais il tenta sa chance à deux reprises. À chaque fois, au bout de six sonneries, un répondeur se mit en marche. Logique. Il raccrocha sans laisser de message. Il s'en voulait cruellement parce qu'il n'avait pas pris les coordonnées téléphoniques de sa femme. Il avait fait preuve de négligence. C'était comme si son acuité d'esprit habituelle avait déserté son cerveau depuis quelque temps, l'empêchant de raisonner avec lucidité, de prendre les bonnes décisions. Son esprit était comprimé par une intense culpabilité, née un soir de pluie sur une route de la campagne toulousaine. Il ferma les yeux quelques secondes afin de ne pas se laisser totalement aspirer, puis secoua la souris de son ordinateur qui s'était mis en veille. Il retrouva les coordonnées des établissements Dacharry dans l'annuaire des professionnels. La secrétaire avait dans ses fichiers le numéro de téléphone dont il avait besoin. Il raccrocha rapidement, croisant les doigts pour que la chance soit enfin de son côté. Après quatre sonneries, une femme décrocha.

« Bonjour, je suis le commandant Sanlucar de la police de Bayonne. Savez-vous où se trouve votre mari ?

— Mon mari ? Mais il est parti à son bureau. Que lui voulez-vous ?

— Il n'y est pas. Où se trouve la bergerie qu'il appelle sa cabane ?

— Sa cabane ? répéta la femme, abasourdie. Mais qu'est-ce qui se passe ?

— Je n'ai pas le temps de vous expliquer mais il faut absolument que vous me disiez où se trouve exactement cette bergerie. Il en va de la vie même de votre mari.

Après avoir obtenu les informations dont il avait besoin, Francis Sanlucar raccrocha. Il s'efforça de ne pas penser à la terrible angoisse dans laquelle se trouvait désormais la femme à qui il venait de parler. Il n'avait pas cherché à lui dissimuler le fond de sa pensée. Au contraire, il était nécessaire de lui dire la vérité afin qu'elle collabore au mieux.

Et maintenant, que faire ? La brigade était déserte. Tout le monde était sur le terrain pour l'affaire des cambriolages. Sanlucar se concentra. Il était imprudent d'aller là-bas tout seul. Si les choses tournaient mal, il se retrouverait isolé, à la merci de types extrêmement dangereux et sans scrupule. Mais avait-il le choix ? Devait-il attendre que Lapègue et Etcheto reviennent ? Ses collègues pourraient-ils simplement se libérer et arriver à temps pour lui prêter main-forte ? La vie de quatre personnes dont un bébé âgé de huit mois était en jeu. Chaque minute perdue pouvait leur être fatale. Il commença à composer le numéro du portable de Malard pour le tenir informé puis se ravisa. Il savait que son patron lui intimerait l'ordre d'attendre. Malard et son éternelle prudence. Mieux valait tenter le coup seul et contacter la gendarmerie pour qu'elle envoie une unité au plus vite sur les lieux.

23

Sanlucar ouvrit le tiroir de son bureau, s'empara de son arme de service et quitta promptement le bâtiment du commissariat pour récupérer l'une des voitures banalisées de la PJ. Il n'y en avait aucune de disponible à cause de l'opération en cours. Qu'importe, il utiliserait sa voiture personnelle. La pluie tombait sans interruption depuis la nuit. Une pluie fine et désagréable. La température avait brutalement chuté de plusieurs degrés. Il démarra en trombe, faisant déraper les pneus sur le bitume trempé. Au bout de l'avenue de Marhum, il s'engagea à droite sur les allées Paulmy. Un accident venait de se produire au niveau du rond-point Saint-Léon. Deux voitures s'étaient mises en travers des voies et leurs occupants parlementaient en faisant de grands gestes. La circulation était bloquée. Impossible de continuer par l'avenue de l'hôpital. Il fallait réagir vite avant de se retrouver coincé. De sa boîte à gants, il extirpa son gyrophare qu'il brancha à l'allume cigare puis manœuvra en klaxonnant. Il reçut au passage une volée d'injures inaudibles et autres gestes explicites de la part des automobilistes en colère.

« Police, abrutis ! » hurla-t-il en zigzaguant au milieu de la circulation ralentie.

Il enjamba le terre-plein sur la droite pour prendre la contre-allée et déboucha sur la route de Biarritz où il emprunta le couloir de bus. Parvenu à l'échangeur du centre commercial régional, il s'engagea sur le boulevard d'Aritzague vers la sortie sud de la ville. La circulation devint enfin fluide. Il roulait beaucoup trop vite, dépassait les quatre-vingt-dix kilomètres à l'heure en pleine ville. Parvenu sur la quatre voies qui s'enfonce dans le Pays basque, il écrasa la pédale de l'accélérateur. Il traversa bientôt la commune d'Ustaritz et en profita pour appeler la gendarmerie locale. Il obtint le lieutenant Baudonne, qui lui promit de lui envoyer immédiatement une équipe en renfort. Les deux hommes s'échangèrent leurs numéros de portable. Huit kilomètres plus loin, il bifurqua à l'embranchement de Cambo-les-Bains sur la départementale qui monte vers le village de Bidarray. Au bout de plusieurs kilomètres, un pont franchissait la Nive. Le croisement ne devait plus être très loin. Il ralentit pour ne pas le manquer. À trois cents mètres environ, il tourna à droite, s'engagea dans une descente jusqu'au niveau de la rivière qu'il franchit à hauteur d'un joli pont de pierre. De l'autre côté, la route devint subitement étroite et sinueuse. Croiser un véhicule venant en sens inverse l'aurait obligé à s'arrêter. Heureusement, il n'y avait personne. La route serpentait maintenant à flanc de colline, longeait la rivière en contrebas sur la gauche. Le vieux Freelander bondissait sur les ornières. Par endroits, l'herbe avait poussé au milieu de la chaussée. Il devait continuer encore sur cinq ou six kilomètres jusqu'à ce qu'il aperçoive une fontaine en forme de maisonnette sur le bas-côté droit. Le chemin menant à la bergerie se trouvait cinquante mètres plus loin.

Sanlucar gara son Freelander dans l'herbe grasse, juste après la fontaine, hors de vue de la maison. Il hésita quelques secondes. C'était de la folie. *Pourvu que les gendarmes se dépêchent*, se dit-il. Il sortit son arme de la boîte à gants, retira le cran de sécurité puis descendit de voiture. Un gros tracteur arrivait en sens inverse. Son conducteur, cigarette au coin des lèvres, ne prêta attention ni à l'homme, ni au pistolet qu'il serrait dans sa main. Perdu dans ses pensées, il n'imaginait pas une seconde ce qui se jouait en ces lieux, habituellement si calmes.

Sanlucar s'engagea sur l'allée caillouteuse qui montait vers la bergerie dont il ne distinguait que le toit de tuiles. Il progressa lentement le long d'un épais taillis d'acacias, de châtaigniers et d'épineux sauvages pour ne pas se faire remarquer. La pluie avait cessé, mais dans le sous-bois, l'eau dégoulinait toujours du feuillage en crépitant. La bergerie était là, à une trentaine de mètres de lui maintenant. C'était une petite bâtisse en pierres apparentes. Les deux volets de la porte principale, découpée dans le mur de pignon, étaient fermés. Tout était silencieux mis à part quelques chants d'oiseaux dans les arbres. On aurait pu croire qu'il n'y avait personne s'il n'y avait pas eu les deux voitures stationnées le long de la maison. Sanlucar se faufila d'abord derrière une BMW noire puis le long du SUV Porsche de Jean-Christophe Etcheverry, ami d'enfance de Jérôme Hargous et propriétaire des lieux. Il se retrouva derrière l'ancienne bergerie. La Peugeot 206 blanche de Jérôme Hargous était là. Parfaitement invisible depuis le chemin montant vers la maison. Tout en tendant l'oreille, il se dirigea vers une petite porte entrouverte et se plaqua contre le mur de pierres, tous ses sens en alerte. Aucun bruit de la maison n'était perceptible de l'endroit où il se trouvait. Son cœur battait à se rompre. Il inspira à fond et souffla longuement l'air de ses poumons pour essayer de se calmer.

Il avança très lentement, ouvrit doucement la porte, priant pour qu'elle ne grince pas sur ses gonds. Il ignorait totalement ce qui l'attendait. À l'intérieur, il n'y avait personne. C'était une petite pièce, éclairée par une fenêtre, qui servait de remise et de buanderie. Une machine à laver, un réfrigérateur, une petite table et au dessus, des étagères garnies de boîtes de conserve et diverses caisses au contenu non identifiable. Une porte fermée donnait sur l'espace de vie. Sanlucar tendit l'oreille. Il avait l'impression que son cœur allait exploser dans sa poitrine. La sueur perlait de ses tempes. Cette fois, il distingua une voix. C'était un homme. Mais que disait-il exactement ? Sanlucar ne parvint pas à le décrypter. Puis il reconnut la voix suppliante de Laura Hargous. La jeune femme se mit à hurler. Au même instant, un coup de feu retentit à l'intérieur de la pièce, suivi du long cri désespéré de Laura. Puis plus rien. Sanlucar ne savait pas exactement ce qu'il devait faire. Il avait peur.

Je dois y aller, tenter quelque chose, se dit-il. *Sinon, il y aura un carnage dans cette maison. Peut-être ne s'attendent-ils pas à voir débouler un homme seul. Je dois compter sur l'effet de surprise.*

Il ferma les yeux, inspira profondément pour se donner la force, appuya sur la poignée de sa main libre et pénétra dans la pièce. L'arme en avant, il hurla.

« Police ! ».

Il eut juste le temps de voir un homme de haute stature qui pointait un pistolet sur le front de la jeune femme, agenouillée près d'un corps étendu au sol. L'homme, surpris, orienta son arme vers l'intrus qui venait de bondir dans la maison. Le coup partit et la balle fit exploser une vitrine fixée dans le mur derrière la tête de Sanlucar. À moins d'un mètre près, sa figure volait en éclat. Francis Sanlucar se jeta au sol, sa tête heurta le pied d'une table en bois sur laquelle étaient entreposés plusieurs cartons. L'un d'eux bascula et son contenu se déversa sur le dos du policier. Dans la chute, son pistolet lui glissa des doigts. Il était à moitié assommé.

Je suis mort, se dit-il, *tout le monde va mourir dans cette vieille bergerie paumée dans la montagne.*

Au même instant, il aperçut trois hommes sortir en courant par une porte ouverte sur l'extérieur. L'un d'eux transportait un sac de sport noir. Sanlucar tata le sol sous la table pour récupérer son arme de service. Il se leva et bondit hors de la maison. Les trois types traversèrent précipitamment la petite cour et s'engouffrèrent dans la BMW qui démarra presque instantanément. Les pneumatiques crissèrent sur le gravier humide. Sanlucar surgit et fit feu en direction de la voiture. Il visa les pneus arrière mais le coup manqua la cible. La BMW dérapa et dévala le chemin en direction de la route. Sanlucar, tira un second coup qui fit voler la lunette arrière en éclat. La voiture vira brusquement à gauche et disparut. Le souffle court, le policier extirpa son téléphone portable de la poche de son blouson et appela les gendarmes qui ne devaient plus être très loin maintenant. Il l'espérait en tout cas. Il leur signala l'arrivée imminente de la voiture et leur demanda de l'empêcher de passer. Il avait envie de se lancer immédiatement à la poursuite des fuyards mais dans la bergerie, il y avait un homme à terre. Il revint sur ses pas et entra dans la maison. Laura était toujours accroupie auprès de l'homme étendu au sol. les mains jointes, elle appuyait par saccades maladroites sur sa poitrine, le regard désespéré. Il reconnut Jean-Christophe Etcheverry, penché lui aussi sur le corps inerte. Francis Sanlucar s'approcha. La grimace de douleur, les yeux figés dans le vide ne laissait hélas aucune place au doute. Il posa ses doigts sur le cou d'un homme qu'il ne connaissait jusque-là qu'en photo. Jérôme Hargous était mort. Il avait reçu la balle en plein cœur. Sanlucar rangea son arme dans une poche de son blouson puis releva lentement Laura Hargous, les mains couvertes du sang de son mari qu'elle avait essayé de ramener à la vie. De chaudes larmes inondèrent le visage meurtri de la jeune femme. Elle se blottit dans le creux de son épaule. Que pouvait-il dire ? Il tourna la tête vers Jean-Christophe Etcheverry.

« Je pouvais rien faire, tenta d'expliquer ce dernier. Ils étaient armés. Deux d'entre eux me tenaient. Si vous n'étiez pas arrivé, on serait tous morts.

— Essayez de vous calmer un peu. Ils sont partis maintenant et ils ne reviendront plus.

Sanlucar se défit de l'étreinte de Laura Hargous et se dirigea vers l'extérieur. Laura continua à sangloter dans les bras de Jean-Christophe Etcheverry. Sur le seuil de la porte, Sanlucar se retourna :

« Appelez les pompiers », dit-il. Puis il sortit en courant.

« Si vous n'étiez pas arrivé, on serait tous morts. » avait dit Jean-Christophe Etcheverry. Maigre consolation. Lui, il estimait qu'il n'était pas arrivé assez vite et qu'à cause de ça, Jérôme Hargous avait été tué. Il grimpa dans son Freelander, manœuvra au niveau du chemin pour faire demi-tour. Trois kilomètres plus bas, il distingua des coups de feu. Deux voitures de la gendarmerie, gyrophares allumés, bloquaient la route. À l'approche du barrage des gendarmes, la BMW avait quitté la route et s'était brutalement arrêtée sur le bas-côté. La portière coté conducteur était ouverte. Sanlucar freina à une dizaine de mètres et sauta hors de sa voiture en hurlant à l'adresse des deux militaires qui se précipitaient sur lui, l'arme au poing :

« Commandant Sanlucar ! Police de Bayonne. »

La BMW s'était encastrée contre le tronc d'un arbre surplombant la rivière. Les airbags avaient explosé, sauvant les deux occupants assis à l'avant. Celui qui se trouvait à l'arrière avait été éjecté sur le choc et était venu percuter le pare-brise. Avant même d'arriver à sa hauteur, Sanlucar vit que l'homme était mort. Sa tête déformée, le visage ensanglanté, tailladé de centaines d'éclats de verre, il avait traversé la vitre jusqu'à la taille. Il présentait une large plaie au niveau du cou. Sa carotide droite avait été sectionnée. Il y avait du sang partout sur le capot moteur.

Trois gendarmes tenaient en joue le passager de la voiture, un type chauve à moitié assommé qui levait maladroitement les mains. Du sang coulait de son arcade sourcilière. D'autres gendarmes s'étaient lancés à la poursuite du troisième, qui s'enfuyait en traversant la Nive. Il était relativement facile de franchir la rivière, dont le niveau était bas en cette saison. Sanlucar retourna à sa voiture, dépassa le barrage des voitures de la gendarmerie en escaladant le talus à flanc de colline. Il comptait prendre l'individu à revers sur l'autre rive. À pied, l'homme qui avait tué Jérôme Hargous ne pourrait pas aller bien loin. Mais il était puissant et rapide. Les gendarmes progressaient avec difficulté derrière lui. L'un d'eux trébucha sur une pierre et s'étala dans le lit de la rivière, là où le courant était le plus fort. Il se fit emporter sur quelques dizaines de mètres. Ses collègues durent se porter à son secours avant de reprendre la poursuite.

Dans le bas de la vallée, la route décrivait un large coude sur la droite et débouchait sur le pont qui enjambait la rivière. Lorsque Sanlucar arriva sur la rive opposée, le fuyard, déjà remonté sur la route, n'était plus qu'à quatre cents mètres de lui. Soudain, une petite voiture rouge surgit au bas de la côte. Le truand se planta au milieu de la chaussée, pointa son arme en direction du conducteur qui fut forcé de s'arrêter. Il ouvrit violemment la portière, fit sortir une femme âgée d'une cinquantaine d'années sans ménagement et la propulsa sur le côté. La pauvre femme partit en déséquilibre et s'étala de tout son long dans le fossé. Sanlucar écrasa la pédale d'accélérateur, espérant empêcher le type de prendre la fuite. Mais il arriva trop tard. La petite voiture rouge, une Renault Clio, avait bondi, effectué un demi-tour en mordant sur le bas-côté et remontait la côte en direction de la route principale. Sanlucar n'était qu'à quelques mètres derrière le truand.

La Clio déboula sur la route sans freiner et tourna à gauche en direction de Bayonne. Un camion semi-remorque arrivait au même instant. Le chauffeur dut se mettre debout sur ses freins pour éviter la collision. Sur la chaussée glissante, la remorque se mit en travers et se replia dans le sens opposé à la cabine. Fort heureusement, personne n'arrivait en sens inverse lorsque la remorque balaya toute la largeur de la route. L'infortuné chauffeur réussit à stopper son engin, perpendiculairement à l'axe routier. Sanlucar impuissant, observait la scène, médusé, arrêté au stop en haut de la côte. Lorsque la situation le lui permit, il démarra mollement, dépassa le camion en roulant dans l'herbe. Les automobilistes qui arrivaient sur les lieux s'arrêtaient pour porter secours au chauffeur du camion. Sans doute imaginaient-ils que l'accident avait été provoqué par l'abruti qui prenait la fuite au volant d'un vieux Freelander.

Sanlucar pensait avoir perdu la Clio de vue. Celle-ci n'était déjà plus qu'un point rouge qu'il distinguait au bout de chaque ligne droite et qui disparaissait au moindre virage. Il roulait pied au plancher. Le compteur indiquait cent quarante kilomètres à l'heure.

C'est de la folie, se dit-il. *Sur cette route, je vais me foutre en l'air. Il me faut de l'aide.*

Gardant une main sur le volant, il dégagea son téléphone portable de sa poche intérieure pour appeler du renfort. Il dut quitter la route des yeux quelques secondes pour sélectionner le bon numéro. Lorsqu'il releva la tête, il arrivait sur un rond-point, à l'entrée du bourg d'Ustaritz. Beaucoup trop vite. Il écrasa brutalement la pédale de frein, les deux mains cramponnées au volant. Le Freelander partit en zigzag mais parvint à se maintenir sur la chaussée. Par contre, dans l'affolement, le téléphone avait volé dans l'habitacle. Impossible de le ramasser sans s'arrêter.

Sanlucar se ressaisit et reprit la poursuite. Il devait à tout prix éviter que le fuyard ne parvienne à l'autoroute où il pourrait prendre le large plus facilement. Il gagnait du terrain. La Clio n'était plus qu'à deux cents mètres de lui désormais. À l'approche de Bayonne, la circulation s'intensifiait et le conducteur ne pouvait plus filer aussi vite. La poursuite prit fin à hauteur du rond-point de Compagnet, sous le viaduc de l'autoroute. La Clio dut freiner brutalement pour éviter un autocar venant sur sa gauche. Son conducteur perdit le contrôle de la voiture qui alla percuter un des piliers du viaduc. C'était terminé. Sanlucar pila à son tour, faisant crisser ses pneus et parvint à s'arrêter à hauteur du véhicule accidenté. De la fumée s'échappait des tôles écrasées au niveau du moteur. Tout le liquide de refroidissement et sans doute aussi du carburant coulait sur le bitume. Sanlucar dégaina son pistolet et bondit hors de sa voiture. Quelques automobilistes s'étaient arrêtés et s'approchaient de la scène. Le flic pointa son flingue et hurla à leur intention en agitant sa main libre.

« Police ! Reculez ! N'approchez pas ! Police ! N'avancez pas ! »

Il s'approcha prudemment de la Clio, son pistolet tenu à deux mains. Les vitres avaient volé en éclat. Le conducteur était toujours assis derrière le volant, sa tête penchée en avant. Il ne bougeait plus. Du sang recouvrait son visage. Était-il mort ? Sérieusement blessé ? Sanlucar n'en savait rien. Il devait demander des renforts. Il réalisa soudain que son téléphone se trouvait quelque part sur le plancher de sa voiture. Il interpella un homme qui filmait la scène avec son portable.

« Passez-moi votre téléphone ! Allez, vite ! »

24

Mardi 19 août.

L'enquête policière était close. Les auditions de Jean-Christophe Etcheverry et de Laura Hargous avaient permis d'éclairer les dernières zones d'ombre de l'affaire. Lorsque Francis Sanlucar et Marie Legalet l'avaient rencontré, au soir du dimanche 3 août, dernier jour des fêtes, Etcheverry ignorait vraiment où Jérôme Hargous se cachait. Ce n'est qu'une semaine plus tard qu'il avait fortuitement découvert que le veilleur de nuit se terrait dans son cayolar restauré, au cœur du Pays basque. Le dimanche 10, il s'y était rendu pour y bricoler et il y avait surpris son ami. Jérôme Hargous lui avait alors tout raconté.

La nuit du 23 au 24 juillet, il travaillait. Vers une heure trente du matin, il avait quitté son poste pour récupérer un roman dans sa voiture, garée dans le parking situé sur les bords de l'Adour. C'est là qu'il avait été intrigué par une Mercedes mal stationnée. Le conducteur était mort mais il y avait ce sac ouvert, posé sur le siège passager. Un sac bourré de billets de banque. Que lui était-il passé par la tête ? On pouvait facilement se l'imaginer. Des dizaines de milliers d'euros qui tombaient du ciel. L'opportunité de gagner au loto sans acheter de ticket. Bien entendu, Jérôme Hargous était conscient que cet argent n'était pas très net. L'homme dans la Mercedes n'était pas mort de mort naturelle. Il avait quand même pris le sac et l'avait enfermé dans son casier personnel, à l'hôtel. Son idée, c'était de ne parler de sa découverte à personne, même pas à sa femme Laura, jusqu'à ce que la pression redescende. Après, il ne savait pas exactement comment procéder. Il envisageait simplement de quitter le pays avec le magot et sa petite famille.

Pourquoi Hargous avait-il fui cette nuit-là ? Etcheverry n'avait pas été très éloquent dans ses explications. Il s'était montré hésitant, comme s'il n'était pas lui-même convaincu par ses propres explications. Jérôme Hargous lui avait raconté qu'au milieu de la nuit, la veille de sa disparition, il avait reçu la visite de types menaçants qui cherchaient le sac rempli de billets de banque. Un imprudent s'en était emparé non loin de l'hôtel. Ils étaient sur sa piste et ne lui feraient pas de cadeau. Se croyant démasqué, Jérôme Hargous avait pris peur. Le soir de sa disparition, il les avait vus roder non loin de l'hôtel. Alors il avait décidé de fuir sans trop réfléchir aux conséquences. N'avait-il pas imaginé que sa décision laisserait sa femme morte d'inquiétude ? Il en était parfaitement conscient. Mais c'était pour lui le prix à payer pour leur sécurité à tous les deux.

Jean-Christophe Etcheverry lui avait promis de ne pas le trahir. Il était allé faire des courses à Cambo pour lui permettre d'attendre le temps qu'il faudrait et d'éviter d'être identifié par un commerçant du village. Il lui avait acheté un téléphone mobile à carte rechargeable, qui leur permettrait de communiquer en cas d'urgence. Sa fugue n'avait rien à voir avec la mort de Suzanne Lanton. Jérôme le lui avait juré.

Malard était convaincu que Jean-Christophe Etcheverry mentait pour couvrir son ami et adoucir la peine de Laura. Pour le commissaire divisionnaire, le veilleur de nuit avait fait entrer la jeune bordelaise dans l'hôtel. Il ne pouvait y avoir d'autre explication. Il était inutile de chercher la vérité ailleurs. Les circonstances exactes de la mort de Suzanne Lanton ne seraient sans doute jamais élucidées, avait-il conclu. Jérôme Hargous avait emporté son secret dans la mort. Mais tous les éléments recueillis l'accusaient. On disposait même de preuves matérielles. Les techniciens de la scientifique avaient décelé des fibres identiques à celles des parures de lit utilisées au *Grand Adour* dans le coffre de la Peugeot 206 dont il était propriétaire.

Laura Hargous, en état de choc permanent, n'avait pas donné beaucoup d'explications lors de ses auditions. Elle certifia que depuis sa disparition, son mari ne lui avait donné aucun signe de vie. Elle avait vécu dix jours d'angoisse permanente. Elle le croyait mort. Après la visite des policiers à son domicile, elle avait appelé Jean-Christophe Etcheverry, espérant que ce dernier pourrait lui expliquer pourquoi trois sinistres individus l'avaient passée à tabac. Peut-être Jérôme s'était-il confié à lui plutôt qu'à elle. Mais Etcheverry, fidèle à sa promesse, n'avait rien dit. Après avoir raccroché, il avait contacté Jérôme pour lui raconter ce que Laura venait de subir. Se rendant compte que sa femme et son fils n'étaient plus en sécurité, Hargous avait demandé à son ami de s'organiser pour les aider tous les trois à fuir la région en passant d'abord en Espagne. De là, peut-être pourraient-ils traverser le détroit de Gibraltar jusqu'au Maroc et prendre la direction du Sénégal, pays dans lequel ils rêvaient de s'installer. En tout cas, il leur fallait quitter l'Europe. Les choses ne s'étaient pas vraiment passées comme il l'espérait.

Laura ne croyait pas que son mari fût un assassin. Jérôme était un homme honnête, fidèle et bon, répéta-t-elle cent fois. Il ne l'avait jamais trahie. Les policiers savaient qu'elle se trompait. Ils se gardèrent de lui parler de l'aventure extraconjugale de son mari, l'an passé. Une révélation qui n'avait aucune utilité, mais qui décuplerait fatalement la douleur de la pauvre femme.

Pour Malard, au contraire, l'incartade estivale de Jérôme Hargous était un argument supplémentaire qui démontrait que le veilleur de nuit était loin d'être aussi vertueux que sa femme l'imaginait. C'était en réalité un homme frustré, dévoré par les rêves d'aventures et la cupidité. Hargous avait connu une enfance compliquée, une succession d'échecs professionnels et amoureux. Un père autoritaire, une mère fragile, aujourd'hui malade. Derrière le masque d'un homme modeste, courtois et équilibré, il cachait une âme torturée. Il était devenu incapable de résister à la tentation. Qu'il s'agisse d'argent ou de femmes. Le divisionnaire s'appuyait sur les déclarations de Jean-Christophe Etcheverry, qui était celui qui le connaissait le mieux. Bien davantage que sa propre épouse. Hargous avait fait entrer Suzanne Lanton dans l'hôtel, pour une raison qu'on ne découvrirait jamais, mais c'était un fait. Il avait cru qu'il pourrait flirter avec elle et les choses avaient mal tourné. Était-ce un accident ? L'avait-il poussée ? Encore des questions sans réponse. Toujours est-il qu'il n'avait pas été en mesure d'assumer son acte et d'en accepter les conséquences. La crainte du châtiment qui l'attendait avait pris le dessus. Il ne serait ni le premier ni le dernier à se métamorphoser en un être calculateur et machiavélique, à se laisser emporter dans la macabre spirale qui consiste à faire disparaître toutes les traces de son acte. Hargous avait déshabillé sa victime, l'avait enroulée dans un drap de l'hôtel, avait chargé le corps dans la malle de sa voiture et s'était rendu au cœur du massif forestier landais pour l'y ensevelir. Il était allé jusqu'à frapper le visage de sa victime avec le dos de sa pelle pour entraîner la police sur de fausses pistes. Un acte d'une cruauté sans nom. Il s'était acharné sur elle pour empêcher son identification. Inutile de se lancer dans de stériles conjectures ou de faire de la psychologie de comptoir. Le rôle de la police devait se limiter aux faits. Et les faits étaient indiscutables. Jérôme Hargous s'était ensuite débarrassé de la pelle, des habits de sa victime, de ses papiers et de son téléphone portable loin de l'endroit où il avait enseveli sa victime. Peut-être qu'un jour les effets de Suzanne Lanton referaient surface quelque part, découverts par un chasseur ou un cueilleur de champignons. Ensuite, il avait roulé jusqu'à la bergerie restaurée de Jean-Christophe Etcheverry où il s'était terré avec l'argent qu'il avait dérobé aux trafiquants de drogue. Telles étaient les conclusions de Malard sur l'affaire des disparus des fêtes de Bayonne, celles qui étaient enregistrées dans le rapport final de l'enquête et qui seraient dévoilées à la presse.

L'interrogatoire d'Éric Cipriani, alias *Tête d'œuf* n'avait pas été de tout repos. Le truand ne s'était pas mis à table facilement. Il avait été cuisiné tour à tour par les officiers de la Crim et ceux des Stups. Il s'était tout d'abord enfermé dans un mutisme total, complètement imperméable aux questions des policiers. Il n'en était pas à sa première garde à vue et il connaissait la chanson. Il ne s'était finalement mis à parler que lorsqu'il avait senti que les flics allaient lui mettre sur le dos le meurtre d'Oleg Korzhev, le marin russe qui s'était transformé en mule pour le compte du cartel de Barranquilla et celui de Jérôme Hargous. « Je n'ai jamais tué personne », avait-il juré à plusieurs reprises. Il n'avait aucune envie de prendre perpète à cause d'un autre. Il avait désigné Bernard Palay, dit *Pâquerette,* comme l'auteur des faits. Palay, qui se trouvait dans le coma à l'hôpital de Bayonne depuis son accident contre un pilier du pont de l'autoroute au sud de la ville, avait voulu venger la mort de son copain Franck Marchado. Bien qu'il n'ait été chargé que de récupérer l'argent de la drogue, il avait fait du zèle. *Pâquerette* ne pouvait pas confirmer les accusations portées par Cipriani. Il ne pouvait pas non plus se défendre. En tout cas pas tant qu'il n'aurait pas repris connaissance. Mais le pistolet retrouvé dans la Renault Clio, un Glock 17 calibre 9 mm Parabellum, arme qui équipait aussi bien la police que la gendarmerie, était bien celui qui avait été utilisé, d'abord dans un entrepôt du port de Nantes, puis dans la bergerie de Jean-Christophe Etcheverry. C'était ses empreintes qu'on avait relevées non seulement sur l'arme elle-même, mais aussi sur le chargeur inséré dans la poignée. De la poudre avait été prélevée sur sa main droite. Le lascar d'un mètre quatre-vingt-douze aurait du mal à se disculper. Le sac contenant l'argent que les truands devaient retrouver avait été récupéré dans la BMW accidentée où Serge Marchin, mieux connu dans le milieu sous le sobriquet de *Machin*, avait trouvé la mort.

Cipriani fit le maximum pour minimiser son implication dans l'affaire. Certes, il n'était pas un enfant de cœur – comment aurait-il pu l'être vu le nombre de faits d'armes inscrits à son casier judiciaire ? – mais il n'avait rien à voir avec le trafic de drogue et ne connaissait Franck Marchado que de réputation. Il avait simplement été recruté par Bernard Palay pour aider ce dernier à retrouver un sac rempli de fric. Il n'avait pas posé de question. Le travail était bien payé, c'était tout ce qui lui importait. Au terme de sa garde à vue, Éric Cipriani avait été mis en examen pour complicité d'assassinat, complicité dans un trafic de stupéfiants et port d'arme illicite. Il était lui aussi en possession d'un semi-automatique Glock 17, dont le numéro de série avait été grossièrement effacé. Il n'avait fourni aucune explication sur la provenance de l'arme, qui avait pourtant été dérobée à un policier ou un gendarme. Il se contenta de répéter qu'il ne s'en était pas servi. Il fut écroué provisoirement à la maison d'arrêt de la ville et serait transféré ultérieurement vers la centrale de Saint-Martin-de-Ré.

Grâce aux éléments mis à jour par Sanlucar et l'appui de la gendarmerie de Nantes, le commandant Jacques Camiade avait pu reprendre et rapidement boucler son enquête sur la tentative ratée de passage de drogue entre la Colombie et l'Espagne, avec le port de Bayonne comme étape intermédiaire. Le responsable des Stups n'avait pas tardé à comprendre où s'était déroulée la tentative d'échange entre Franck Marchado et Oleg Korzhev. Les hommes de sa brigade avaient décelé la découpe pratiquée dans le grillage pour que le marin russe puisse sortir de la zone portuaire. En passant au crible le terrain vague qui jouxtait le quai où avait été amarré le *Nikolay Zankov*, ils avaient retrouvé un couteau automatique à cran d'arrêt au milieu d'un gros massif d'herbes de la pampa. L'analyse du manche en corne et de la lame effilée de douze centimètres avait mis en évidence des traces de sang ainsi que plusieurs empreintes digitales. Le sang était celui de Franck Marchado. C'était par conséquent cette lame qui lui avait coûté la vie. Les empreintes les plus nettes appartenaient au marin russe. Les techniciens en avaient déduit que c'était lui qui avait frappé à deux reprises l'ancien trois-quart centre de l'UST reconverti en truand. D'autres, en partie effacées par les premières, étaient celles de Marchado. À qui appartenait la lame ? Marchado étant armé d'un pistolet, il était logique de penser que le couteau était celui du marin. Mais l'un des sachets de poudre avait été percé pendant la transaction. Sans doute pour permettre à Marchado de tester le produit. Par conséquent, il devenait plus difficile d'être catégorique sur ce point. D'autant qu'il s'agissait d'un modèle courant qui se vendait un peu partout en Europe. Que s'était-il passé sur le terrain vague de la zone Saint-Bernard ? Pourquoi l'échange avait-il capoté ? Pour Camiade et pour Malard cette question ne présentait désormais aucun intérêt. Le plus important était que la drogue et l'argent avaient été saisis et que les hommes chargés de la transporter et de la récupérer avaient été mis hors d'état de nuire. Le cartel de Barranquilla n'était pas vaincu pour autant, mais il devrait se trouver un nouvel itinéraire pour acheminer sa marchandise. Un mandat de recherche international avait été lancé pour mettre la main sur la tête du réseau français, un certain Mathieu Grigny, connu dans le milieu sous l'hétéronyme Gordy. L'homme avait pour l'instant réussi à passer entre les mailles des filets tendus par les autorités policières, mais il serait repris, tôt ou tard.

Lors de la conférence de presse qu'il donna en compagnie du colonel de la gendarmerie de Bayonne, vers dix-huit heures, le commissaire divisionnaire Ludovic Malard jubilait. Il fit l'éloge des sections de la police judiciaire dont il avait la direction et qu'il avait parfaitement coordonnées pour atteindre des résultats qui, selon lui, honoraient la police et la gendarmerie françaises. Trois affaires d'importance avaient été résolues en moins d'un mois. Un important trafic de drogue était en cours de démantèlement, une bande de malfaiteurs qui s'en prenaient à des entrepôts se trouvait sous les verrous et l'affaire des disparus des fêtes de Bayonne était bouclée. Bien entendu, à aucun moment il ne communiqua le nom des officiers de police qui avaient mené les investigations sur le terrain.

Sanlucar avait écouté son patron s'attribuer tout le mérite des trois affaires. Il en avait l'habitude et il s'en moquait. Lorsqu'il essayait de faire sa propre analyse, il n'éprouvait pas le même enthousiasme. Il doutait de la culpabilité de Jérôme Hargous. Les éléments à charge étaient faibles. Mais alors, qui d'autre était responsable de la mort de Suzanne

Lanton ? Un client de l'hôtel ? Tous avaient été contactés. Leurs alibis vérifiés, dans la mesure du possible. Il n'y avait rien qui puisse les confondre. Passer l'hôtel de fond en comble au luminol ou à la poudre noire pour y déceler une goutte de sang ou une empreinte digitale laissée par la jeune femme était inconcevable. Sans savoir où chercher, il aurait fallu vider l'hôtel de tous ses occupants plusieurs jours durant. Pour le juge d'instruction chargé de l'affaire, le jeu n'en valait pas la chandelle. Et puis les chambres avaient plusieurs fois été nettoyées de fond en comble et les salles de bain récurées avec des produits détergents contenant de la javel. Les chances d'y déceler un hypothétique indice étaient minimes.

En croisant les différents témoignages, on avait simplement pu établir que Jérôme Hargous avait quitté son poste entre deux heures dix-neuf et quatre heures du matin. Les deux occupants de la chambre 108 avaient utilisé leur badge électromagnétique pour entrer dans l'hôtel et avaient salué le veilleur de nuit, assis derrière le guichet. Ils étaient les derniers à l'avoir vu à son poste de travail. Les trois locataires de la 203 avaient perdu leur carte d'accès au milieu de la fête. Revenus à l'hôtel peu avant quatre heures, ils avaient sonné mais personne n'était venu leur ouvrir. Ils avaient déclaré être repartis en ville et avoir terminé leur nuit dans un appartement situé non loin du quartier des halles. Leur témoignage avait été confirmé par les propriétaires du logement. Sanlucar avait cent fois relu les procès-verbaux établis par son équipe et par les policiers et gendarmes qui étaient intervenus au cours de l'enquête. Il n'avait pas réussi à bâtir ne serait-ce que le début d'une autre solution que celle entérinée par Malard.

Le plus important, à ses yeux, c'était que Laura et le petit Jérémie s'en soient tirés. Cette pensée l'aidait dans les moments où il songeait qu'il aurait pu empêcher la mort de Jérôme Hargous s'il avait réagi différemment, s'il ne s'était pas empêtré dans une succession d'impasses, s'il avait plus rapidement fait le lien entre son enquête et l'affaire menée par les Stups, s'il n'avait pas été de repos au moment où Camiade et ses hommes avaient démarré leur enquête à la suite de la découverte de la drogue, s'il avait eu plus rapidement l'idée de faire le lien entre la disparition du veilleur de nuit et la voiture de Franck Marchado retrouvée à deux cents mètres de l'hôtel, si la surveillance du domicile des Hargous avait été plus efficace, si Malard lui avait laissé ne serait-ce que quelques hommes pour lui prêter main-forte lors de l'assaut de la bergerie, si le divisionnaire n'avait pas été aussi entêté. Il avait beau se dire qu'il avait fait de son mieux, qu'il avait joué de malchance et que le manque de collaboration entre les services du commissariat avaient pesé lourd, la culpabilité persistait.

La journée, si bien commencée, se termina par un appel de la gendarmerie de Saint-Jean-de-Luz qui plongea le commissariat dans la désolation la plus totale. Un appel que tout le monde redoutait depuis quelque temps et qui, plus les jours passaient, devenait inéluctable dans l'esprit du personnel policier. Même si personne n'osait en parler, tout le monde y pensait. L'euphorie qui régnait dans les locaux du commissariat fit subitement place à l'accablement et l'amertume. Le corps sans vie de Gilles Ripoix, ou plutôt ce qu'il en restait, venait d'être découvert sur la plage de la baie de Loya, au nord d'Hendaye. Son identité ne faisait aucun doute. Son portefeuille contenant ses papiers avait été retrouvé sur lui malgré le séjour prolongé dans l'océan. Une autopsie serait pratiquée mais les premières constatations des techniciens du SLPT et du médecin légiste dépêché sur les lieux, indiquèrent que le corps présentait de très nombreuses ecchymoses et fractures. Une enquête avait immédiatement été menée par la gendarmerie de Saint-Jean-de-Luz. La thèse du suicide ne faisait guère de doute. Gilles Ripoix s'était probablement jeté à la mer du haut des falaises de Socoa. Sa tête avait éclaté sur les rochers et ses membres s'étaient brisés en plusieurs endroits. Il était mort sur le coup. La mer avait ensuite emporté sa dépouille qui avait dérivé plus de quatre jours jusqu'à ce que les vagues la rejettent sur le sable blanc de la baie de Loya. Les causes profondes de sa déchéance morale et de son alcoolisme resteraient un mystère. Il n'avait laissé aucun mot, aucune explication à son geste de désespoir. À l'étage de la Crim, c'était la consternation. L'impression d'un gâchis total. Tout le monde savait que Gilles Ripoix souffrait. Tout le monde l'avait vu sombrer petit à petit, mais personne n'avait été en mesure de lui venir en aide. Le commissaire Malard essayait de faire bonne figure mais chacun savait qu'au fond de lui, il se sentait responsable de ne pas lui avoir tendu la main, et d'avoir, au contraire, privilégié la sévérité à son égard.

Pour Francis Sanlucar, la mort de Ripoix eut, au delà de la tristesse de perdre un collègue avec qui il travaillait depuis plus d'un an, un effet thérapeutique. Aux obsèques, quelques jours plus tard, il rencontra sa famille et conversa longuement avec Valérie, son épouse. De pénibles souvenirs remontèrent à la surface mais il réalisa que cette femme avait vécu le même calvaire que lui. Elle évoqua son intense sentiment de culpabilité. Elle aussi avait été gagnée par la compulsion. Tout essayer de contrôler, tout vérifier, tout fouiller, maîtriser l'immaîtrisable. Leur relation de couple s'était transformée en combat, mélangeant violence et perversion. Gilles lui mentait. Elle mentait à tout le monde pour couvrir les défaillances ou les absences de son mari, lors de réunions de famille ou de rendez-vous divers. Plus tard, elle était passée au mépris. Elle détestait tout le monde, à commencer par elle-même, jusqu'à leur entourage, les collègues et amis de son mari dont elle ne contrôlait plus aucuns faits et gestes. Depuis plusieurs semaines, bien avant qu'il ne disparaisse, elle voyait un psychologue qui l'aidait à comprendre qu'elle devait accepter les faits, qu'elle devait penser à elle, avoir des activités qui lui procurent du plaisir et qui la valorisent, qu'elle n'était pas responsable de ce qui arrivait. Francis Sanlucar fut impressionné par la force mentale de cette femme. Elle avait décidé de quitter la région et de rentrer à Grenoble, sa ville natale. Plus rien ne la retenait ici. Elle voulait reprendre son travail qu'elle avait mis de côté depuis que Gilles avait été muté à Bayonne. Elle était luthière, spécialisée dans la restauration d'instruments de musique anciens. Un conseil qu'elle lui avait donné tournait en boucle dans la tête de Sanlucar :

« Ne regardez plus derrière vous. Débarrassez-vous de vos valises trop lourdes à porter. Vous vous sentirez plus léger, plus libre. »

Quatrième partie

Balade toulousaine

25

Dimanche 21 septembre.

Plus d'un mois s'était écoulé depuis la fin de l'enquête. La disparition de Gilles Ripoix avait laissé un grand vide dans la brigade, mais la routine avait lentement repris ses droits au SDPJ de Bayonne. Vols, violences conjugales, agressions, véhicules volés, larcins de tout poil. Pas de nouvel homicide. Ce dimanche, l'automne avait brutalement annoncé la couleur. Une chape de nuages bas avait colonisé l'atmosphère. Elle recouvrait le décor d'une couche grise et morne. Une pluie fine et perfide s'infiltrait dans tous les pores de la ville depuis l'aube. Sur le sable trempé des plages d'Anglet, il était devenu impossible d'apercevoir les sommets du Pays basque, le Jaïzkibel, les trois couronnes et la Rhune. Les derniers touristes déambulaient tristement dans les rues et le long du littoral. Ils avaient remisé leurs maillots, leurs tee-shirts et leurs shorts pour s'équiper de pull-overs, de ponchos, d'imperméables et de parapluies. La veille, Francis Sanlucar avait reçu un appel de Lise. Il n'avait pas été étonné. Depuis ce dimanche d'août, rangé dans le placard aux mauvais souvenirs, l'infirmière et le policier se voyaient de temps à autre. Francis Sanlucar avait du mal à comprendre le sens profond de ces rendez-vous. Lise lui avait confié qu'il y avait quelqu'un dans sa vie mais elle n'en parlait jamais. Il s'appelait Michel. Certes, elle souhaitait qu'ils restent amis, mais leurs rendez-vous étaient-ils vraiment ceux de deux simples camarades ? Ils allaient au cinéma, s'asseyaient en terrasse boire un thé, partageaient parfois un plat de poissons ou de fruits de mer. Lorsque leurs mains s'effleuraient, ni l'un ni l'autre ne se précipitait pour rompre le contact. Lorsque leurs regards se croisaient, ils s'attardaient souvent plus que de raison. Lise attendait-elle quelque chose de sa part ? Elle devait bien être consciente de l'effet qu'elle produisait sur lui. Devait-il franchir l'insignifiante barrière qui les séparait ? Il n'en savait rien. « Hors de question de prendre un nouveau râteau ! » se répétait-il. Il se sentait bien auprès d'elle, mais le soir, lorsqu'il se retrouvait seul chez lui, il sentait comme un malaise. Il se disait qu'il valait mieux arrêter ce jeu dangereux. Il pensait à cet autre avec qui elle faisait l'amour. Ça lui faisait mal. Il s'était plusieurs fois promis de lui parler mais il avait peur de tout gâcher.

Cet après-midi-là, ils s'étaient rendus dans un cinéma. Serrés l'un contre l'autre sous un parapluie, ils traversaient le pont Saint-Esprit, balayé par des bourrasques de vent mêlé de bruine. Sanlucar écoutait Lise évoquer le long-métrage. Il aimait cette façon qu'elle avait de prolonger l'histoire. C'était comme si elle était encore dans le film. Arrivés Place de la Liberté, ils s'abritèrent devant le théâtre. Il y avait une exposition de photos dans le hall de la salle de spectacle, intitulée « Nuits de *festayres* ». Ils décidèrent d'y entrer. Le photographe avait posé son regard d'artiste sur les fêtes de fin juillet et toute leur démesure. Il avait saisi le rire de centaines d'anonymes, leurs grimaces, leur ferveur, leur euphorie, leurs délires, leurs excès, leur fatigue. Il s'était introduit dans tous les lieux, derrière les comptoirs des bars, dans les *peñas*, dans les rues les plus denses, s'était positionné au raz du sol ou du haut des terrasses et des balcons. Francis Sanlucar et Lise passaient de cliché en cliché, y allaient de leurs commentaires personnels :

« T'en penses quoi de ces fêtes ? demanda Sanlucar.

— J'aime bien. Je suis systématiquement de service pendant la semaine des fêtes, vu le boulot que ça nous donne à l'hôpital. Mais sinon, j'aimais bien les faire avec mes amies. Pas toi ? »

Sanlucar ne répondit pas. Il s'était figé devant une photo prise dans une *peña*. Il se rapprocha pour examiner le cliché. Il n'y avait aucun doute. Il se retourna, jeta un regard circulaire à la recherche de l'auteur de l'œuvre. Un homme sec, la quarantaine et le cheveu grisonnant en pétard était assis à une table recouverte d'une nappe rouge. Il dédicaçait le livre qu'il vendait sur le thème des fêtes. Sanlucar attendit son tour puis demanda :

« Dans votre livre, il y a d'autres photos que celles qui sont exposées ici ?

— Bonjour monsieur », répondit le photographe, un brin offensé par le ton peu courtois de l'homme qui se tenait devant lui.

« Tous les clichés du livre sont exposés ici. Si vous êtes intéressé, vous pouvez acquérir l'ouvrage ou une photo, en grand format et encadrée.

— Je voudrais vous parler d'une photo en particulier.

— Laquelle ? fit l'homme, intéressé.

— Celle qui est accrochée là-bas. Là où se tient la femme qui regarde vers nous et qui tient un parapluie écossais. »

L'homme leva la tête à la recherche de Lise qui n'avait pas bougé et qui observait la scène de loin. Il ouvrit son livre, tourna quelques pages avec l'assurance de celui qui sait exactement ce qu'il cherche et posa le doigt sur une photographie qui occupait une page entière.

« Celle-ci ? fit-il en retournant l'ouvrage vers Sanlucar.

— Absolument.

— Que voulez-vous savoir ?

— Quand cette photo a-t-elle été prise ? Quel soir ?

— Comment voulez-vous que je vous réponde ? Il faudrait que je consulte mes fichiers…

— Est-il possible que vous ayez pris d'autres photos au même endroit et au même instant ?

— Sans doute cher monsieur, mais c'est uniquement celle-là que j'ai choisie. C'est la seule qui soit à vendre. Vous êtes intéressé ? »

Sanlucar sortit son portefeuille de son blouson de cuir et mit sa carte tricolore devant le nez du photographe dont le ton précieux commençait à lui taper sur le système.

« Je peux payer avec une carte de police ? lança-t-il agacé.

— Je, je ne peux pas vous répondre maintenant, bredouilla le photographe, impressionné. Les fichiers sont chez moi. »

Sanlucar s'empara d'une des cartes de visite éparpillées sur la table, du stylo Montblanc dont l'artiste se servait pour signer ses dédicaces, y nota son adresse mail et son numéro de téléphone portable.

« Je vous serais reconnaissant de m'envoyer tout ça par mail, le plus rapidement possible. La copie de la photo exposée et la série complète de celles que vous avez prises au même endroit. C'est surtout la personne qui figure au centre de la photo qui m'intéresse, ainsi que ceux qui sont autour d'elle. N'oubliez pas la date à laquelle les photos ont été prises. L'heure également. Ces informations sont capitales.

— Je vous promets de vous envoyer tout ça, mais ce sera tard dans la nuit. Le vernissage a lieu ce soir.

— Ne m'oubliez pas, c'est tout ce que je vous demande. Envoyez-moi un message sur mon téléphone quand c'est fait.

— Euh, hésita le photographe. Les photos que je vous enverrai ne doivent pas être publiées ni diffusées sans mon accord.

— Ne vous inquiétez pas, le rassura Sanlucar, caustique. Je compte sur vous. »

Le policier tourna les talons après avoir empoché l'une des cartes de visite où figuraient les coordonnées de l'artiste. Il s'appelait Romain Soubiran.

« Que se passe-t-il ? » demanda Lise, qui avait rejoint Sanlucar.

Elle paraissait mal à l'aise. C'était la première fois qu'elle observait son ami dans ce qui ressemblait à son travail.

« Je ne peux pas t'en parler, répondit-il. Je préfère ne rien dire si tu préfères. Question de superstition, tu vois ?

— Non, pas vraiment, mais tu n'es pas obligé de me répondre.

— Allez, viens. Sortons d'ici et allons boire notre chocolat. »

Francis Sanlucar s'efforça de rester éveillé jusqu'à ce qu'il reçoive le message qu'il attendait. Il regardait fébrilement son téléphone, ouvrait régulièrement sa boîte mail mais rien n'arrivait. Il suivit distraitement les programmes de la télévision jusqu'à vingt-trois heures puis, n'y tenant plus, il prit sa voiture et se rendit au commissariat. Les personnels de service furent un peu surpris de voir l'un des officiers de la PJ débarquer au milieu de la nuit, mais ils se contentèrent de saluer leur supérieur. Parvenu dans son bureau, Sanlucar alluma son ordinateur et rechercha les fiches des témoins recueillies dans l'affaire des disparus des fêtes. Elles n'étaient plus punaisées aux cloisons du bureau, il les avait toutes scannées et archivées. Sûr de rien, il devait examiner les photos pour être catégorique. Il s'appuya contre le dossier de son fauteuil, bascula en arrière, les mains jointes derrière la nuque, ferma les yeux.

Le tintement de son téléphone lui indiquant qu'il venait de recevoir un message le tira de son sommeil. Il rêvait qu'il roulait au milieu d'une route qui s'enfonçait dans une épaisse forêt. Il faisait nuit et il pleuvait. La visibilité était mauvaise et il s'efforçait de nettoyer le pare-brise embué avec sa main gauche. Soudain, une voiture arriva en sens inverse. Elle zigzaguait et fonçait droit sur lui. Une seconde avant la collision, il reconnut la femme qui somnolait au volant. Il voulut appuyer sur le klaxon, mais ce fut la notification de son téléphone qui retentit et qui le réveilla brutalement.

Il appuya sur un bouton et l'écran de l'appareil s'illumina. Il était deux heures treize. Il avait reçu un message laconique de la part du photographe qui disait : « *Photos envoyées. RS.* »

Sanlucar accéda à sa boîte de réception. Il avait reçu un lien de téléchargement de six photographies. Les fichiers étaient lourds. En attendant la fin de l'opération, il lut le texte que Romain Soubiran avait tapé.

Ci-joint six photos prises dans la "Peña Baïona-Baïona", rue Pannecau dans la nuit du vendredi 1er août au samedi 2 août entre minuit cinquante-quatre et une heure quatre.

Merci de ne pas publier ou diffuser ces photos, protégées par le droit d'auteur.

Romain Soubiran
Photographe Professionnel
19, rue Muscard - 64 100 Bayonne.

Le jour et l'heure collaient parfaitement. Ces photos constituaient donc un faisceau d'indices de tout premier ordre. Il examina longuement chaque cliché. Ce Soubiran avait indiscutablement un don pour saisir l'expression et l'émotion de ses sujets. Un réel talent d'observation. Il imprima trois photos. Il passa ensuite en revue les fiches des témoins, s'attarda tout particulièrement sur les photos d'identité qu'ils avaient fournies. Il relut les dépositions, prit des notes, imprima plusieurs feuilles. Son acuité d'analyse était totale. C'était comme si certains éléments du dossier, invisibles jusqu'alors, refaisaient surface, comme si le brouillard qui avait asphyxié son esprit des semaines entières s'était dissipé d'un coup. Lorsqu'il estima avoir en main suffisamment d'éléments pour rouvrir une enquête clôturée un peu trop précipitamment, il regarda l'heure. Il était cinq heures quarante-sept. Il décida de rentrer chez lui se reposer une petite heure puis de s'occuper de Rubio, avant d'attaquer une journée qu'il considérerait ultérieurement comme décisive.

À huit heures, Francis Sanlucar était de retour à son bureau. Il appela la gendarmerie de Mont-de-Marsan, demanda à parler au capitaine Bally. Un simple mot tapé sur un procès-verbal daté du dimanche 10 août avait allumé une mèche dans son cerveau. Il continua à constituer son dossier, passa plusieurs appels téléphoniques. À neuf heures tapantes, le commissaire Ludovic Malard, réglé comme du papier à musique, entrait dans son bureau. Il accrochait son pardessus à son portemanteaux lorsque Sanlucar toqua à sa porte.

« Que t'arrive-t-il ? demanda Malard en voyant débarquer son chef de section un dossier à la main.

— J'aimerais que vous jetiez un œil à ces photographies. »

Le divisionnaire s'installa à son bureau et chaussa une paire de lunettes. Il examina les clichés et les fiches sélectionnées par Sanlucar, puis écouta attentivement sa théorie sur les événements d'une tragique nuit de feria qui, si elle était confirmée, avait de grandes chances d'innocenter Jérôme Hargous. Malard réfléchit quelques secondes puis formula une unique objection à propos des fibres de draps retrouvées dans le coffre de la voiture du veilleur de nuit. Sanlucar s'attendait à cette question. Il posa devant le commissaire le compte rendu d'une audition de Maïtena Landaburu.

« Nous avons été particulièrement négligents tout au long de l'enquête. Et moi le premier. Sur sa déposition datée du mardi 5 août, la réceptionniste de l'hôtel avait signalé, je cite : “En rentrant chez lui, il arrive parfois à Jérôme de faire un détour par les locaux de la PPIPB, pour Propreté, Professionnelle, Industrielle du Pays basque.” C’est cette entreprise de la zone de Maignon qui s’occupe de l’entretien du linge de l’hôtel. Je les ai appelés il y a dix minutes. Ils m’ont confirmé la déposition de Maïtena Landaburu. Ça signifie donc qu’il arrivait à Jérôme Hargous de charger des draps dans sa voiture.

— Probable en effet, admit le commissaire.

— Il y a autre chose. Dans le procès-verbal rédigé par le maréchal des logis Thomas Loupiou de la gendarmerie de Mont-de-Marsan, on lit ceci : “Le corps était enseveli sous trente centimètres de terre, le tout recouvert d’une grosse souche de pin. ” On n’a pas été les seuls à négliger des détails. Les gendarmes aussi. Que signifie l’adjectif *gros* ? Rien de précis. J’ai donc téléphoné au responsable local de l’enquête, le capitaine Bally. Et bien cette souche pesait environ cent-vingt kilos. Ce Loupiou avait simplement omis de le préciser. Et ça change tout. Un homme seul était dans l’incapacité de la déplacer. Les gendarmes s’y sont mis à trois pour la dégager et pour permettre à la scientifique d’atteindre le corps de Suzanne Lanton. »

Malard opina lentement du chef. Il était évident qu’un certain nombre de détails leur avaient échappé et que la nouvelle théorie de Sanlucar tenait la route.

« Ta négligence et celles des membres de ton équipe m’ont conduit à tirer des conclusions regrettables, s’emporta-t-il brusquement. »

Sanlucar accusa le coup. Plusieurs fois il avait parlé à son supérieur de ses doutes concernant la culpabilité de Jérôme

Hargous et à chaque fois, Malard lui avait rétorqué qu'il faisait fausse route. Il serra les dents, préférant ne rien dire et laisser son patron se calmer tout seul. Malard fronça les sourcils, tordit sa bouche à droite puis à gauche et décrocha son téléphone pour appeler le juge qui avait été chargé de l'instruction du dossier. Après avoir raccroché, il annonça sur un ton cassant :

« Tu me tapes un rapport complet, tu y joins les nouveaux indices et tu le fais parvenir fissa au juge. Il décidera s'il rouvre l'enquête ou pas. »

Vers le milieu de l'après-midi, Malard déboula dans le bureau de Sanlucar. Le divisionnaire semblait s'être calmé. Le ton de sa voix était plus affable.

« C'est bon. Le juge t'envoie dans ton ancien fief toulousain pour quelques investigations supplémentaires. J'ai contacté mon homologue pour que ses hommes procèdent aux interpellations des suspects et j'envoie les techniciens tenter de prélever des indices dans la chambre 309 du *Grand Adour*. On ne sait jamais.

— OK patron.

— Rentre chez toi, prépare-toi, tu dois être sur place à huit heures demain matin.

26

Mardi 23 septembre, quatorze heures trente.

« Allô Paul ? C'est Raphaël. T'es où là ? Ça fait vingt fois que j'essaie de t'appeler, t'étais toujours sur répondeur.

— À Blagnac. Dans l'aérogare. Je rentre de Paris. Je viens d'allumer mon portable et…

— Tu ne devais pas rentrer hier soir ?

— Si, mais il y a eu une petite sauterie après le congrès et j'ai dû décaler mon vol à cet après-midi. Qu'est-ce qui se passe ? T'as l'air affolé.

— Les flics !

— Quoi encore avec les flics ?

— Amandine vient de m'appeler. Ils sont passés chez nous. Elle m'a bombardé de questions. Ils me cherchent. Ils viennent m'arrêter, c'est sûr.

— Hé, calme-toi Rafi !

— Que je me calme ? Mais bordel, la police est toujours à nos trousses mec ! Ils sont après nous ! Ils vont nous avoir !

— Mais qu'est-ce que tu racontes Rafi ? L'affaire est bouclée depuis un mois. Ils ont leur coupable. Calme-toi ! Écoute, je ne peux pas discuter de ça avec toi dans l'aérogare. Il y a trop de monde ici. Je rejoins ma voiture au parking et je te rappelle.

— Fais vite Paul, ils vont rappliquer d'un instant à l'autre. Rappelle-moi vite. Ils vont sans doute venir te chercher, toi aussi. »

Paul Bach raccrocha en sifflant un juron entre ses dents. Il rangea son téléphone dans sa veste en lin beige, passa une main dans son épaisse chevelure, ramassa son sac de voyage, sa mallette en cuir et prit la direction du parking de l'aéroport de Toulouse Blagnac. Il pressa malgré lui le pas pour rejoindre l'Audi TTS roadster de 272 chevaux qu'il s'était acheté deux semaines plus tôt. Une fois installé derrière le volant sport multifonctions, il alluma une cigarette puis il composa le numéro de son ami. Raphaël Vars répondit dès la première sonnerie.

« Rafi ? C'est Paul, fit-il le plus calmement possible.

— Putain, pourquoi ils veulent nous entendre encore ?

— Ils veulent juste nous poser une ou deux questions pour boucler leur enquête. Ils n'ont rien contre nous.

— On aurait dû agir autrement Paul ! On aurait dû tout dire aux flics tant qu'il était temps.

— Non mais, tu te sens pas bien ? On en a parlé des centaines de fois ! Tu voulais faire quoi ? Foutre nos vies en l'air ?

— On pouvait dire que c'était un accident…

— Un accident ouais, t'as raison ! Et faire monter cette fille avec nous dans l'espoir de se la taper les uns après les autres ou tous ensemble en même temps, c'était aussi un accident ? Tu crois que ton Amandine va apprécier ? T'es marié mon pote ! Et moi, tu penses que le vieux Decastre m'aurait permis d'épouser sa fille dans un mois et m'aurait gardé dans son laboratoire ? Pareil pour Marc d'ailleurs !

— On était bourrés Paul.

— Et tu crois que ça change les choses ? T'as envie de passer le reste de tes jours en taule toi ? Pas moi. Je vais pas foutre ma vie et mon job en l'air ! N'y compte pas ! On a merdé, je suis d'accord, mais maintenant, nous devons nous serrer les coudes et ne pas mêler nos familles à cette histoire. On doit respecter nos familles, Rafi !

— Parce que tu trouves qu'on a respecté cette fille, toi ?

— Et dis donc Rafi, tu oublies une petite chose. C'est toi qui es responsable après tout ! C'est toi qui lui as sauté dessus. T'étais chaud comme la braise mon ami. Tu l'oublies ça ?

— Elle a glissé Paul. J'ai jamais voulu lui faire du mal. Elle a glissé. C'était un accident.

— Va raconter ça à Amandine. Tu crois qu'elle va avaler que son petit Rafi chéri voulait se payer du bon temps avec une touriste pendant les fêtes de Bayonne ? Il faut qu'on s'en tienne tous les trois à ce qu'on s'est dit. Il faut qu'on reste unis. Les flics ne pourront rien prouver sans nos aveux. Ils ont leur coupable, ne l'oublie pas. Et leur coupable, il est mort. Il ne viendra plus se défendre et nous accuser.

— Et leurs foutues analyses ADN, Paul ! Qui te dit qu'ils n'ont pas trouvé nos empreintes génétiques sur les draps, ou ailleurs ? »

Paul Bach marqua un temps d'arrêt. Il devait trouver un argument de poids qui responsabiliserait son ami et le ramènerait vers le chemin de la raison.

— Écoute-moi bien. C'est toi qui nous as fourré dans la merde. Je tiens à te le rappeler encore une fois. Tu dois te contrôler et tenir le coup. Pour nous trois et pour nos familles, bien sûr. On a fait une connerie, mais on peut très bien payer notre dette sans passer le reste de notre vie en taule. On la refera pas revenir à la vie. Et puis, je vais te dire. Elle nous a bien cherchés. Elle en voulait autant que nous. C'était pas une sainte. On l'a pas obligée et on l'a pas violée. Ressaisis-toi mec ! Tu vas y arriver, bordel ! T'es un costaud.

— Je vais essayer.

— Non ! Tu vas y arriver. Et n'oublie pas que les flics ont leur coupable.

— C'est tout de même bizarre que ce type ait disparu la même nuit quand même. Il n'était plus derrière son guichet lorsqu'on est rentrés.

— Tu vois bien… Dans un certain sens, on peut dire qu'en disparaissant il nous a rendu un fier service. Je ne vois pas comment nous aurions pu descendre la fille s'il s'était tenu à son poste. Il nous aurait forcément vus. »

Paul Bach réfléchit quelques secondes avant de poursuivre sur un ton péremptoire.

« Il est le coupable idéal. C'est une aubaine pour nous. Je te dis qu'on n'a rien à craindre.

— Et Marc, tu crois qu'il va tenir le coup, lui ?

— Je vais lui téléphoner pour lui rappeler notre pacte.

— Une seconde, s'il te plaît Paul, j'ai un appel du standard. »

Le thème de *La Lettre à Élise* surgit brusquement dans les oreilles de Paul Bach qui en profita pour réfléchir à nouveau. Il avait une totale confiance en Raphaël Vars malgré son anxiété apparente qu'on pouvait qualifier d'épidermique chez lui. Rafi n'en demeurait pas moins un battant, un homme ambitieux qui avait construit seul sa vie, s'était tapé tout un tas de petits boulots pour payer ses études de commerce, avait bien gagné sa place. Une place à laquelle il ne renoncerait pour rien au monde. Non, c'était Marc Verguy qui l'inquiétait le plus. Lui, il était réellement fragile. Il craquerait dès que les flics lui mettraient la pression. Il était par conséquent indispensable qu'il garde le silence. Mais comment y parvenir ? Raphaël Vars reprit la communication.

— Il y a deux policiers à l'accueil du magasin. Ils viennent me chercher.

— Accroche-toi Rafi ! Tu vas y arriver ! D'accord ? On est liés ! On se serre les coudes ! Promis ? »

Raphaël Vars ne répondit pas. On venait de toquer à la porte de son bureau.

« Entrez », dit-il à ses visiteurs d'un ton qui se voulait ferme.

La communication s'interrompit. Paul Bach fit tomber le mégot de sa cigarette par la fenêtre de sa voiture, remonta la glace et mit le contact. Le moteur de son roadster rugit. Il joua avec la pédale d'accélérateur quelques secondes, le chant du quatre cylindres turbocompressé pénétrait par tous les pores de sa peau en lui injectant toute sa puissance. Du coup il se sentit regonflé à bloc. Avant d'enclencher une vitesse, il observa son propre regard dans le rétroviseur intérieur. Il venait d'avoir une idée. Il fut parcouru d'un frisson d'épouvante mais se reprit presque instantanément. Il éteignit le contact et rechercha le numéro du portable de

Marc Verguy dans l'agenda de son téléphone. Après deux sonneries, on décrocha.

« Marc ?

— Salut Paul, t'es rentré de Paris ?

— À l'instant.

— Tu devais pas revenir hier ?

— Si, si, je t'expliquerai. T'as quelques minutes ? Je voudrais te dire un truc ou deux. T'es où ?

— Je viens de partir de chez moi. J'arrive à Cornebarrieu.

— Gare-toi quelque part et attends-moi. On se prend un café ?

— OK, je m'arrête à l'Organdi, c'est une brasserie au centre du village. Tu vois où c'est ?

— À peu près… Je vais trouver. T'inquiète. »

Paul Bach venait à peine de raccrocher que son portable sonnait de nouveau. Il jeta un regard sur le cadran. Ingrid.

« Chérie ? dit-il en s'efforçant de donner à sa voix le ton le plus jovial possible.

— T'es où, mon cœur ?

— J'arrive à l'instant.

— Comment s'est déroulé ton voyage ?

— Impec ! J'ai dormi.

— Je m'inquiète toujours quand je te sais dans un avion. Je suis contente que tu sois arrivé. Tu rentres directement à la maison ?

— Une petite course à faire avant et j'arrive.

— Je te demande ça parce que je ne serai pas là. Je vais chez Christelle et Cédric.

— Ah, merde ! fit-il avec un air faussement contrarié.

— Je ne rentrerai pas tard.

— Prends ton temps chérie. On se fait un restau ce soir ?
— Avec plaisir mon cœur.
— À tout à l'heure alors. »

La conversation s'interrompit, Ingrid avait raccroché. Il démarra immédiatement le moteur de son Audi et enclencha la première vitesse. Le roadster bondit de sa place de parking et se faufila rapidement entre les rangées de voitures jusqu'à la barrière de sortie. Malgré le caractère préoccupant de la situation, rien n'était encore fichu. Il n'avait pas dit à Ingrid qu'il allait retrouver Marc.

27

Sanlucar s'était directement rendu chez sa sœur Sylvie. Rentré chez lui, il avait rapidement mis quelques affaires dans un sac de voyage, fermé les volets de sa petite maison et prit la direction de l'autoroute au volant d'une des voitures de service. Restait le problème Rubio. Il aurait pu l'emmener avec lui, mais compte tenu que son déplacement n'était pas un voyage d'agrément, il ne souhaitait pas contraindre Sylvie à s'occuper de son chien. Il demanda à ses plus proches voisins, un couple de retraités de l'éducation nationale, s'ils voulaient bien lui garder son labrador deux ou trois jours. L'homme et la femme acceptèrent de bon cœur le paquet de poils blonds au regard tendre, ainsi que l'énorme sac de croquettes et la gamelle qui allaient avec.

La sœur de Francis Sanlucar habitait dans l'une des nombreuses communes de la banlieue toulousaine, où les lotissements avaient poussé comme des champignons après une pluie automnale et dont la population avait triplé en trente ans. Aucamville était de celles-là. Sylvie vivait au centre du village, dans une petite maison en briques sans étage. Une authentique *Toulousaine* datant d'une soixantaine d'années. Sylvie vivait là avec Yves, son compagnon, vendeur dans une concession automobile. Sanlucar le trouvait profondément antipathique. Si on lui en avait demandé le motif, il aurait été bien en peine de l'expliquer. Son regard peut-être. Il le trouvait froid et suffisant. Les deux hommes n'avaient aucun centre d'intérêt commun. Yves était un passionné de jeux vidéo et de mondes imaginaires qui laissaient Sanlucar totalement indifférent. Il semblait s'être investi de l'illusoire mission consistant à rallier son beau-frère à sa cause. Alors, ne voulant pas le vexer, Sanlucar faisait mine de suivre un discours totalement abscons pour lui, jalonnant le récit de « Ah » et de « Oh » peu crédibles. Sylvie n'était pas dupe et secouait la tête en voyant faire son frère mais Yves, lui, ne se rendait compte de rien tant il était absorbé par son univers marginal. Ce soir-là pourtant, après le dîner, il dut faire exception à la règle. Sylvie souhaitait discuter avec son frère en privé. Alors il brancha son ordinateur, sa console et son casque, puis reprit un étrange jeu de rôle en réseau, commencé depuis plusieurs semaines.

« Comment peux-tu supporter ce type ? demanda Sanlucar à sa sœur.

— Il est gentil. Ne sois pas désagréable.

— Il est complètement malade oui ! Il sait très bien que je n'y comprends rien à sa science-fiction médiévale. On dirait qu'il prend un malin plaisir à me saouler avec ses lutins et ses trolls ! T'as vu comment il me regarde avec son air supérieur ?

— Arrête.

— Non, c'est vrai, il m'énerve. Il ne t'aide jamais. Il te laisse tout faire dans cette maison. Jamais un mot gentil à ton égard. Il n'y a que sa console qui l'intéresse. Il s'y met dès qu'il rentre de son boulot et y est toujours branché quand tu pars te coucher. Tu parles d'un savoir vivre.

— Parce que tu penses pouvoir donner des leçons dans ce domaine ? » explosa Sylvie en jetant un regard furtif vers Yves qui n'avait rien entendu.

Sanlucar s'interrompit. Il était allé trop loin.

« Depuis quand n'as-tu pas téléphoné à Papa par exemple ? reprit-elle. Te soucies-tu au moins de sa santé ?

— Je l'ai appelé pour son anniversaire.

— Oui, parce que je te l'ai rappelé. Sinon, l'aurais tu fait ?

— Crois-tu vraiment que je ne pense jamais à lui ? se défendit maladroitement Sanlucar.

— Je n'en sais rien Francis. Tu vis complètement reclus depuis deux ans. Tu critiques Yves qui s'enferme dans son monde, mais toi tu n'es pas meilleur que lui. Tu bosses vingt heures sur vingt-quatre chaque jour. Tu as laissé tomber tout le monde. Ta famille et tes anciens amis. Penses-tu que c'est en te saoulant de boulot que tu vas pouvoir faire le deuil de ton passé ? »

Sylvie avait appuyé sur *saoulant* et Sanlucar l'interpréta comme une attaque intentionnelle de la part de sa sœur.

« J'apprécie modérément ton humour.

— Et bien c'est comme ça ! »

Après quelques secondes de tension oppressante, Sylvie reprit sur le même ton accusateur.

« Ne me prends pas pour une andouille Francis. Je t'appelle une fois par semaine, tu me réponds, tu me parles, mais je sais que tu n'es pas avec moi. Tu es ailleurs. Dans tes enquêtes ou je ne sais où. Tu fais semblant de m'écouter. Si je me mettais à te parler chinois au milieu de la conversation tu ne t'en rendrais même pas compte ! »

Sanlucar ouvrit la bouche pour répliquer mais renonça. Il aurait tort, quelle que soit sa réponse. Il se leva et marcha vers la fenêtre du salon, écarta le rideau et plongea son regard dans l'obscurité de la nuit. Désabusée, Sylvie se leva et disparut dans la cuisine. Au bout de quelques minutes, Sanlucar la rejoignit. Il prit un chiffon propre dans un placard et essuya la vaisselle que sa sœur avait posée sur l'égouttoir de l'évier. Elle pleurait.

« Le lave-vaisselle est tombé en panne et on n'a pas un rond pour en changer, gémit-elle.

— Il n'est plus sous garantie ?

— Tu parles, la garantie s'est arrêtée le mois dernier, et cette saleté est tombée en rade quinze jours après. À croire que les fabricants programment les pannes pour obliger les clients à leur acheter un nouvel appareil !

— Va savoir », fit Sanlucar en riant.

Sylvie se mit à rire à son tour.

« Tu as le même rire que maman », lui dit Sanlucar.

Frère et sœur continuèrent leurs tâches en silence, les images de leur enfance plein la tête. Des images de bonheur surtout. Ils s'assirent ensuite autour d'un café.

« Vous êtes pareils toi et papa finalement, dit Sylvie.

— Avec un aussi mauvais caractère, c'est ça ?

— Pas seulement. Vos vies se ressemblent beaucoup.

— Que veux-tu dire ? » interrogea Sanlucar en fronçant les sourcils.

Sylvie ne répondit pas immédiatement.

« Vous avez tous les deux perdu celle que vous aimiez. Je ne voudrais pas que tu deviennes comme lui. Que tu te fermes aux autres jusqu'à la fin de ta vie. »

Francis Sanlucar ne dit rien. Sylvie poursuivit après s'être assurée que par son silence, son frère lui en donnait la permission.

« Tous les deux, vous avez fait ce que vous pouviez mais la maladie était plus forte que vous. Papa s'en est voulu pendant des années et peut-être même s'en veut-il encore aujourd'hui. Tu es en train de faire pareil. Il ne faut pas que tu culpabilises. La vie doit continuer, tu dois avancer et refaire ta vie.

— On ne refait jamais sa vie.

— Tu as raison. On la poursuit. Alors poursuis ta vie. Fais ton deuil. Je sais que ça a été très dur pour toi mais tu n'y pouvais rien.

— Je croyais qu'elle allait mieux, que tout redeviendrait comme avant, fit Sanlucar la voix voilée par l'émotion. Je m'étais fourré le doigt dans l'œil. Ce qui est arrivé ce soir-là est de ma faute.

— Pourquoi dis-tu ça ?

— On s'était disputé. Je lui avais posé un ultimatum, moi ou la bouteille. Pas les deux. Je l'avais ensuite mise dehors en lui interdisant de revenir tant qu'elle ne se serait pas fait soigner. J'en pouvais plus.

— Elle voulait arrêter mais c'était plus fort qu'elle. Elle t'aimait. N'en doute pas. Ce n'est pas toi qui conduisais ce soir-là. C'était elle. Tu n'y es pour rien.

— C'est facile de dire ça. Si je ne l'avais pas foutue dehors, ça ne serait probablement pas arrivé.

— Tu n'en sais rien du tout. »

Sylvie prit quelques secondes avant de continuer.

« Elle avait pris rendez-vous dans une clinique spécialisée.

— Comment le sais-tu ?

— Elle m'en avait parlé. Elle voulait se battre pour toi, pour vous, n'en doute pas.

— Ce n'est pas que j'en doute, c'est que... C'est qu'il est trop tard maintenant et que rien ne changera ce qui s'est passé. Je l'ai fichue dehors. Elle s'est arrêtée dans un bar où elle a bu encore et encore.

— Arrête s'il te plaît. Tu ne pouvais pas prévoir ce qui est arrivé. Tu n'es pas responsable.

— J'aurais dû le prévoir. Je n'aurais jamais dû la laisser prendre sa voiture.

— Tu étais à bout. Tu avais fait tout ce que tu pouvais.

— J'aimerais en être aussi sûr que toi. »

Sanlucar et sa sœur terminèrent leur café en silence. Il était presque minuit lorsqu'ils allèrent se coucher. Sanlucar dans la chambre d'amis, Sylvie dans la sienne, seule. Yves était encore assis devant l'ordinateur dans le salon, totalement absorbé par son jeu, il avait totalement perdu la notion du temps.

Malgré le souvenir de cette tragique nuit qui hantait sa mémoire, Sanlucar s'endormit presque immédiatement, la fatigue avait eu raison de lui.

28

Sanlucar arriva dans les bureaux du commissariat central de Toulouse à sept heures trente-quatre le lendemain matin. Dehors, le ciel était limpide, les rues doucement balayées par quelques rafales sèches et chaudes, annonçant l'imminence du vent d'autan qui soufflerait par bourrasques une bonne semaine, décoifferait les Toulousains, leur porterait sur les nerfs et renforcerait leur croyance que ce vent les rendait tous fous. En gravissant les escaliers qui menaient au hall d'accueil, il repensa aux interminables planques nocturnes avec son partenaire Dumas, aux conseils prodigués par le commissaire Labrousse, son chef de section de l'époque, qui lui avait tout appris du métier. Il ne rencontrerait ni l'un, ni l'autre. Dumas avait été muté à Albi, sa ville natale, et Labrousse avait récemment été promu patron de la police scientifique régionale.

Il fut accueilli par le commissaire Frédéric Lincarque de la Crim, un homme guère plus âgé que lui, qui s'exprimait avec un accent parfumé d'huile d'olive et de garrigue. Lincarque fit bonne impression à Sanlucar.

« Ne perdons pas de temps, dit Lincarque après quelques politesses et échanges de banalités. On en a serré deux sur trois hier dans l'après-midi. La garde à vue a officiellement commencé à dix-neuf heures quarante-cinq. Ils ont passé une bonne nuit à ruminer dans l'aquarium et t'attendent au chaud en salle d'interrogatoire. Je t'ai mis deux de mes gars pour t'assister.

— Vous avez commencé à les cuisiner ?

— Tu connais la musique comme nous, répondit Lincarque en remettant deux chemises cartonnées à Sanlucar, on a essayé de les mettre en confiance. On n'a pas tenté de leur soutirer quoi que ce soit pour le moment, sachant que tu arrivais et que c'est toi qui es chargé de l'enquête. Tu as là le pedigree complet de chacun. L'un des deux, Raphaël Vars, directeur d'un magasin d'ameublement et de déco à Blagnac, est plutôt coopératif me semble-t-il. L'autre par contre, Paul Bach, qui travaille comme commercial dans le laboratoire pharmaceutique de son futur beau-père est beaucoup plus retors.

— OK, fit Sanlucar en ouvrant le premier dossier. J'épluche ça et on y va. »

Paul Bach et Raphaël Vars avaient été conduits dans deux salles d'interrogatoire différentes. Sanlucar et les deux officiers de la PJ locale passaient de l'un à l'autre sans laisser le moindre répit aux deux suspects, leur posant et leur reposant plusieurs fois les mêmes questions. Depuis leur interpellation, tout avait été mis en œuvre pour que les deux hommes ne puissent communiquer de quelque manière que ce soit. Le troisième suspect, Marc Verguy, était introuvable. Il avait de toute évidence été prévenu par Bach. L'analyse de l'historique du portable de ce dernier le démontrait. Marc Verguy ne s'était pas rendu à son cabinet d'assurances de la rue d'Alsace-Lorraine, où deux agents de police l'attendaient depuis le milieu de l'après-midi. Il n'était pas non plus rentré à son domicile situé sur la commune de Pibrac. Plus personne n'avait reçu de signe de vie le concernant, depuis la veille. Une patrouille avait cependant débusqué au milieu de la nuit son Alfa Roméo stationnée sur un parking de la commune de Cornebarrieu mais on n'avait trouvé aucune trace de lui dans le véhicule.

Paul Bach accusait la fatigue d'une nuit passée en cellule, un maigre matelas posé sur un banc de béton en guise de confort. Il avait peu dormi et de profonds cernes creusaient son visage terne. Sans compter ses cheveux hirsutes, qu'il essayait de coiffer de son mieux avec le bout de ses doigts. Malgré tout, il était toujours aussi sûr de lui. Il considérait comme un outrage sa présence dans les locaux policiers. Il répétait que les flics ne se rendaient pas bien compte à qui ils avaient affaire et certains d'entre eux ne tarderaient pas à se retrouver à faire la circulation autour de la place du Capitole. Raphaël Vars, très abattu, semblait plus anxieux et bien moins condescendant que son camarade. Il adopta une attitude positive et se dit désireux d'aider les forces de l'ordre de tout son cœur afin de rentrer chez lui se reposer. Il n'en restait pas moins muet sur son implication dans la disparition et la mort de Suzanne Lanton. Ni l'un, ni l'autre ne comprenaient pourquoi on les interrogeait de nouveau puisque l'enquête était close et que l'assassin avait été identifié en la personne de Jérôme Hargous. Sanlucar les informa qu'une souche de plus de cent kilos avait été déplacée au-dessus de la tombe. Un homme seul en aurait été incapable. Raphaël Vars supposa que l'homme en question avait peut-être bénéficié de l'aide d'un complice. Paul Bach, quant à lui, répondit avec arrogance que ce n'était pas à lui de résoudre les énigmes policières, mais que comme Popeye le marin, Jérôme Hargous avait peut-être avalé le contenu d'une boîte d'épinards avant de déplacer la souche. Sanlucar ne fit aucun commentaire. Au cours des heures qui suivirent, il leur fit raconter encore et encore leur version des événements de cette nuit tragique. À première vue, leurs histoires tenaient la route et concordaient en tout point. Ils avaient fait la fête une grande partie de la nuit, de bar en bar, de place en place, de *peña* en *peña*, dansé sur les remparts, chanté à s'en faire exploser les cordes vocales, bu et bu encore. Ils avaient rencontré des centaines de gens avec qui ils avaient discuté et rigolé jusqu'aux premières heures du samedi matin. Ils avaient alors pris leur voiture, pour se rendre à la plage dormir une heure ou deux. À la question pourquoi n'étaient-ils pas rentrés dormir dans leur chambre d'hôtel, ils répondirent à peu près la même chose. Il faisait chaud cette nuit-là et ils avaient préféré la fraîcheur du sable et l'humidité des embruns de l'océan à l'étuve de leur chambre non climatisée. À cet instant, Sanlucar crut pouvoir marquer un premier point lorsqu'il demanda à Raphaël Vars :

« Si vous vous êtes rendus directement de la fête à la plage, comment expliquez-vous que la porte d'entrée de l'hôtel ait été ouverte à l'aide de votre badge personnel, à très exactement une heure quarante-quatre. »

Le directeur du magasin d'ameublement accusa le coup. Son visage se décomposa. Visiblement, les deux hommes n'avaient pas anticipé cette question. Ils ignoraient le fonctionnement de la porte d'entrée de l'hôtel.

« J'avais besoin de prendre une douche, j'étais couvert de vin et de bière, répondit-il sans grande conviction.

— Votre ami Paul Bach m'a donné une version bien différente de la vôtre », souligna Sanlucar.

À cette même question, Paul Bach avait répondu avec assurance qu'ils étaient revenus à l'hôtel récupérer les clés de sa voiture. Il n'avait aucune raison de les conserver dans sa poche pour aller faire la fête en ville. Des dizaines de gouttes de sueur perlaient tout autour du front de Raphaël Vars. Un mince filet ruisselait de sa tempe gauche. Une crevasse s'était ouverte devant lui. Il devait reprendre le dessus sur ses émotions de toute urgence pour éviter de plonger la tête la première.

« Je… Je ne me souviens plus exactement, bredouilla-t-il. J'étais saoul. Ça fait plus d'un mois maintenant. Comment voulez-vous que je me souvienne si c'était ce soir-là ou un autre soir ? Tout ce que je sais c'est que nous avons passé le reste de la nuit au bord de la mer. »

Raphaël Vars avait flanché mais il s'était raccroché aux branches de la mémoire fragmentée par l'abus d'alcool. La suite de leurs récits fut de nouveau parfaitement cohérente. Vers huit heures et à peine dessaoulés, ils s'étaient attablés à la terrasse du café de la patinoire d'Anglet, où ils avaient pris un chocolat chaud et des croissants. Ils s'étaient plus tard rendus dans un supermarché pour acheter des bouteilles d'alcool, des jus de fruits et de quoi grignoter avant de rentrer à l'hôtel se doucher et se reposer jusqu'au début de l'après-midi.

— Ces courses, c'était dans quel magasin ? avait demandé Sanlucar à Paul Bach.

— Un supermarché qui avait ouvert tôt. Je ne me rappelle plus lequel.

— Et vous avez payé comment ?

— En liquide peut-être ? Comment voulez-vous que je m'en souvienne ? »

Paul Bach avait répondu avec une certaine délectation. Sanlucar en conclut qu'en réalité, il s'en souvenait très bien. Et s'il s'en souvenait, c'est parce qu'ils avaient de toute évidence pris la précaution de payer en espèces pour qu'il soit impossible de retrouver la liste de leurs achats. Raphaël Vars n'avait pas failli sur ce nouveau piège tendu par Sanlucar. Il confirma immédiatement le paiement en liquide.

L'interrogatoire se poursuivit sur le même rythme et les réponses des deux Toulousains continuèrent à concorder. Vers quatorze heures, frais et dispos, ils étaient allés prendre un bain dans l'océan puis avaient retrouvé le centre-ville en début de soirée pour une nouvelle nuit de folie. Ils ne connaissaient pas Suzanne Lanton. Sanlucar leur présenta un portrait de la jeune bordelaise mais son visage ne leur disait rien. Comment auraient-ils pu se souvenir d'elle parmi des milliers d'autres personnes. Tout le monde était vêtu à l'identique. Tout le monde adoptait le même comportement. Comment auraient-ils pu distinguer cette femme au milieu d'autres, totalement semblables à elle. Surtout dans l'état dans lequel ils se trouvaient ? S'appuyant sur ses notions médicales, Paul Bach se permit de rappeler aux policiers que l'alcool, surtout lorsqu'il est consommé en abondance, provoque des trous noirs dans la mémoire, sortes d'amnésies lacunaires faisant disparaître un certain nombre de souvenirs du cerveau. Plus les heures passaient, et bien qu'il n'ait pas encore réussi à les faire craquer, plus Sanlucar était convaincu de leur culpabilité dans la mort de Suzanne Lanton. Deux nouveaux portraits de la jeune femme défilèrent devant les deux suspects. Ils avaient été pris à l'institut médico-légal de l'hôpital Pellegrin de Bordeaux, sur la table d'autopsie. On n'y reconnaissait plus la pétillante Suzy, tant son beau visage était défiguré. Un œil éclaté, l'autre miraculeusement intact, les pommettes enfoncées et tuméfiées, le nez écrasé, les lèvres fendues et plusieurs dents cassées. Comme à son habitude, Paul Bach conserva son calme apparent. Tout juste ses yeux exprimèrent-ils une éphémère expression de dégoût. Il avala sa salive et, fixant Sanlucar dans le blanc des yeux, secoua la tête en affirmant ne pas comprendre pourquoi il lui montrait pareille horreur. La description des blessures, l'épouvantable méthode utilisée pour les infliger et les questions qui s'enchaînèrent ne parvinrent pas à le déstabiliser. Raphaël Vars fut plus expressif. Lorsqu'il découvrit les clichés, il blêmit instantanément. Malgré tout, il puisa encore dans ses ressources et ne se dégonfla pas. Il rejeta toutes les insinuations formulées par les policiers qui tentaient de le désorienter. Il ne comprenait tout simplement pas pourquoi on lui montrait la photo d'une femme dont il ignorait le funeste destin. Une femme assassinée par un autre que lui.

En milieu d'après-midi, après sept heures d'interrogatoire non stop, de questions posées et reposées par les policiers, Francis Sanlucar abattit son dernier atout, les photographies prises par Romain Soubiran. Il espérait que ces preuves irréfutables faciliteraient le passage aux aveux. Il posa une première photo devant Paul Bach. Sur ce cliché, au milieu d'une foule compacte, tassée contre le comptoir d'un bar, on reconnaissait parfaitement Suzy Lanton. Les bras levés, elle souriait à un homme qui lui prenait la taille et la serrait contre lui. Cet homme, c'était indiscutablement Paul Bach. Face à l'objectif, Marc Verguy portait un gobelet de plastique à ses lèvres, son regard posé sur sa voisine était sans équivoque. De dos, un homme appuyait son bras sur l'épaule de la jeune femme. Même s'il ne pouvait être formellement identifié, il s'agissait de Raphaël Vars. Le photographe avait été attiré et peut-être même troublé par la scène car il avait délibérément centré son objectif sur les personnages de Suzy et ses trois prétendants d'un soir de fête. Paul Bach ne manifesta aucune émotion en examinant longuement la photographie. Il ne sourcilla pas, et bien qu'il ne contestât pas l'authenticité du document, il déclara posément ne pas se souvenir de cet instant. Ils avaient partagé des dizaines de moments comme celui-là avec des dizaines d'autres filles et l'alcool avait effacé de sa mémoire les visages de ceux et celles qu'ils avaient croisés. Il ne fit aucun autre commentaire lorsque les autres photos défilèrent devant lui.

Raphaël Vars refusa dans un premier temps de regarder la première photo que Sanlucar avait posée devant ses yeux. Mais devant l'insistance des policiers, il accepta d'examiner le cliché.

« Que dites-vous de ça ? » demanda Sanlucar sur un ton âpre.

Vars hésita à répondre, puis soudain, protesta maladroitement en pointant le personnage photographié de dos à l'objectif.

« Mais, qui vous dit que c'est moi, là, de dos ?

— Mais vous monsieur Vars, vous-même. Vous venez de nous le confirmer en vous montrant du doigt », souligna Sanlucar, triomphant.

Raphaël Vars se décomposa. Il se sentit aspiré vers un tourbillon duquel il n'avait aucune chance de s'extirper. Sanlucar s'en rendit compte. Il posa un nouveau cliché devant le commerçant et enfonça le clou :

« Sur cette autre photo, on vous identifie parfaitement. Vous aviez l'air de prendre du bon temps avec cette jeune femme, non ? »

Raphaël Vars baissa les yeux vers l'image imprimée sur une feuille de papier A4. Les souvenirs remontaient avec violence dans son cerveau. Il dansait avec Suzy, l'embrassait dans le cou. La jeune femme riait, un verre d'alcool levé vers le plafond.

« Vous avez fait la connaissance de Suzy Lanton la nuit du vendredi au samedi des fêtes de Bayonne. Ces photos ont été prises dans une *peña* de la rue Pannecau par un photographe professionnel. C'est un fait irréfutable. Et Suzanne Lanton est morte moins de deux heures plus tard dans l'hôtel *Grand Adour*. Vous connaissez l'hôtel *Grand Adour* monsieur Vars ? N'y étiez-vous pas descendu avec vos amis pour la durée des fêtes ? »

Les sourcils froncés, le regard figé sur la photo posée devant lui, Vars essayait de prendre le dessus sur ses émotions et les souvenirs atroces qui hantaient ses nuits sans rémission, depuis de longues semaines. Il avait envie de tout lâcher, de tout déballer, de soulager sa conscience. Sans doute irait-il mieux après, même si les conséquences de ses aveux, non seulement le conduiraient en prison pour de longues années, mais surtout, anéantiraient sa vie, la belle vie qu'il s'était construite à la sueur de son front. Les années d'études et de sacrifices pour devenir le gérant d'un grand magasin qui lui permettait de se dégager un confortable salaire. À moins de trente-cinq ans, il avait pu acheter une belle villa avec piscine non loin de la forêt de Bouconne, il passait des après-midi entiers à jouer au golf, pouvait offrir à sa famille des vacances en Corse ou aux Canaries. Et puis il y avait Amandine. Il ne supporterait pas son regard lorsqu'elle saurait. Elle le rejetterait, le détesterait, aurait honte de lui. Il la perdrait pour toujours. Non, il ne pouvait pas accepter ça. Il devait se battre, résister. Ce flic ne l'aurait pas. Il allait se murer dans le silence. Ainsi, le flic ne pourrait rien contre lui.

Sanlucar et les hommes du commissaire Lincarque continuèrent à harceler les deux suspects jusqu'au soir. Aucun des deux hommes n'avait encore craqué malgré les incessantes et lancinantes questions maintes fois répétées. Tous les deux s'accrochaient à leur version des faits. Ils ne se souvenaient pas avoir rencontré Suzy Lanton, ils ne l'avaient pas invitée dans leur chambre d'hôtel, ils n'avaient aucune idée de ce qui avait bien pu lui arriver. Sanlucar était épuisé mais pas résigné. Il avait l'habitude. Il fallait trouver la faille, mais il fallait faire vite car il était presque dix-neuf heures trente. Il n'avait rien de sérieux qui motiverait le juge à prolonger la garde à vue. C'est alors que Lincarque fit irruption dans la salle où il interrogeait Paul Bach, lui faisant signe de le rejoindre dans le couloir.

« Tu peux venir une minute ? On a du nouveau », annonça Lincarque.

29

Dans la salle où il était interrogé depuis plus de dix heures consécutives, Paul Bach bénéficiait d'un moment de répit sous la surveillance d'un agent du commissariat, qui lui lançait de temps à autre un regard qui se voulait impassible mais qui trahissait une certaine hostilité pour sa personne. Bien que sa montre lui eût été retirée dès le début de la garde à vue, il était parvenu à évaluer le temps écoulé avec le maximum de précision possible. Ne pouvant s'appuyer sur la lumière du jour, étant donné que la pièce ne disposait pas de fenêtre donnant sur l'extérieur, il s'était fié à son horloge interne et aux signaux envoyés pas par son estomac. On lui avait servi deux repas frugaux. Le premier aux alentours de midi. On venait de lui servir le second. Chez lui, il ne dînait jamais avant vingt heures. Comme il n'avait pas spécialement faim lorsqu'on lui avait apporté son sandwich au poulet et son verre d'eau, il devait être à peine dix-neuf heures, guère plus. Une heure tout au plus à résister. De toute évidence, Raphaël tenait bon de son côté.

S'il avait craqué, les interrogatoires auraient pris une autre tournure. Le maillon faible du trio, à savoir Marc, n'était pas là. Tout se déroulait selon le plan d'urgence qu'il avait ébauché dans le parking de l'aéroport et mis en œuvre au cours des heures qui avaient suivi. Faute d'aveux ou de nouvel élément à charge, le procureur ou le juge chargé de l'instruction n'ordonnerait pas une prolongation de la garde à vue. Une fois dehors, il lui suffirait de retirer le maximum d'argent liquide et de mettre les voiles, le plus rapidement possible, le plus loin possible. Il devrait tirer un trait sur sa vie, ses relations et ses projets, mais au moins, il resterait libre. Son avocat, à la réputation sulfureuse, se chargerait de lui procurer de faux papiers, il pourrait recommencer une nouvelle vie aux antipodes, où les flics de Toulouse ou de Bayonne ne le retrouveraient jamais.

Raphaël avait vacillé mais il tiendrait bon jusqu'au bout. Marc, lui, avait carrément flanché lorsqu'il l'avait informé que la police souhaitait les entendre à nouveau. Malgré ses injonctions et ses supplications, l'agent d'assurance était fermement décidé à se dénoncer, et par la même occasion, à impliquer ses deux camarades. Paul Bach avait dû improviser. Il fallait retarder au maximum les aveux de Marc et s'organiser pour quitter le pays. Ce qui adviendrait après n'aurait plus aucune importance. Il serait loin et ne se retournerait pas pour contempler les conséquences de ses actes et les lamentations de ceux et celles qui avaient partagé sa vie d'avant. Après avoir pris un café au bar de l'Organdi, à Cornebarrieu, il avait invité Marc à monter dans son roadster sous le prétexte de lui faire faire un tour et lui changer les idées. C'était la première fois que Marc voyait le bolide de son ami et il se montra impressionné. Ils avaient roulé à vive allure sur la route sinueuse qui mène de Cornebarrieu à Pibrac, Paul détaillant avec exaltation les caractéristiques sportives et les multiples options de son engin. Collé au baquet de son siège à chaque accélération, à la sortie de chaque virage, Marc Verguy ne disait rien, à la fois effrayé et fasciné par la démonstration. Lorsqu'ils furent arrivés au village de Pibrac, Paul Bach demanda à son ami s'il pouvait lui offrir un verre de vin approprié à ce moment de la journée. Marc ne se fit pas prier. Il possédait une maison moderne, bâtie au bout d'une impasse sur les vestiges d'une maison de maître datant du dix-septième siècle, dont il ne restait que les fondations. Ses prestigieux crus, minutieusement rangés selon leur origine et leur millésime, reposaient dans une cave naturelle au plafond en voûte, dotée d'épais murs de pierres et d'un sol en terre battue, ventilée par deux petits soupiraux. C'était d'ailleurs parce qu'il y avait cette vieille cave que Marc avait acheté le terrain où il avait fait construire sa maison. Pour assurer la parfaite conservation de sa précieuse collection de bouteilles, il y avait fait installer un dispositif complexe et coûteux qui lui permettait de réguler avec une précision d'horloger, l'hygrométrie et l'humidité, et qui était capable de réagir immédiatement en cas de brutal écart de température. Marc était un fin connaisseur, reconnu et respecté dans le monde de l'œnologie professionnelle. Il invita Paul à le suivre au sous-sol de sa maison, ouvrit la lourde porte de sa cave avec une clé accrochée à un trousseau qu'il tira de la poche de son pantalon, montra à son ami ses dernières acquisitions puis choisit une bouteille de vin de Touraine conservée au frais, un vin rosé légèrement doux aux arômes de fraise et de bonbon anglais, qu'il servit avec un broyé du Poitou préparé par Alisée, son épouse originaire de la Vienne. C'est une fois installé dans le salon moderne au mobilier blanc et noir, décoré d'œuvres d'art avant-gardistes, que Paul, comme il l'avait fait avec Raphaël Vars, mit tout en œuvre pour convaincre son ami de ne rien révéler. Parler ne servirait à rien et ne ramènerait pas Suzy à la vie. Mais rien n'y fit. Marc Verguy était résolu à tout balancer aux flics. Tant pis pour sa vie et son petit confort. Il ne supportait plus de vivre avec ce terrifiant sentiment de culpabilité sur les épaules et de cacher la vérité à sa femme. Dieu lui pardonnerait son crime mais pas sa lâcheté. Il devait payer pour les péchés dont il s'était rendu coupable. Et ses amis aussi. Il allait de ce pas se rendre au commissariat, n'attendrait même pas que les flics viennent le cueillir. Paul Bach sentit très vite qu'il ne parviendrait pas à convaincre son ami. Marc allait les envoyer tous les trois en cabane pour de longues années. Il devrait affronter le regard réprobateur et chargé de haine de ses proches, d'Ingrid, de son puissant beau-père qui régnait sur un véritable empire pharmaceutique, de ses collègues, subir la vindicte populaire, un procès à charge, les flashs des photographes amateurs de scoops judiciaires. Il serait enfermé de longues années au milieu de détraqués qui faisaient subir les pires sévices aux coupables d'agression sexuelle. C'était hors de question. Il pria Marc de l'excuser quelques instants. Il sortit de la maison le temps de passer un coup de fil à son avocat, à qui il expliqua en deux mots qu'il devait quitter la France au plus vite sous une nouvelle identité et qu'il serait probablement appréhendé par les forces de l'ordre avant la fin de la journée. Il lui demanda de mettre tout en œuvre pour écourter au maximum sa garde à vue, que les flics avaient besoin de ses aveux pour l'écrouer et qu'il était hors de question qu'il se mette à table. L'avocat écouta, ne chercha pas à savoir quel était le motif de l'arrestation prochaine de son client. Il promit de faire le nécessaire, demanda un délai de vingt-quatre heures pour obtenir des papiers et exigea des honoraires exorbitants que Paul Bach ne discuta pas. Paul devait simplement déposer avant dix-sept heures des photos d'identité et la moitié de la somme exigée en liquide dans la boîte aux lettres de son cabinet, situé rue de la Dalbade. Ils convinrent de faire le point au commissariat en début de soirée, dès le commencement de l'inévitable garde à vue dont il ferait l'objet. Après avoir raccroché, il se retourna vers la maison de Marc, fouillant dans les méandres de son cerveau pour trouver la solution qui lui permettrait de se tirer de ce guet-apens. Il lui faudrait traverser les vingt-quatre heures d'interrogatoire auxquelles il serait soumis. Il n'avait jamais subi pareille épreuve mais il n'aurait pas le choix. Les entretiens stressants, les négociations difficiles, il connaissait. Il résisterait. En attendant, il fallait éviter que Marc n'aille tout déballer aux flics. Il se frotta énergiquement le visage pour se débarrasser du masque de fatigue qui l'empêchait d'être aussi serein qu'il l'avait toujours été jusqu'alors. Il allait devoir improviser et il détestait ça. L'improvisation faisait parfois décoller l'inspiration, éclore le génie. Elle était tout autant source d'erreurs grossières, voire fatales. Avant de retrouver Marc dans son salon, il ouvrit la portière de sa voiture et s'empara de sa mallette en cuir. Il inspira profondément et souffla tout l'air de ses poumons à trois reprises pour faire le vide et se recharger en énergie positive, puis il referma sa voiture et remonta vers la maison. Un flot de questions bombardait son cerveau. Pourquoi avait-il fallu qu'ils croisent la route de Suzy ? Pourquoi s'étaient-ils laissés séduire par cette allumeuse ? Pourquoi lui avaient-ils proposé de monter dans leur chambre ? Pourquoi avaient-ils picolé comme des malades au point de perdre toute notion de culpabilité et de croire qu'ils pourraient collectivement réaliser un vieux fantasme de film porno ? Pourquoi s'était-elle affolée lorsqu'ils avaient commencé à la déshabiller ? Pourquoi, alors qu'elle disait être consentante, s'était-elle soudainement rétractée ? Pourquoi, alors que Marc et lui-même avaient compris qu'il serait inutile d'espérer davantage que quelques baisers et quelques mains baladeuses, Raphaël avait-il insisté ? Pourquoi lui avait-il sauté dessus ? Pourquoi était-elle tombée à la renverse ? Pourquoi sa tête avait-elle heurté le rebord de la baignoire ? Pourquoi était-elle morte ? Pourquoi ? Pourquoi ? Pourquoi ? Pourquoi avait-il fallu que ce sale clébard déterre son corps au milieu d'une forêt aussi grande qu'un département ? Pourquoi ? Pourquoi ? Pourquoi ? Pourquoi Marc ne pouvait-il plus respecter leur pacte ? Pourquoi le paradis dans lequel il évoluait avec tant de volupté était-il en train de s'effondrer autour de lui ? Inutile de chercher des réponses à ces questions. C'était trop tard.

30

Sanlucar retourna dans la salle où Paul Bach attendait impatiemment sa remise en liberté. Il s'assit en face du suspect qui sentit immédiatement que quelque chose d'important s'était produit.

« On a retrouvé Marc Verguy », annonça calmement Sanlucar.

Paul Bach écarquilla les yeux d'incompréhension. Il venait de recevoir un véritable uppercut. Il ne s'attendait pas à ce coup de théâtre de dernière minute et accusa le coup.

« Ah ? Parvint-il à murmurer, la voix lézardée par l'émotion.

— Il est mort. Sa femme Alisée l'a retrouvé pendu dans sa cave à vin. Qu'en dites-vous monsieur Bach ? »

Dans sa cage thoracique, le cœur de Paul Bach s'emballait au rythme du galop désespéré d'un troupeau de gnous fuyant devant une meute de lions enragés.

« Mais, mais… mais c'est horrible, finit-il par bégayer. Pourquoi a-t-il fait ça ?

— Je n'en sais encore rien mais je vous informe que la garde à vue vient d'être prolongée. On va vous reconduire en cellule. Pendant ce temps, je vais visiter une cave à vins pour en savoir davantage. »

Peu après vingt-deux heures trente, Paul Bach et Raphaël Vars, qui n'avaient toujours pas pu communiquer ni même s'apercevoir l'un l'autre, furent reconduits dans leur salle d'interrogatoire respective. Paul Bach demanda à contacter son avocat mais lorsqu'il put lui parler au téléphone, ce dernier l'informa qu'il ne pouvait pas venir dans l'immédiat et raccrocha prétextant une urgence. Sanlucar entra dans la pièce au même moment, s'assit après avoir remis l'enregistreur en route.

« Avez-vous pu vous reposer quelques instants ? demanda-t-il. Voulez-vous un café ? »

Paul Bach secoua la tête sans répondre. Il était encore abasourdi par le laconique, mais on ne peut plus clair, échange téléphonique qu'il venait d'avoir avec son avocat. Il ferma les yeux quelques secondes, essayant de reprendre le dessus sur ses émotions.

« Que s'est-il passé ? Qu'est-il arrivé à Marc ? demanda-t-il.

— Comme je vous l'ai dit un peu plus tôt dans la soirée, son épouse l'a découvert pendu, enfermé dans sa cave à vins. Vous imaginez sa stupeur face à l'épouvantable spectacle de son mari suspendu au bout d'une corde ?

— Pauvre Alisée. Ce doit être terrible pour elle. Comment va-t-elle ?

— Pas bien du tout, vous l'imaginez.

— Il était enfermé à l'intérieur, disiez-vous ?

— Oui. On a retrouvé la clé de sa cave dans l'une de ses poches. Ce qui peut tout expliquer. Il s'est enfermé à l'intérieur puis il a passé une corde à une poutre. Il est monté sur un tabouret et hop ! »

Sanlucar s'interrompit, scrutant le visage figé de Paul Bach. N'y décelant aucune émotion significative, il poursuivit :

« Vous connaissez bien Marc Verguy monsieur Bach, et en particulier sa passion pour le vin. Il dispose d'une magnifique cave tout ce qu'il y a de nec plus ultra. On y accède depuis le sous-sol de sa maison. Il en est très fier. C'est son antre. Son royaume à lui. Vous l'avez déjà visitée je suppose.

— J'ai plusieurs fois eu ce privilège. Il possède des crus exceptionnels. Marc est un œnologue réputé. Mais je ne comprends pas…

— Vous ne comprenez pas ? C'est pourtant simple. Je considère sa mort comme un aveu de culpabilité. Une culpabilité que vous et votre ami Raphaël Vars partagez, bien évidemment.

— De quel droit pouvez-vous affirmer ça ? s'emporta Paul Bach. Quel rapport peut-il y avoir entre Raphaël et moi-même et le suicide de Marc ? Vous délirez ! Vous vous croyez malin ? Vous m'annoncez que l'un de mes meilleurs amis est mort, qu'on l'a retrouvé pendu dans sa cave à vins et vous insinuez qu'on puisse être responsables de sa mort ? Qu'est-ce qui vous dit que Marc n'avait pas des problèmes personnels ? Des problèmes qui auraient pu le pousser au suicide. Qu'il choisisse sa cave à vins pour mourir ne me surprend pas tant que ça vous savez. C'était l'endroit qu'il aimait le plus !

— En effet, admit calmement Sanlucar, je pourrais considérer sa mort sous un angle différent si à l'instant où nous parlons, Raphaël Vars n'était pas en train de raconter à un officier de la criminelle le récit complet de votre folle nuit du 1er au 2 août dernier. Vous comprenez mieux maintenant ? »

Paul Bach ne répondit pas immédiatement. Le flic bluffait-il pour lui soutirer ses aveux ? Il avait besoin de réfléchir, de trouver une parade qui lui permettrait de se tirer des sables mouvants dans lesquels il s'enfonçait. Son cerveau avait du mal à trier ses émotions qui s'emmêlaient comme des spaghettis dans une écumoire. Il devait rester lucide même si l'étau se resserrait inexorablement autour de lui.

« Vous bluffez, cracha-t-il.

— Vous croyez ? Voulez-vous que nous procédions à une confrontation directe ? »

Raphaël venait de lâcher prise. Il était en train de tout déballer. Paul Bach en était convaincu. C'était foutu. Il était donc inutile de nier et d'aggraver son cas. Peut-être pouvait-il encore minimiser sa responsabilité en chargeant Raphaël et ainsi s'en tirer sans trop de dommages. C'était sa dernière carte, son ultime recours. Il essaya d'abord de se murer dans le silence, de gagner du temps. Sanlucar ne lui laissa pas de répit.

« Raphaël Vars parle, et il vous charge. Il dit que c'est vous qui avez eu l'idée de faire disparaître le corps de Suzanne Lanton. C'est vous qui avez tout organisé. Vous étiez venus avec votre voiture à vous. Un 4x4 Mitsubishi. Vous l'avez vendu depuis, bien entendu, mais nous remettrons la main dessus. Les techniques de la police scientifique font des merveilles aujourd'hui. Je continue ? »

Paul Bach se sentait acculé. Il n'y avait plus d'issue. Il était fou de colère. Hors de question que ce traître de Raphaël Vars lui fasse porter le chapeau. Il hésita encore quelques minutes puis il se lança, en s'efforçant de parler sur un ton mélangeant gravité et solennité.

« Si Raphaël parle, alors il vous dira que c'est lui qui a poussé cette fille, mais qu'il s'agissait d'un accident.

— Bien, fit Sanlucar. Nous y voilà. Il était temps. Et que faisait mademoiselle Lanton dans votre chambre d'hôtel ?

— On l'avait rencontrée dans une *peña*, c'est vrai. Celle où les photos que vous m'avez montrées ont été prises. On a fait la fête ensemble, on a sympathisé. Comme elle habitait chez une copine à elle, non loin de l'hôtel, on l'a raccompagnée. Arrivés devant l'hôtel, on l'a invitée à boire un dernier verre avec nous. Rien d'autre.

— Que s'est-il passé alors ?

— Je n'ai rien compris. Raphaël est devenu comme fou. Il avait trop bu. Il lui a sauté dessus. Je lui ai demandé d'arrêter mais il ne m'écoutait pas. J'aurais dû intervenir mais moi aussi j'avais trop bu. J'étais naze, allongé sur mon lit. Je n'ai pas bougé. Il l'a poussée alors qu'elle essayait de se défendre. Elle a basculé en arrière. Ça s'est passé très vite. Sa tête a heurté le rebord de la baignoire dans la salle de bain et elle est morte sur le coup. On a tous paniqué, vous pouvez me croire. On ne voulait pas lui faire de mal. On s'est disputé violemment tous les trois. Tout juste si on n'en est pas venu aux mains. Je me souviens très bien leur avoir proposé d'appeler les pompiers ou la police, mais Raphaël ne voulait pas. Marc non plus d'ailleurs, même s'il ne disait pas grand-chose.

— Pourquoi Raphaël Vars ne voulait-il pas se dénoncer ?

— Il l'avait poussée. C'était lui le coupable. Il avait peur des conséquences. Et puis il ne voulait pas renoncer à la vie confortable qu'il s'est construite, il ne voulait pas qu'Amandine, sa femme, apprenne ce qu'il avait fait. C'était un accident mais ça n'aurait rien changé pour elle. Elle ne l'aurait pas cru. Amandine est terriblement jalouse. Elle n'aurait jamais admis qu'on avait… Que Raphaël avait fait monter une fille dans sa chambre juste pour boire un verre. Personne ne nous aurait cru d'ailleurs. Raphaël ne voulait pas aller en prison à cause d'un accident, d'une stupide erreur. C'était ses propres mots.

— Et vous, par contre, vous étiez prêt à renoncer à votre train de vie, à votre gentille fiancée et les millions de son père, déduisit Sanlucar un brin narquois.

— Je ne vous permets pas, aboya Paul Bach. Vous n'avez pas le droit. Vous ne me connaissez pas pour dire de telles conneries.

— Je ne sais pas monsieur Bach. Je me demande simplement pourquoi vous ne nous avez pas dit la vérité plus tôt alors que vous êtes ici depuis plus de vingt-quatre heures.

— Nous avons fait un pacte ce soir-là.

— Un pacte ?

— Oui, parfaitement. Même si je n'étais pas d'accord je tiens à vous le répéter. Chacun de nous a donné ses arguments puis nous avons voté. J'ai été le seul à souhaiter que nous nous dénoncions. Je me suis rangé à la décision majoritaire, par fidélité à mes amis. Nous nous sommes jurés de ne jamais nous trahir. Je reconnais avoir eu tort et j'en accepte les conséquences. J'aurais dû être plus persuasif, je le sais mais…

— Gardez vos arguments de défense pour le procès vous voulez bien ? Et tenez-vous en aux faits. Comment avez-vous procédé pour faire disparaître le corps ?

— Ça n'était pas bien compliqué, reconnut Paul Bach en tordant la bouche. Au bout du couloir, il y avait un local technique où les femmes de ménage entreposent du linge et tous les trucs dont elles ont besoin. On y a récupéré deux paires de draps dans lesquels on a enveloppé le corps. J'ai garé ma voiture derrière l'hôtel, dans la petite cour. Ensuite j'ai fait le guet pendant que Marc et Raphaël descendaient la fille. Il n'y avait personne. Le type de la réception n'était pas là. Il n'était d'ailleurs plus là quand on est arrivés avec la fille.

— Suzanne Lanton. Cette fille s'appelait Suzanne Lanton », appuya le policier, autoritaire.

Paul Bach se décomposait. Il continua après avoir avalé sa salive.

« On est passé par la cuisine, on a mis le corps dans le coffre puis on est remonté dans notre chambre après avoir refermé la porte de la cuisine. On a passé le reste de la nuit à nettoyer et effacer du mieux que nous pouvions les traces du passage de cette… de Suzanne Lanton, à l'aide de produits trouvés dans le local au bout du couloir.

— Qu'avez-vous fait ensuite ?

— On a immédiatement pensé à la forêt landaise. C'était loin de Bayonne, et tellement vaste. Mais en pleine nuit, c'était impossible d'y aller. On se serait égaré ou pire, on aurait planté la voiture dans un mauvais chemin.

— Alors vous avez décidé de promener le cadavre de Suzanne Lanton dans votre coffre jusqu'au matin vers dix heures puisque la réceptionniste déclare vous avoir vus rentrer à l'hôtel à cette heure-là.

— Il nous fallait des alibis. On a pris la voiture, c'est vrai et on s'est rendu à la plage près de la patinoire d'Anglet. On a garé la voiture sur le parking presque désert, on a attendu que le café ouvre pour s'y faire remarquer, puis on est allé faire quelques courses et on est revenu à l'hôtel. La réceptionniste était là, on lui a dit qu'on avait passé toute la nuit dehors.

— Dans ces courses, j'imagine qu'il n'y avait pas uniquement de quoi boire et manger, n'est-ce pas ?

— Que voulez-vous dire ?

— Vous avez acheté de quoi creuser. Des pelles sans doute. Et dès le début de l'après-midi, vous avez fait une balade en forêt et joué aux fossoyeurs de service. C'est bien ça ? »

Paul Bach ne répondit pas. Il se contenta de hocher la tête.

« C'est bien ça ? insista Sanlucar.

— Oui, admit Paul Bach, d'une toute petite voix.

— À quel moment l'avez-vous déshabillée ? À l'hôtel ou une fois arrivés dans la forêt ?

— Dans la forêt.

— Peut-on savoir pourquoi vous avez fait ça ? »

Paul Bach baissa les yeux. Le flic abordait la phase la plus sordide de leur misérable aventure. Celle qu'il aurait voulu éviter à tout prix d'avoir à raconter. Celle qui le répugnait au plus profond de son âme et dont il était pourtant l'instigateur et surtout l'auteur.

« Pourquoi ? répéta Sanlucar. Moi, je pense que vous l'aviez déjà déshabillée dans votre chambre. Car ce n'était pas un verre que vous espériez partager avec elle n'est-ce pas ? »

Paul Bach fusilla Sanlucar du regard. Un coin de sa lèvre supérieure relevé, les poings serrés, on aurait dit qu'il allait bondir sur ce flic qui semblait lire à travers le rempart qu'il s'efforçait de maintenir dressé face à lui. Le policier toulousain qui se tenait tranquillement dans le coin de la pièce, fit quelques pas et se positionna derrière le suspect, prêt à intervenir. Paul Bach desserra immédiatement les poings. Le flic essayait de lui faire perdre le contrôle de ses actes, de le provoquer. Il n'y parviendrait pas.

« Vous affirmez n'importe quoi, protesta-t-il.

— Suzanne Lanton était une femme qui n'avait pas froid aux yeux. Nous le savons. Elle aimait séduire, jouer avec les hommes. Vous vous en étiez rendu compte et vous aviez flairé l'occase de vous payer du bon temps avec une belle fille comme elle, qui plus est consentante. On n'en croise pas tous les jours des femmes comme elle. Je me trompe ?

— Complètement.

— Les photos nous montrent pourtant le contraire.

— On peut leur faire dire ce que l'on veut à vos photos. On chahutait avec elle dans cette *peña*, c'est vrai, mais de là à la faire monter dans notre chambre pour la sauter, il y a de la marge. Je vous rappelle que nous sommes tous les trois en couple. »

Sanlucar, plissa les yeux. Il se pinça les lèvres, le coude posé sur la table et réfléchit. Même s'il était convaincu que les motivations du trio toulousain étaient évidentes en ce qui concernait l'opportunité de passer du bon temps avec Suzy, il savait qu'il n'obtiendrait pas les aveux de Paul Bach sur ce point. Ce détail-là reviendrait sur la table en temps utile.

« Soit, dit-il. C'est donc dans la forêt que vous lui avez ôté ses vêtements. Pour quelle raison ? Pour faire disparaître les preuves ? Parce que sa tenue pouvait nous permettre de faire le lien avec les fêtes de Bayonne ? »

Paul Bach, la mâchoire serrée, releva les yeux, considérant le policier assis face à lui avec aversion. Sanlucar ne désarma pas.

« Il me faut une réponse monsieur Bach. Est-ce pour brouiller les pistes que vous et vos amis avez décidé de lui ôter ses vêtements ?

— Ce n'était pas mon idée.

— Oui mais vous l'avez fait, n'est-ce pas ?

— Oui.

— Ses vêtements n'ont pas été retrouvés. Où sont-ils ?

— Je ne me souviens plus.

— Et qui a décidé de la massacrer à coups de pelle ? Ce n'est pas vous évidemment.

— Non.

— Qui alors ?

— Je ne sais plus. Je suis fatigué.

— Vous ne vous rappelez plus ? L'alcool ne devait pourtant plus faire effet à ce moment-là. Lorsque vous vous trouviez au milieu de cette forêt, vous ne deviez plus souffrir de ces fameuses amnésies lacunaires dont vous m'exposiez les symptômes, tout à l'heure. Si ?

— Ce n'est pas moi qui l'ai frappée.

— C'est Marc Verguy ? Raphaël Vars ?

— Ce n'est pas moi.

— Pourquoi avez-vous fait ça ?

— Pour retarder l'identification. Peut-être l'empêcher.

— Si je résume bien, vous admettez votre participation à l'enterrement sauvage de Suzanne Lanton, mais vous y avez été contraint. Ou tout au moins, vous y avez participé par loyauté envers vos amis. L'un de vous a décidé de la défigurer pour retarder l'identification dans l'hypothèse où le corps serait retrouvé. Mais ce n'est pas vous. En ce qui concerne l'homicide, même si celui-ci est involontaire, vous êtes totalement innocent. C'est Raphaël Vars le responsable. Je synthétise à peu près correctement ? »

Paul Bach hocha de nouveau la tête, l'air méfiant.

« Les habits de Suzanne Lanton, ses papiers, son téléphone portable ? La ou les pelles qui vous ont servi à creuser le trou et à lui refaire le portrait ? Où sont-ils ? Qu'en avez-vous fait ?

— Je ne sais pas. Je vous l'ai déjà dit.

— Vous les avez jetés quelque part ? Une rivière ? Enterré ailleurs ?

— Je ne sais pas je vous dis. Ailleurs. Je ne sais pas où. À des kilomètres de là, dans une autre forêt. Je ne sais pas. Vous m'agacez avec vos questions. »

Sanlucar stoppa l'enregistrement et se leva.

« Je vous propose une petite pause, le temps de vous permettre de manger quelque chose et de réfléchir à la suite de notre conversation. Si vous avez besoin d'aller aux toilettes, vous n'avez qu'à demander au policier ici présent de vous accompagner.

— J'ai besoin de me reposer.

— Reposez-vous ici. Je ne vais pas être long. »

31

Francis Sanlucar avait quitté la salle où il interrogeait Paul Bach. Il avait besoin de se dérouiller les jambes quelques minutes, de respirer l'air frais de cette douce nuit de septembre. Le vent avait cessé. Les anciens disaient que dès que le vent d'autan s'arrêtait, la pluie allait bientôt tomber. Un agent du commissariat lui avait apporté un sandwich au jambon et une bouteille d'eau. Lorsqu'il avait quitté le commissariat entre dix-neuf heures trente et vingt-deux heures trente pour rencontrer Alisée Verguy à son domicile, il n'avait pas trouvé le temps de manger. Son estomac n'en pouvait plus et son cerveau manquait de carburant. Il devait manger quelque chose pour rester lucide et attaquer ce qu'il espérait bien être le dernier round de son combat contre Paul Bach. Il quitta l'énorme bâtiment du commissariat central, longea le canal du Midi jusqu'au boulevard des Minimes en direction de la gare Matabiau tout en dévorant son maigre dîner. En revenant sur ses pas, il ralluma son téléphone portable. Il avait deux messages sur son répondeur. Le premier avait été laissé par sa sœur Sylvie qui voulait savoir s'il comptait rentrer et à quelle heure pensait-il être en mesure de le faire. Il lui envoya une courte réponse pour lui dire qu'il ignorait quand la garde à vue prendrait fin, qu'il la tiendrait au courant. Le second message avait été enregistré par Lise. Elle désirait prendre de ses nouvelles et souhaitait qu'il l'accompagne à un spectacle donné le week-end suivant, par le Ballet Malandain de Biarritz aux arènes de Bayonne, sur le thème de Roméo et Juliette. Elle avait deux places. Un court instant, Francis Sanlucar se demanda s'il devait déceler un sens caché derrière cette invitation, puis il y renonça. Il devait rester concentré sur l'interrogatoire de Bach et éviter de perdre de l'énergie à réfléchir au caractère symbolique de ses rendez-vous avec Lise. Il commença à composer le numéro de téléphone de l'infirmière puis se ravisa. Non pas parce qu'il était tard et qu'elle était peut-être endormie, mais parce qu'il n'avait pas envie de parler. Ni avec elle, ni avec qui que ce soit d'autre. Il ouvrit sa boîte de dialogue, tapa le début d'un message, puis s'arrêta. Il hésitait sur la réponse à lui envoyer. Au fond de lui, il préférait décliner l'invitation mais il n'arrivait pas à trouver la bonne formulation. Dire non sans rompre le lien. Pas évident. Il effaça le début de son texte et écrivit simplement :

« *Je suis à Toulouse. Affaire complexe. Je te tiens au courant.* »

La réaction de Lise ne tarda pas :

« *Professionnel ? Personnel ? Tout va bien ?* »

« *Professionnel. Je dois y retourner.* »

Sanlucar attendit trois minutes l'arrivée d'un nouveau message mais son téléphone resta muet. Il souffla bruyamment l'air de ses poumons. Il ne devait pas se mettre à gamberger sur la réaction que ces laconiques messages avaient provoqué chez Lise. Pas maintenant. Il éteignit son portable, termina sa bouteille d'eau, l'écrasa entre ses mains et la jeta dans une poubelle, puis pressa le pas jusqu'au commissariat. Un café avait été servi à Paul Bach qui ruminait dans sa salle d'interrogatoire. Un agent de police le surveillait, bras croisés, appuyé contre la cloison grise de la petite pièce. Sanlucar entra.

« Alors, vous avez réussi à vous reposer ? On peut reprendre là où on s'était arrêté ? »

Paul Bach se contenta de lui adresser un regard qui se voulait déterminé, dans lequel il s'efforçait de montrer à son adversaire que toutes ses résistances n'avaient pas encore été vaincues. Sanlucar prit place face à lui et appuya sur l'enregistreur.

« Jeudi 25 septembre, commissariat central de Toulouse, minuit vingt-cinq, suite de l'audition de Paul Bach dans l'affaire Suzanne Lanton. »

Francis Sanlucar s'appuya contre le dossier de sa chaise, frotta ses mains l'une contre l'autre.

« D'après vos dernières déclarations, vous êtes donc hors de cause en ce qui concerne la mort accidentelle de Suzanne Lanton et les actes de cruauté qui ont été commis sur sa dépouille. Maintenant, j'aimerais savoir si vous l'êtes tout autant en ce qui concerne le décès de Marc Verguy ? »

Paul Bach fronça les sourcils. Il imaginait que le flic l'interrogerait encore sur les circonstances de la mort et des obsèques non officielles de Suzy en pleine forêt. Il ne s'attendait pas à pareille question. Pas à cet instant précis en tout cas.

« Pourquoi voulez-vous que je sois responsable de la mort de Marc ? mugit-il.

— Vous avez rencontré Marc hier après-midi, nous en avons la preuve. L'analyse des appels passés de votre téléphone et ceux reçus par celui de votre ami le confirment. De plus, nous avons déjà le témoignage du patron du bar l'Organdi à Cornebarrieu et celui d'un voisin des Verguy qui a remarqué votre jolie voiture garée devant leur maison.

— Et alors ?

— Ne me dites pas que ce n'était pas vous. Les roadsters Audi TT ne sont pas aussi fréquents que les Renault Clio ou les Peugeot 206.

— Ce n'est pas ça. Je reconnais avoir rencontré Marc hier après-midi. Nous avons pris un café dans ce bar puis un verre de vin chez lui. On a parlé du fait que la police voulait nous entendre à nouveau. Mais je peux vous assurer que lorsque je suis parti, il était en parfaite santé.

— Vous l'avez laissé chez lui alors que sa voiture était garée à plus de dix kilomètres, dans le village de Cornebarrieu ? Comment aurait-il fait pour la récupérer ? Avouez que ce détail-là est étrange, non ?

— Oui... oui, acquiesça maladroitement Paul Bach après quelques secondes d'hésitation. Je me souviens que Marc n'avait pas spécialement envie de se rendre à son agence hier, après notre rencontre. Il préférait rester au calme dans sa maison. Quant à moi, je devais rentrer me changer et me préparer pour la soirée. Je lui ai proposé de le reconduire jusqu'à sa voiture mais il m'a dit qu'il attendrait le retour d'Alisée pour s'y rendre avec elle.

— Qu'avez-vous fait alors ?

— Je suis rentré directement chez moi et en fin d'après-midi, deux policiers sont venus m'interpeller.

— Quelle heure était-il lorsque vous êtes arrivé chez vous ?

— Je ne sais pas, moi. À peu près seize heures.

— Quelqu'un peut-il le confirmer ?

— Ingrid ma fiancée était sortie. Il n'y avait personne chez nous.

— Lorsque vous avez laissé Marc, comment était-il ?

— Bien. Je l'ai trouvé normal, quoi. Un brin tristounet mais Marc est toujours un peu triste.

— Sa femme le qualifie plutôt de mélancolique et de préoccupé.

— Oui, c'est ça. Il était préoccupé mais pas plus que d'habitude.

— Avez-vous parlé de Suzanne Lanton lorsque vous vous êtes rencontrés ?

— Oui, en quelques mots bien sûr. Je vous l'ai dit.

— Et quelle était son opinion sur la question ?

— Où voulez-vous en venir ? rétorqua sèchement Paul Bach. Que cherchez-vous à me faire dire ? Que je l'ai poussé au suicide ?

— Ce qui m'ennuie chez vous monsieur Bach, c'est surtout l'accumulation de vos mensonges. »

Sanlucar observa le visage de Bach qui accusait le coup. Sans lui laisser le temps de répliquer, il poursuivit :

« Je sors d'un très long entretien avec Alisée Verguy, l'épouse de Marc. Elle m'a beaucoup parlé de son mari. De son attitude ces derniers temps. L'après-midi où vous et Marc vous êtes rencontrés dans ce café, elle ne s'est pas rendue à son travail. Elle ne se sentait pas très bien. Elle était sortie et elle est rentrée peu de temps après votre départ. C'est bête hein ? Vous auriez pu la saluer avec un peu de chance. »

Sanlucar fit une pause, le temps d'analyser l'attitude de Paul Bach, dont les doigts de la main droite tambourinaient nerveusement le dessus de la table.

« Je voudrais vous poser une question au sujet de Marc. Vous étiez son ami n'est-ce pas. Comment le décririez-vous ? Je veux dire, comment était-il, par exemple par rapport à sa cave, avec ses bouteilles ?

— Méticuleux, répondit Paul Bach après quelques secondes de réflexion. Maniaque même. Le classement, le rangement des bouteilles, la gestion de la température de sa cave. Rien n'était laissé au hasard vous pouvez me croire. Tout était noté dans un ordinateur. La date, l'historique des crus, la météo, les vendanges.

— Et dans sa vie, Marc était-il aussi méticuleux ?

— Complètement. C'était un maniaque de la propreté et du rangement. Chez lui, tout était nickel. Rien ne dépassait. Il était toujours tiré à quatre épingles et même dans ses affaires il était très, comment dirais-je, très carré. Impossible de négocier une fausse déclaration pour se faire rembourser un sinistre par exemple. Même pour nous, ses amis, il était intraitable.

— Je vois, fit Sanlucar en hochant la tête. Ça correspond bien au portrait que sa femme nous a fait de lui. Pourquoi aurait-il voulu se suicider d'après vous ?

— Je ne sais pas. Marc était mon ami. Je n'aurais jamais imaginé qu'il fasse ça. Non jamais. C'est un terrible choc pour moi.

— Sans doute…

— D'un autre côté, Marc était mentalement fragile. Je veux dire qu'il était souvent angoissé. Peut-être l'était-il davantage depuis cette nuit de Bayonne, je le reconnais. Il y avait quelque chose de secret chez lui mais il n'en parlait pas. Même à nous, ses amis.

— C'est aussi ce que nous a confirmé son épouse. Il n'allait pas bien, elle avait l'impression qu'il lui cachait quelque chose d'important. Quelque chose qui le tourmentait. Bref ! J'en reviens à la cave à vins. L'accès est fermé avec une clé bien sûr. Marc Verguy possédait deux clés. La première, accrochée avec celles de sa voiture a été retrouvée dans l'une de ses poches. On peut logiquement penser qu'il s'en est servi pour s'enfermer dans la cave, avant de mettre fin à ses jours. Vous me suivez ?

— Ça semble logique mais je ne comprends pas où vous voulez en venir.

— Vous allez comprendre. L'autre clé est suspendue à un crochet dans leur cuisine. Vous savez, ces objets plus ou moins décoratifs que l'on fixe au mur dans les entrées ou dans les cuisines. Le leur est un assemblage de petits bois flottés, noués avec des cordelettes de chanvre. Il est muni de six crochets. Alisée Verguy a attendu son mari toute la soirée. Elle était au courant que nous le cherchions. Le lendemain, ce matin donc, morte d'inquiétude, elle ne s'est pas rendue à son bureau. Elle a tourné, viré, sans trop savoir que faire. Elle vous savait, vous et Raphaël Vars en garde à vue. Elle cherchait à comprendre ce que vous aviez bien pu faire de répréhensible. Vers seize heures, alors qu'elle se préparait un thé, elle s'est aperçue que la clé de la cave n'était pas suspendue à la même place que d'habitude. Ça l'a intriguée. Marc était extrêmement pointilleux, maniaque même. C'est vous qui me l'avez dit n'est-ce pas ? »

Paul Bach avait les yeux hagards. L'univers entier s'écroulait autour de lui à travers la voix calme de ce flic assis face à lui. Il ne répondit pas. Alors Sanlucar poursuivit sur le même ton :

« Chaque chose doit être rangée à sa place. Toujours la même place. Marc est comme ça. Précis, pragmatique et honnête dans ses affaires, méticuleux, maniaque même dans son quotidien. Et là, la clé n'était pas suspendue là où elle aurait dû l'être. Un crochet d'écart. Pas deux. Un. Ça n'était pas normal. Ça ne correspondait pas du tout avec la personnalité de Marc. C'est pour ça qu'elle a décidé de descendre voir. Vous imaginez la suite. »

Paul Bach pinça les lèvres.

« Si la clé s'était trouvée à sa place habituelle, continua Sanlucar, Alisée Verguy n'aurait pas retrouvé le corps de son mari aussi vite. La garde à vue se serait terminée et vous auriez peut-être eu le temps de prendre la tangente avec de faux papiers. Pas vrai ?

— Mais qu'est-ce que vous racontez ?

— Déjà qu'il va vous falloir vous trouver un nouvel avocat. Le vôtre a subitement changé de camp après que le procureur l'a appelé pour lui communiquer quelques informations vous concernant. Il s'est même montré coopératif figurez-vous. On ne devrait jamais faire aveuglément confiance à de tels avocats.

— Mais qui vous dit que c'est moi qui ai manigancé tout ça ? Comment pouvez-vous imaginer que j'ai pu faire du mal à Marc ? C'est l'un de mes meilleurs amis. On se connaît depuis plus de dix ans. Jamais je ne lui aurais fait du mal.

— Une autopsie va être pratiquée. Je mets ma main au feu que l'analyse toxicologique mettra à jour la présence de produits narcotiques comme ceux qui ont été trouvés dans votre mallette personnelle. Des échantillons d'un puissant tranquillisant non commercialisé qu'il n'aurait jamais pu se procurer lui-même en pharmacie.

— Vous délirez, se défendit encore Paul Bach.

— Pas du tout. Voilà comment je vois les choses. Vous me direz si j'ai tort ou raison. Vous avez donné rendez-vous à Marc Verguy dans l'espoir de le convaincre de continuer à respecter votre pacte. Vous l'avez embarqué dans votre voiture et avez conduit jusqu'à chez lui où vous seriez plus tranquilles pour discuter. Sa femme était absente, peut-être à son travail, personne ne vous dérangerait. Elle nous a beaucoup parlé de son mari voyez-vous et je peux me faire une idée assez précise de la personnalité de Marc Verguy. Vous n'ignorez pas qu'il était très croyant. Il ne supportait plus de mentir, de cacher la vérité. Je pense qu'il était prêt à se confesser. Mais en parlant, il vous envoyait en prison. Et ça, vous ne pouviez pas l'accepter. Vous avez ou plutôt vous aviez un point commun tous les trois, Marc Verguy, Raphaël Vars et vous-même. Vous êtes issus de milieux sociaux modestes mais avez toujours eu comme objectif de vous élever dans la société. Tous les trois avez toujours rêvé de belles maisons, de belles voitures, de belles femmes, de vies faciles, de liberté, de privilèges et de loisirs coûteux. C'est ce qui vous a réunis, ce qui a créé le ciment de votre amitié. Ça n'a pas été simple. Vous en avez bavé. Vos parents ont fait beaucoup de sacrifices pour vous aider. Vous n'avez fait de cadeau à personne et personne ne vous a fait de cadeau. Et au final, vous les avez atteints vos objectifs. Marc est patron d'une agence d'assurances, sa femme possède un poste important dans une société d'import-export. Raphaël est directeur d'un grand magasin de meubles de luxe, et vous, après des études en pharmacie, vous avez rencontré la fille du propriétaire d'un très important laboratoire qui vous a nommé directeur commercial. Vous évoluez aujourd'hui au sein de la bonne société toulousaine. Vous jouez au golf. Vous vous adonnez à vos passions respectives, l'automobile, le vin, les voyages et j'en passe.

— Et alors, interrompit Paul Bach. Ça vous gêne ? C'est un crime ? Vous êtes jaloux ?

— Mais pas du tout. Je ne critique ni l'ambition ni la réussite. Je décris simplement ce qui pour moi est la cause de votre présence en ces lieux. Vous étiez tous les trois très ambitieux et résolus à conserver votre train de vie. Quel qu'en soit le prix. À un détail près cependant. Marc Verguy était croyant. Très croyant même et s'il voulait tout autant que vous obtenir une place importante dans la société pour assouvir ne serait-ce que sa passion pour le vin, il avait comme règle d'or de rester le plus honnête possible. Le plus chrétien possible si vous voulez. Ce qui n'était pas votre cas. Ce n'est pas la cupidité qui vous étouffe n'est-ce pas ? Alors, comprenant que Marc allait vous trahir vous avez décidé de le réduire au silence. Vous n'aviez guère le choix. Vous avez dilué dans son vin le contenu d'une des capsules que vous transportiez dans votre mallette. Des échantillons parmi d'autres, récupérés lors du congrès auquel vous avez participé et qui portait en particulier, je l'ai lu dans vos documents, sur le traitement des troubles du sommeil. Un médicament qui n'est pas sur le marché et que Marc n'aurait pas pu se procurer lui-même. Un produit probablement inodore et sans saveur, sinon les papilles expertes de Marc l'auraient sans nul doute décelé dans son verre. Quelques minutes plus tard, il était totalement dans les vapes. Vous l'avez tiré jusqu'au sous-sol. Vous avez trouvé une corde dans son garage que vous avez accrochée à une poutre dans sa cave. Vous avez passé la tête de votre ami dans le nœud coulant. Vous avez tiré sur la corde et vous n'avez pas oublié de renverser un tabouret sous son corps. »

Paul Bach ne disait plus rien. Il regardait fixement le policier en face de lui, qui était en train de détruire sa vie. Il avait commis une erreur. En rentrant chez lui, il avait agi dans la précipitation et avait oublié de se débarrasser du contenu de sa mallette. Ces satanés flics avaient bien sûr fouillé dans ses affaires et avaient découvert la mallette dans son bureau. Sanlucar continua :

« Ensuite, vous organisiez votre fuite avec l'aide de votre sympathique avocat qui devait vous procurer de faux papiers. »

Francis Sanlucar marqua une pause.

« Un simple crochet, monsieur Bach. Un simple crochet d'écart et vous réussissiez votre coup. »

Nouvelle pause.

« Ça n'a pas dû être facile de descendre le corps à moitié inconscient de Marc n'est-ce pas ? Et puis de le hisser avec la corde, et de balancer le tabouret d'un coup de pied. Il pèse son poids Marc Verguy n'est-ce pas ? Il fallait être fort. Mais sans doute aviez-vous préalablement avalé le contenu d'une boîte d'épinards ? Comme Popeye le marin... »

Le regard de Paul Bach n'exprimait plus aucune velléité. Il attendait le coup de grâce. Il tenta néanmoins une dernière ruade.

« Vous n'avez aucune preuve de ce que vous dites, objecta-t-il, sans grande conviction.

— J'en aurai dès les résultats de l'autopsie. Et puis nous aurons les aveux de votre ami Raphaël Vars lorsqu'il aura écouté notre enregistrement. »

Paul Bach écarquilla les yeux. Sa mâchoire inférieure tomba d'un coup mais aucun son ne sortit de sa bouche.

« Je ne vous ai pas dit ? fit Sanlucar. Depuis plusieurs heures, Raphaël Vars s'est muré dans le silence le plus total. À plusieurs reprises il a failli craquer mais il a tenu bon. Il a respecté votre pacte. Par contre, lorsque nous lui avons annoncé le décès de votre ami Marc Verguy, il a fait un malaise. Une violente crise d'épilepsie. Il a perdu connaissance et a été transporté à l'hôpital Purpan par le Samu. »

Cinquième partie

Gruissan

32

Cette fois, l'enquête policière sur les disparus des fêtes était bel et bien terminée. Paul Bach et Raphaël Vars avaient été écroués en préventive au centre de détention de Muret, au sud de l'agglomération toulousaine. Ils étaient transférés sous bonne garde jusqu'à Bayonne à chaque convocation du juge d'instruction, puis réintégraient leurs cellules respectives. Face au magistrat, les deux hommes avaient commencé par se rejeter mutuellement la responsabilité de la mort de Suzanne Lanton et des actes de cruauté pratiqués sur sa dépouille. Conseillé par un nouvel avocat, Paul Bach était rapidement revenu sur la déposition qu'il avait signée dans les locaux de la police judiciaire de Toulouse. Il niait toute implication personnelle, allant jusqu'à affirmer qu'il n'avait même pas participé à l'expédition destinée à faire disparaître le corps de la jeune femme au cœur de la forêt landaise. Puis, petit à petit, les deux hommes avaient changé de stratégie et rejeté toute culpabilité sur feu Marc Verguy, qui lui, n'avait plus aucune chance de se défendre. Sans doute étaient-ils parvenus à communiquer, en prison ou au cours de leurs transferts vers Bayonne et à mettre au point un nouveau pacte, basé sur la non-agression, susceptible surtout de diluer au maximum leur responsabilité.

L'autopsie pratiquée sur le corps de l'assureur œnologue et en particulier l'analyse toxicologique avait, comme Sanlucar le soupçonnait, révélé la présence d'un médicament hypnotique, élaboré par une filiale suisse du laboratoire dirigé par celui qui ne deviendrait jamais le beau-père de Paul Bach. Ce dernier avait beau clamer son innocence, il aurait du mal à faire croire que Marc Verguy avait dérobé dans sa mallette fermée par un code à cinq chiffres, une grosse capsule contenant un extrait de ce puissant psychotrope toujours au stade du développement, avait ingurgité la drogue, attendu le départ de son ami pour aller se pendre, totalement inconscient, à une poutre de sa cave à vins.

La chambre 309 de l'hôtel *Grand Adour* fut passée au peigne fin par les techniciens de la police scientifique de Bayonne. Comme le ménage avait été fait à maintes reprises depuis le départ du trio toulousain, aucune empreinte digitale de Suzanne Lanton n'y fut détectée. Au niveau du lavabo, de la baignoire et du sol carrelé, les techniciens avaient vaporisé du luminol pour mettre en évidence d'éventuelles traces d'hémoglobine. Plusieurs gouttes de sperme et taches de sang de tailles et de formes différentes furent détectées en plusieurs endroits, en particulier à l'intérieur du lavabo et autour de la bonde de la baignoire. Rien d'étonnant dans la salle de bain d'une chambre d'hôtel. Altéré par le produit de contraste et l'utilisation répétée de détergents à base d'eau de javel, il ne serait pas possible d'extraire le moindre ADN du sang retrouvé. Au sol, à la base de la paroi de la baignoire, les techniciens identifièrent une grosse tâche ronde. Preuve évidente de sang qui avait coulé d'une importante plaie. S'agissait-il de la blessure à la tête de Suzanne Lanton ? Là encore, le luminol utilisé par les techniciens de la police scientifique était bien trop pur pour permettre de procéder à une recherche d'ADN. Les policiers redoutaient de ne pas pouvoir prouver que la jeune femme soit entrée dans cette chambre lorsqu'enfin, la chance tourna en leur faveur. Quelques rares cheveux avaient été retrouvés coincés entre les lattes du plancher. Ils avaient été analysés et l'un d'entre eux avait matché. Un cheveu de Suzanne Lanton qui avait échappé à la puissance des multiples aspirations à laquelle le parquet avait été soumis depuis le début du mois d'août. Un phénoménal coup de bol. Raphaël Vars et Paul Bach, aidés par leurs avocats, auraient beau répéter qu'ils étaient victimes d'une erreur judiciaire, ils seraient au minimum condamnés pour violences ayant entraîné la mort sans intention de la donner, destruction ou modification des preuves d'un crime et complicité dans le recel et la dissimulation d'un cadavre, sans compter les actes de barbarie sur ce même cadavre. Il y avait de quoi les envoyer à l'ombre pour quelques années. Paul Bach, lui, se verrait de surcroît condamné pour l'homicide volontaire de son ami Marc Verguy.

Les suites judiciaires de l'affaire n'intéressaient pas réellement Francis Sanlucar. Autre chose lui tenait davantage à cœur. Après que Paul Bach fut ramené menottes aux poignets dans sa cellule, il quitta la salle d'interrogatoire et s'installa devant un ordinateur pour taper un long rapport. Il était presque sept heures lorsqu'il mit un terme à la partie la plus fastidieuse de son travail. Il ferma un instant les yeux. Il se sentait vidé de toute énergie. La tension nerveuse était arrivée à son paroxysme. Il avait vaincu son adversaire mais il n'en éprouvait aucune satisfaction particulière. Lorsqu'il rouvrit les yeux, la première chose qu'il fit, fut d'appeler Gisèle Lanton puis Laura Hargous. Il avait tenu la promesse qu'il avait faite à la mère de Suzy: retrouver les assassins de sa fille. Il se garda de lui raconter la raison pour laquelle les trois Toulousains l'avaient fait monter dans leur chambre d'hôtel, ni l'ignoble stratagème qu'ils avaient mis en œuvre pour faire disparaître son corps et se décharger de leur culpabilité. Il lui dit simplement qu'il s'agissait d'un accident stupide de soir de fête, que deux des trois hommes passeraient de longues années en prison et que le troisième était mort. Gisèle Lanton, ne posa pas de question. Elle le remercia, le salua poliment et raccrocha.

Laura Hargous fut à peine plus expansive. Apprendre que Jérôme n'avait pas tué Suzanne Lanton lui procura un grand soulagement. Au fond d'elle, elle n'avait jamais douté de l'innocence de son mari. « Jamais il n'aurait pu commettre un acte aussi horrible. », lui répéta-t-elle. Ce dénouement permettrait bien entendu de réhabiliter la mémoire de l'ancien veilleur de nuit aux yeux de la société et de son entourage, mais il ne le ferait pas revenir auprès d'elle et de leur petit garçon. Elle se sentait seule, ignorait quel sens elle pourrait désormais donner à sa vie. Sanlucar n'était pas du tout convaincu que ses paroles aideraient les deux femmes à retrouver un semblant de paix intérieure. Leur émotion était toujours extrêmement prégnante. Il le savait, leur douleur ne disparaîtrait jamais totalement.

Alors que la ville rose étirait doucement ses membres engourdis par la nuit, Francis Sanlucar quittait les locaux de la police toulousaine. Il envoya un SMS à sa sœur qui devait être en train de se préparer pour se rendre à son travail. Il avait décidé de rentrer directement à Bayonne sans repasser chez elle et malgré l'extrême fatigue qui pesait de tout son poids sur son corps et son esprit. Il termina son message par une invitation pour le prochain week-end à laquelle il espérait bien qu'elle répondrait. Il quitta Toulouse au moment où les premiers embouteillages se formaient sur la rocade et s'engagea sur l'autoroute A64, dite *La Pyrénéenne*. Trois heures et demi plus tard, il était assis dans le bureau de Malard qui le félicita sobrement puis lui accorda les quelques jours de repos compensateurs qu'il lui demanda.

Le lendemain en début d'après-midi, Francis Sanlucar prépara quelques affaires, ferma sa maison et fit grimper Rubio sur la banquette arrière de son Freelander. Au moment de démarrer, il décida d'envoyer un message à Lise. Un message très court : « *Je pars quelques jours chez mon père. À bientôt.* » Il espérait qu'elle comprendrait qu'il avait besoin de distance mais qu'il ne souhaitait pas mettre un terme à leur relation.

Il enclencha la première et prit la direction de la sortie de la ville. Lorsqu'il déboucha sur la route qui longe l'Adour depuis le centre-ville jusqu'au port, il aperçut un caboteur à la coque bleue qui quittait lentement le quai Saint-Bernard, suivi de près par la vedette du pilotage. Il songea que deux mois plus tôt il y avait là un vieux cargo battant pavillon géorgien, venu d'Afrique équatoriale pour décharger des bois tropicaux. L'un des hommes de son équipage avait cru pouvoir faire fortune en convoyant deux sacs bourrés de cocaïne pour le compte d'un cartel colombien. Finalement, tout était parti de là. Le point de départ d'un engrenage fatal et mortel. Si l'échange s'était déroulé comme prévu, rien ne serait arrivé. Sanlucar en était convaincu. Oleg Korzhev aurait empoché ses euros et n'aurait pas été assassiné après avoir été torturé dans un entrepôt du port de Nantes. Franck Marchado, lui, ne serait pas mort sur le parking au bord de l'Adour près du pont Saint-Esprit. Le même soir, Jérôme Hargous aurait récupéré son roman dans sa voiture. Il n'aurait pas été attiré par la Mercedes de Marchado puisqu'elle ne s'y serait jamais trouvée. Il serait revenu dans l'hôtel où il aurait tranquillement repris son service de nuit. Pendant les fêtes, il se serait trouvé à son poste derrière son guichet lorsque les trois Toulousains seraient rentrés au milieu de la nuit en compagnie de Suzanne Lanton et il se serait sans doute opposé à ce que la jeune femme les suive dans leur chambre, étant donné l'état d'ébriété dans lequel ils se trouvaient tous les quatre.

Sanlucar pinça les lèvres et dodelina de la tête. N'était-il pas un peu facile d'expliquer cette succession de drames en se cachant derrière la doctrine du fatalisme ? N'était-ce pas nier le libre arbitre des divers protagonistes, leur capacité à faire des choix et à agir en assumant leur responsabilité ? Réalisant qu'il était en train de s'aventurer dans les sables mouvants de la philosophie, Sanlucar secoua de nouveau la tête pour penser à autre chose. Les émotions se bousculaient dans son esprit. L'enquête et l'intense garde à vue qu'il venait de vivre, sa relation confuse avec Lise, le retour à Toulouse qui avait ravivé de douloureux souvenirs, sa sœur, son père, la mort brutale de Gilles Ripoix, l'impuissance face aux événements, le sentiment de culpabilité, la douleur de Gisèle Lanton et de Laura Hargous. Il n'était pas le seul à souffrir.

Il réalisa que Malard avait eu raison sur un point: l'impulsivité cupide de Jérôme Hargous. Lorsqu'il avait aperçu le sac rempli de billets de banque à côté du cadavre de Franck Marchado, le veilleur de nuit n'avait pas pu résister. Un peu comme le marin russe, il avait cru qu'il serait possible de faire fortune comme ça, d'un claquement de doigt, sans réfléchir aux conséquences de son acte. Il l'avait payé très cher. Quant à la mort de Suzanne Lanton, elle n'était au final qu'un stupide accident, provoqué par l'ingestion abusive d'alcool de trois imbéciles qui s'étaient complètement désinhibés au point d'oublier tout sens moral et critique, puis qui avaient développé de sévères troubles comportementaux.

Accident stupide lié à l'abus d'alcool. C'était à peu près les mots qu'avait prononcés le gendarme venu lui apprendre que sa compagne, ivre, était décédée au milieu de la nuit, sur le bord d'une route de campagne, malgré les efforts des pompiers arrivés sur les lieux. Elle s'était probablement assoupie au volant de son Alfa Roméo et était venue percuter de plein fouet le Renault Scénic venant en sens inverse, tuant sur le coup sa conductrice et envoyant l'adolescent qui était assis à côté d'elle sur un siège roulant pour le restant de ses jours. Un drame qui avait totalement anéanti Francis Sanlucar et l'avait aspiré dans les méandres obscurs de la culpabilité. Une nausée persistante avait pris le pas sur tous les autres sentiments, envahissante au point d'altérer sa capacité à se rendre efficace dans son travail. Aurait-il pu éviter l'accident ? Le fait est qu'il l'avait cru. Il s'était lancé dans la quête obsédante du pourquoi, s'était laissé submerger par la honte, le sentiment d'indignité, la colère. Il s'était fermé comme une huître, empêchant qui que ce soit d'entrer dans la coquille de sa vie brisée. Depuis quelques semaines, les paroles pleines de sagesse de Valérie Ripoix faisaient écho dans son esprit. Elles avaient ouvert une fenêtre vers un ciel plus clément. Il était normal de penser à ceux qui étaient partis, d'avoir de la peine et d'assumer cette peine. Mais les morts ne reviendraient pas. Il était plus important de réapprendre à vivre et de s'occuper des vivants, à commencer par soi-même. Il enfonça un CD dans le lecteur. *Made in Japan* de Deep Purple. De quoi lui vider totalement la tête. Une longue route l'attendait, sans compter les pauses pipi et reniflage en tout genre exigées par Rubio.

Le temps était légèrement couvert, la température clémente. Idéal pour faire la route. Surtout lorsque la climatisation ne fonctionne plus. Francis Sanlucar songeait qu'il lui faudrait tôt ou tard changer de voiture. Son vieux Freelander avait fait son temps. Il entrouvrit les deux vitres avant pour aérer l'habitacle. Dans un peu plus de quatre heures, il arriverait à Gruissan. Il trouverait son père dans son petit jardin ou au port, en train de travailler sur son bateau. Même s'il ne pratiquait plus la pêche professionnelle, il avait conservé sa vieille languedocienne en bois, qu'il bichonnait avec passion. Mais peut-être serait-il en train de jouer à la belote au café de la paix ? Francis Sanlucar avait envie de partager sa semaine de vacances avec son père. Sylvie le rejoindrait à la fin de la semaine. Elle s'y était engagée par SMS. Ce retour aux sources leur ferait du bien à tous les deux. À leur père aussi. Il imaginait déjà avec délice les plats de fruits de mer et de poissons grillés qu'ils partageraient, les parties de rami qu'ils disputeraient, les siestes sous la tonnelle, les sorties en mer jusqu'à l'étang de Thau. Francis Sanlucar se sentait prêt à accepter son passé douloureux et était bien décidé à réapprendre à vivre. À essayer tout au moins.

Postface

À la fin d'un roman, il est souvent d'usage d'écrire quelque chose comme « Toute ressemblance avec des personnes, lieux ou faits existants ou ayant existé ne serait que pure coïncidence ». Cette histoire et ses protagonistes sont bien évidemment imaginaires même s'ils ont parfois été nourris par mes souvenirs personnels. Les lieux décrits existent, bien que je me sois permis d'en modifier ou d'en inventer quelques uns pour les besoins du récit. Je ne précise pas l'année où se déroule cette enquête. En réalité, le calendrier utilisé tient bien plus du hasard que d'un choix délibéré. J'espère que les puristes ne m'en voudront pas trop d'avoir utilisé le terme « feria » dans mon titre puisque, contrairement à ce qui ce passe dans beaucoup de villes du sud comme Dax, Nîmes ou Béziers, qui ont adopté le vocable espagnol, Bayonne est resté attachée à l'expression française « Fêtes de ... ». Je me suis par ailleurs autorisé quelques libertés en ce qui concerne l'organisation des fêtes de Bayonne : il n'y a jamais eu de corrida le vendredi des fêtes par exemple. N'oublions pas qu'un roman est avant tout une fiction.

L'idée de départ de ce récit est une interrogation récurrente sur la nature humaine, ses débordements potentiels et observables. Qu'est ce qui va faire basculer en un instant un individu ordinaire dans l'engrenage infernal du passage à l'acte répréhensible voire criminel ? Pourquoi certains d'entre nous vont-ils franchir de manière impulsive et forcément irréfléchie la ligne qui sépare la raison et la déraison, jusqu'à s'embarquer, lorsqu'ils se feront piéger, dans l'inextricable spirale générée par le refus d'assumer ses fautes et de recevoir le châtiment qui en découle nécessairement ? Est-ce un puissant autant que naïf sentiment d'invulnérabilité ou, pour reprendre un terme juridique, d'imputabilité ? Une inaptitude à envisager et anticiper les conséquences de son acte pour soi mais aussi pour son entourage ? Une impossibilité à se responsabiliser ? À réprimer ses pulsions ? Un relent mal digéré d'une enfance qui a trop longtemps cru aux contes de fées et aux supers héros ? Comment et pourquoi le citoyen lambda devient-il, du jour au lendemain, un criminel ? A-t-il, comme on le lit souvent, des circonstances atténuantes ? Tout cela me questionne mais je n'ai pas de réponse.

Je tiens à remercier celles et ceux qui à un moment donné, au cours du long processus d'écriture, m'ont soutenu, m'ont dispensé leurs conseils, ont relu et parfois corrigé mon texte et m'ont permis d'aller jusqu'au bout de mon projet. Elles et ils se reconnaîtront mais je tiens à citer ma sœur Pascale et ma collègue Christine. Je leur suis infiniment reconnaissant. Merci également à mon éditeur Jean-Luc Kérebel et à Gilbert “Djebel” Noguès pour leur confiance, leurs conseils et leur disponibilité.

Cher lecteur, cette histoire vous appartient désormais. J’espère qu’elle vous aura procuré du plaisir et qu’ainsi, de nouvelles enquêtes de Francis Sanlucar pourront voir le jour.

Philippe Lauga, Bayonne, février 2019

Dans la collection

1-Alarme en Béarn, Thomas Aden, 2013
2-Trou noir à Chantaco, Jacques Garay, 2013
3-Coup tordu à Sokoburu, Jacques Garay, 2013
4-Estocade sanglante, Jacques Garay, 2014
5-Ultime dédicace, Thomas Aden, 2014
6-Gaz in Marciac, G.D. Noguès, 2014
7-Notre père qui êtes odieux, Violaine Bérot, 2014
8-De la blanche sur le Somport, Claude Casteran, 2014
9-Les gens bons bâillonnés, Jean-Christophe Pinpin, 2014
10-Ville rose sang, Stéphane Furlan, 2014
11-Le 9 bordelais était chargé, Éric Becquet, 2015
12-Mourir à la San Fermín, Alejandro Pedregosa, 2015
13-L'assassin était en rouge et blanc, Poms, 2014
14-Requiem à Donibane, Jacques Garay, 2015
15-Abattez les grands arbres, Christophe Guillaumot, 2015
16-De chair et d'oubli, Karline Nivet & Pascal Suhard, 2015
17-Sans jeu ni maître, Stéphane Furlan, 2015
18-J'aurai ta Pau, Cesare Battisti, 2015
19-Balles perdues à Moliets, Maxbarteam, 2015
20-Un, deux, trois, sommeil!, Gilles Vincent, 2016
21-Pas d'orchidées pour Miss Armagnac, G.D. Noguès, 2016
22-Du pin et des larmes, Philippe Mediavilla, 2016
23-Estouffade à Guéthary, Jacques Garay, 2016
24-Coup de piolet, Juliette Manet, 2016

25-Palombes, tursan et sale ami, Maxbarteam, 2016
26-Nous n'irons plus au bois, Philippe Lescarret, 2016
27-Toutes taxes comprises, Patrick Nieto, 2016
28-Jeux de dames, Philippe Beutin, 2016
29-Le sang de la forêt, Serge Tachon, 2017
30-Mandrake ne peut pas mourir, Daniel Contel, 2017
31-Ras la coquille en Amikuze, Jacques Garay, 2017
32-Riquet m'a tuer, Yves Carchon, 2017
33-Galeux, Bruno Jacquin, 2017
34-Ça flingue sur la Grande Boucle, Maxbarteam, 2017
35-Chemin de croix, Poms, 2017
36-Y a plus d'enfants!, Jean-Jacques Cripia, 2017
37-Blanc sec et série noire, Philippe Lescarret, 2017
38-Sans homicides fixes, Thierry Benoît, 2017
39-Euskal barbecue, Aitor Behro, 2017
40-Implantés, Stéphane Furlan, 2017
41-Mauvaise passe pour le 10, Éric Becquet, 2017
42-Quand passent les chocards, Michel Brome-Tonne, 2017
43-Croix blanche sur fond blanc, Antoine Léger et G.D. Noguès, 2017
44-Éthique de l'assassin, Maxime Sanous, 2018
45-Sous les pavés la jungle, Simone Gélin, 2018
46-L'œuf de la haine et de la vengeance, Pierre Olhagaray, 2018
47-Les douze sales polars, Collectif, 2018
48-Les vieux démons, Yves Carchon, 2018
49-Ils vont tous mourir, Raphaël Grangier, 2018
50-Noir Vézère, Gilles Vincent, 2018
51-Musique de chambre close, Serge Tachon, 2018
52-Superman ne volera plus, G.D. Noguès, 2018
53-Le cocu sort du nid, Maxbarteam, 2018
54-Le mort est dans le pré, Patrick Caujolle, 2018
55-Erreurs d'aiguillage, Philippe Beutin, 2018
56-L'affaire Jane de Boy, Simone Gélin, 2018
57-Léon et les jambons, Jacques Garay, 2018
58-Flic de papier, Guy Rechenmann, 2018
59-L'ombre des derniers Cathares, Alain Roumagnac, 2018

60-Funestes randonnées, Patrick Nieto, 2018
61-Retour de lame, Philippe Mediavilla, 2018
62-L'heure de notre mort, Philippe Lescarret, 2018
63-La fille du port de la Lune, Simone Gélin, 2018
64-Les pêcheurs de sable, Serge Nicolo, 2018
65-Fausse Note, Guy Rechenmann, 2019
66-Otage en réanimation, Pierre Sagnet, 2019
67-Truc Vert, Simone Gélin, 2019
68-Peine maximum, Gilles Vincent, 2019
69-Le Dali noir, Yves Carchon, 2019
70-Vies et morts de Marco Mariotti, Régis Tomàs, 2019
71-Le syndrome de Louhossoa, Jacques Garay, 2019
72-Amères pilules, Pierre Olhagaray, 2019
73-Fallait pas enterrer l'épouvantail, Renaud Talavera, 2019
74-Barcelone aller simple, Jacques Lavergne, 2019
75-Quand disparaît la Dame, Maxbarteam, 2019
76-Nuit tragique à la feria, Philippe Lauga, 2019

ABONNEZ-VOUS

Vous souhaitez être averti(e) des parutions en exclusivité, bénéficier d'offres spéciales, de cadeaux, etc. ?

Abonnez-vous, gratuitement et sans engagement, à notre catalogue en nous retournant le coupon ci-après.

Chaque nouvel inscrit recevra une petite surprise...

Rejoignez-nous vite et n'hésitez pas à inviter vote entourage.

Je désire m'abonner gratuitement au catalogue
de la collection Du Noir au Sud des Éditions Cairn.
Je serai averti(e) des parutions des polars et autres ouvrages,
ainsi que de l'actualité et des offres Cairn.

Nom

Prénom

Adresse

Code Postal Ville

Pour encore plus d'offres et d'infos,
indiquez votre adresse e-mail :

E-mail

Bon à compléter et à retourner par courrier
à l'adresse suivante :

Éditions Cairn
ZI Berlanne
14, rue des Bruyères
64160 Morlaàs

Mise en page et suivi de fabrication
Atelier Graphique Cairn
Achevé d'imprimer en juin 2019 par GN Impressions (153394)
pour le compte des Éditions Cairn
14 rue des Bruyères - 64160 Morlaàs
Tél. : 05 59 27 45 61 Fax : 05 59 98 84 89
communication@editions-cairn.fr – www.editions-cairn.fr
Dépôt légal : juin 2019